ラブ・アゲイン！

1

白く霞《かすみ》がかった中で、自分を呼ぶ男の人の声が聞こえる。

「かおる……かおる」

幸村薫《ゆきむらかおる》は、辺りを見回して声の主を探した。だが、姿は見えない。どこまでも靄《もや》が続いている――

薫が目を開けた時、視界の端に黄金色《こがねいろ》の髪が映った。光に照らされてキラキラと輝いているそれを辿《たど》ると、空のように青い瞳とかち合う。

「薫？　気が付いた？」

「……」

目の前の男性が自分に問いかけているのはわかる。けれども薫は、自分の右手を握りしめているその金髪碧眼《へきがん》の美男子に驚いて、何も言うことができなかった。

（え……榊《さかき》……様……？）

彼は榊崇弘《たかひろ》。正確な歳は知らないが、見た感じは二十代後半から三十代前半くらいだ。高い鼻梁《びりょう》にくっきりとした二重《ふたえ》。金髪碧眼で彫りの深い顔立ち。その姿はまるで、物語に出てくる王子様。

榊は、薫が社員として働いているハウスキーピング会社の顧客である。薫は彼に数日前に初めて会ったばかりだ。

薫は、いかにも外国人な風貌《ふうぼう》の彼に尻込みして、「ハ、ハロー?」なんて、コテコテの日本語発音で話しかけてしまった。その時彼から、ぎこちない笑顔で「俺は日本人です」と言われたのは記憶に新しい。

そんなこともあって、榊は大変印象深い顧客だった。

彼が住んでいるのは、ファミリー世帯が多く住む海岸沿いの三十三階建て高級マンションだ。最近引越してきたらしい。だが、仕事が忙しくて掃除をする暇がないため、部屋全体の清掃と片付けをしてほしいという依頼だった。

依頼書によると、広さは驚きの5LDKS。S——つまりサービスルームまである。入ってみれば、最新式のシステムキッチンに、触るのが恐ろしくなりそうな高級家具や調度品が並んでいたのだ。

他人の家を掃除するのが仕事で、今までそれなりに緊張感を持って業務にあたっていた薫だが、ここまで緊張したことはなかった。

そして、その日の夜。掛け持ちで働いている宅配クリーニングのアルバイトで、薫が回収に向かった先が偶然にも彼の部屋だったのだ——

「薫！　あぁ、よかった！　薫……、薫……」

「きゃあっ！」

突然、覆い被さるように榊に抱きしめられ、薫は目を見開いて悲鳴を上げた。

確かに顔見知りではあるが、それは仕事を通してのこと。下の名前で呼ばれるほど親しくないし、ましてや抱きしめられることなんてあり得ない関係だ。

薫はおどおどしながらも、懸命に榊の胸を両手で押した。

「あ、あの……榊様……？」

「薫？」

榊が顔を上げ、吸い込まれそうになるその青い瞳で、じっと顔を見つめてくる。その距離があまりにも近くて、ドキドキしてしまった。それにこの御仁《ごじん》、眩《まぶ》しいのだ。後ろから太陽が後光《ごこう》のように差していることもあるが、金髪がキラキラしすぎて目に痛いほどだ。

「あの……すみません、離してください……なんでこんなこと……いきなり……」

身体を起こし、一応は離れてくれた榊を警戒しながら辺りを見回す。

白い壁に、白いカーテン、白いベッド。そして独特の消毒液の匂い。薫の左手には点滴の針が刺さっている。どうやら今までベッドで寝ていたらしい。おまけに浴衣《ゆかた》のように前で重ねるタイプの、ピンクの病院着を着せられているので、ここは病院で間違いないだろう。

ふと、違和感を覚えて頭を触ると、額《ひたい》に包帯が巻かれていた。

ずいぶん外が明るい。カーテンの開いた大きな窓からは、透き通った青空に一筋の飛行機雲が見える。

その部屋で榊は、薫を凝視してくるのだ。しかも、まるで何かに怯えたように。

「……薫？　俺のことわかるか？　わかるよな？」

「え？　わかりますよ、榊様ですよね？　先日お掃除のご依頼いただいたお客様の……。あの……宅配クリーニングでもお会いしましたし、さすがに覚えています」

「っ！」

榊は、その綺麗な顔をぐしゃりと歪《ゆが》めると、何か言おうとした。しかし、結局何も言わず、枕元にあったナースコールを手に取りそれを押す。

「もしもし、どうされました？」

何度かのコール音の後に、壁に設置されたスピーカーから看護師らしき女性の声が聞こえてくる。

榊は薫を見つめたまま、マイクに向かってゆっくりと言った。

「榊です。妻が目を覚ましました。少し様子がおかしいので、先生の診察をお願いします」

（え……？　今……なんて？　妻……？）

看護師の返事を聞きながら、榊は薫から視線を一ミリも逸らさずに手を握ってくる。温かいのに震えているその手を、薫は振りほどくことができなかった。

彼の青い瞳にじっと見つめられるのが少し怖い。透き通ったその目に、心の奥まで見透かされそうだ。

「薫……。俺は確かに薫の顧客だったこともあるけれど、俺達は半年前に結婚したんだよ」

「結婚？」

（結婚って――誰と誰が？　まさか……わたし？）

自分と結婚がどうしても結びつかない。

薫は二十三年間生きてきて、今まで彼氏のひとりもいなかった。恋をする気になれなかったのだ。

大学在学中に両親が車の事故で他界してしまい、薫は当時中学二年生だった弟の和志《かずし》とふたりで生きていかなくてはならなくなった。

もともとお金に余裕がある暮らしではなかったので、両親の死後、生活は一層厳しくなった。築四十年の西陽《にしび》のきついボロアパートで、姉弟で身を寄せ合って暮らす生活。

まだ中学生だった和志を働かせることなんてできるはずもなく、薫は日々、大学とバイトに明け暮れる生活を送っていたのだ。

そんな中、和志はこの春、姉孝行にも特待生で高等専門学校に入学してくれた。遠方のため寮生活となり、頻繁《ひんぱん》に顔が見られないのは残念だが、仕方ないだろう。

和志は学校を卒業したらそのまま就職するつもりらしい。お金を気にしての選択なのは明白だった。

優秀なのにもったいない。和志を大学に行かせてやりたかった。

和志が卒業するまであと五年。この間にまとまったお金を貯めたい。そのために、薫は正社員の仕事であるハウスキーピングとは別に、夜間の宅配クリーニングのバイトもしていたのだ。

そんな自分が結婚？

確かに榊は王子様のようで、初めて会った時に「かっこいいな」と思いはしたが、それは多分、十人中九人が思うような一般的な感想だと思う。それほどまでに榊は魅力的な外見の持ち主だった。

だいたい結婚というものは、ふたりの意思でするもののはずだ。こんなに素敵な人が、よりによって自分のような女を選ぶはずがない。美人でもない、特別な才能があるわけでもない、お金もない、生活に追われているだけの干物《ひもの》女を。

「えと……あの、意味がよくわからないのですが……。わたしが結婚……？」

困惑顔で零《こぼ》すと、榊は薫の手を握ったままベッドサイドの椅子に座った。そして優しい声色で話しかけてくる。

「薫……。落ち着いて聞いてほしい。君は昨日の夜、車に撥《は》ねられたんだ。大きな怪我はなかったけれど、頭を打った。検査をして異常はなかったんだけど、もう一度先生にきちんと診察してもらおう。でも薫、これだけは覚えておいて」

榊は一度言葉を切ると、真剣な表情で薫を見つめてきた。

「君は幸村薫だったけれど、半年前に俺と結婚して、今は榊薫になったんだ。君は俺の奥さんなんだよ」

（わたしが奥さん!?　さ、榊様の……？）

動揺する薫をよそに、彼は握ったままの薫の手を自分の頬に当てた。そしてゆっくりと目を伏せる。青くて綺麗な瞳が瞼《まぶた》の裏に隠れるのと同時に、彼の頬を一筋の涙が伝った。

「よかった……薫が目を覚ましてくれて……本当に……本当によかった……。このまま目を覚まさなかったらどうしようかと思ってた……」

(え……。そんな……そんなことを急に言われても……)

動揺は消えないが、しかし榊が嘘を言っているようには見えなかった。彼の声は小さい上に震えていて、ところどころ聞き取れない部分もあったが、それが余計に彼の言葉と涙が偽《いつわ》りないものだと感じさせてくれる。彼は心から心配してくれているのだろう。

そうか、自分は事故に遭《あ》ったのか……。だが、それすらも薫は覚えていない。

(わたしが……おかしいの?)

薫は急に不安に駆られた。自分が「幸村薫」だという記憶はあるのに、「榊薫」になった記憶がない。でも目の前の榊は自分の夫を名乗り、こうして涙を流している。

榊の言葉も態度も嘘には思えないが、そのまま信じてしまうのが怖い。「そうなんですか」と、鵜呑《うの》みにできるはずもなく、頭がぐちゃぐちゃになって鋭い痛みが走った。

だが痛みよりも、自分の知らない自分がいることが薄気味悪い。カタカタと身体が震えてきた。

「薫?」

「わ、わたし……ごめんなさい……ごめんなさい……わ、わからなくて……あの――」

震える薫の肩を、慌てて立ち上がった榊が抱いてきた。

「混乱させてしまったね。俺が悪かった。さぁ、先生が来るまで横になっていよう」

榊は薫をベッドに寝かせると、丁寧に布団をかけてくれる。彼は微笑み、また手を握ってきた。

「薫。大丈夫だ。俺が付いているから何も心配いらない」

はっきりと強く言い切ってくれる彼を見ていると、頭痛が治まってきた。

結婚についてはまったく気持ちが追いつかないし、信じることもできない。だが彼は、悪い人ではない。それは信じられる気がする。ハウスキーピングの時は紳士的に応対してくれたし、同じ日に宅配クリーニングで再会した時は驚いて笑い、「頑張ってね」と声をかけてもくれた。

（それは覚えてる……間違いないはず……）

この記憶は疑いたくない。

なぜならあの時の彼の優しい笑顔に、ぽっと胸が温かくなったから――


「部分健忘《けんぼう》ですね。事故のショックで記憶の一部が飛んでしまったのでしょう」

診察に来てくれた中年の男性医師は、事故の直前直後の記憶がなくなるのはよくあることだと言う。

医師の診察は、治療というよりは記憶を辿《たど》る問診という感じだった。身体の検査は薫が気を失っている間に終わったのだそうだ。骨折もなく、膝や腕に打撲や擦《す》り傷が少々あるものの、どれも軽傷。ただ額《ひたい》の傷は深くて、三針縫ったと聞いた。

頭を強く打っているからＣＴを撮ったのだが、結果は異常なしで、あとは薫の目が覚めるのを待っていたという状態だったらしい。

結局、薫の記憶は約一年前で止まっていた。現在、薫は二十三歳ではなく二十四歳になっており、高専に入学したばかりと思っていた和志も、もう二年生になっているのだそうだ。

そしてこの一年の間に、薫は榊と結婚したと言う。

出会って半年のスピード結婚。

自分がそんな選択をしたなんて信じられない。だが、「榊薫」になっている免許証を見せられ、薫は動揺しながらも、榊と結婚した自分を認めないわけにはいかなかった。

「外科的には脳に異常はありませんから、あまり深刻に考えないようにしてください」

「よかった……」

無言の薫の代わりに応えたのは、榊だった。彼は安堵《あんど》の表情を浮かべて、こちらを見つめてくる。

「先生、妻の記憶はどれぐらいで戻りますか？」

「はっきりしたことは言えませんが、事故による記憶障害はだいたい二、三日で回復することが多いです。稀《まれ》に記憶が戻らない方もいらっしゃいますが、奥様の場合、一年より前のことはしっかりと覚えていらっしゃいますから、日常生活に戻るのは容易かと思いますよ。なんにせよ、徐々に回復するものですから焦らないように。気長に構えてください。日常生活を送っていくうちに、ぽっと思い出すみたいですから」

医者が安心させようとしているのはわかっているのだが、薫は内心がっかりした。

（……できる治療は何もないってこと……？）

それでは二、三日経っても思い出せなかった時、どうすればいいのだろうか？　と、不安が募《つの》る。

「まだ混乱されているみたいなので、念のためにもう一日入院しときましょうか。大丈夫であれば明日退院しましょう」

「わかりました。ありがとうございます」

医師と看護師が出ていき、薫はベッドに座ったまま小さくため息をついた。榊の存在はとても頼もしくあるのだが、側にいられることには慣れていないし、違和感がある。

（でもそれはわたしの記憶がないから——なんだよね……）

ベッドサイドの椅子に座っている榊をちらりと盗み見る。彼はスマートフォンの画面を注視していた。しばらく難しい顔をしていたが、軽く金髪を掻き上げると立ち上がった。

「薫。会社から電話がかかってきていたから、ちょっとかけ直してくるよ」

薫が救急車でこの病院に運ばれてきたのは、昨日の夜だという。榊はそれから一度も家に帰ることなく薫の側にいたらしい。今日は五月二十八日木曜日だと医師から聞いた。

彼に仕事を放り出させていることが申し訳なくて、薫は静かに頭を下げた。

「本当にすみません。お仕事があるのに、榊様にはお手数をお掛けしてしまって……」

「何言ってるんだ。夫が妻の側にいるのは当たり前のことだろ？　あと、榊様はやめてほしい。崇弘って呼んでくれないか。俺達は夫婦だ。たとえ薫が覚えていなくても……ずっと夫婦だ……」

彼はそう言うと、ジャケットのポケットから何かを取り出し、薫の左手を取った。そしてそのまま、左手の薬指に白銀に輝く指輪をはめてくる。

「これは……」

「結婚指輪だよ。ＣＴ検査の時に外すように言われたんだ。薫のものだから付けておいて」

薫は自分の左手にはめられた指輪をじっと見つめた。細身のプラチナリングで、緩やかなVの字を描いたフォルムだ。中央に小ぶりのダイヤモンドが一粒埋め込まれている。そのクラシックなデザインはとても繊細で美しかった。同じデザインのものが榊の左手の薬指にもある。でも見覚えは――残念ながらない。

結婚していたというのだから、結婚指輪があるのは当然のことなのだろう。けれどもこれが本当に自分の指輪だという実感が湧かない。ハウスキーピングという仕事柄、薫には指輪を付ける習慣がなかった。だから指輪を付けるという行為自体、違和感しかないということもある。

(でも……わたしのなんだよね、きっと……。だってサイズがピッタリ……)

いつの間にか一年の時が経ち、金髪碧眼《へきがん》の夫がいて、覚えのない指輪を自分のものだと言われる。まるでドッペルゲンガーのようなそっくりさんと自分の人生が入れ替わってしまったかのようではないか。

二十三年間生きてきた記憶がしっかりある身としては、一年分の記憶がないのだと言われても、周りが何か勘違いをしているのではないか？　という思いが拭《ぬぐ》い切れない。

薫の困惑が伝わったのか、榊は優しげに目を細めると、薫の左手を持ち上げて、はめたばかりの指輪に口付けてきた。

「な……」

その流れるような仕草に、薫の胸がドッと高鳴る。

「混乱してるよね。でも大丈夫だから心配しないで。俺は電話が終わったら何か食べてくるよ。薫の食事がどうなってるかも看護師さんに聞いておく。できるだけ早く戻ってくるから」

榊はそう言って病室を出ようとした。が、何かを思い出したのか、ふと振り返る。

「あ、そうだ。俺も気が動転していたから、まだ和志くんに連絡していないんだ。連絡したほうがいいよな？」

弟の名前を出されて、薫は慌てて身を乗り出した。

「やめてください！」

「どうして？　事故に遭《あ》ったんだ、話しておいたほうが――」

榊の言い分もわかるのだが、薫達姉弟の両親は車の事故で他界している。更に姉である自分まで事故に遭ったと知ったら、和志は動揺したまま病院に来ようとするに違いない。そんな状態では、今度は和志が事故に遭いかねないではないか。

「大丈夫です。先生だって、記憶は二、三日で戻ることが多いって仰《おっしゃ》っていたじゃないですか。すぐに治るかもしれないのに、大袈裟《おおげさ》にしないでください！」

薫の言葉を聞いて、榊は僅《わず》かに苦い顔をしながらも最後は了承してくれた。

「わかったよ。俺からは言わないでおくから、薫の好きにするといい」

あまり強くは言わなかった彼に感謝して、薫はふと思い出したことを聞いた。

「あの、連絡で思い出したんですが、わたしの職場への連絡は――」

「職場？　薫は専業主婦だよ。俺と結婚して、ハウスキーピングの仕事もクリーニングのバイトも辞めたんだ」

「そ、そうなんですか……」

働くことしか考えられなかった自分が、仕事を辞めた？

言葉が続かない薫に、崇弘は軽く手を振った。

「じゃあ、行ってくるよ」

「は、はい。いってらっしゃい」

ひとり取り残された薫は、シンと静まり返った病室でまたため息をついた。

先ほどまで薫の左腕に刺さっていた点滴は栄養補給のためのブドウ糖だったそうだ。あまり空腹でないのも点滴のせいだろう。

薫はよろよろとベッドから下りた。この病室は個室で、トイレとシャワールームが完備されている。ありがたいことだが、贅沢《ぜいたく》で気が進まない。

（大部屋でいいんだけどなぁ……。この部屋高いんじゃないのかなぁ……）

とりあえず今のうちに手洗いをすませようかとドアを開ければ、鏡に映った自分の顔が飛び込んできた。

洗面台の上に取り付けられた鏡を食い入るように見つめる。幼顔《おさながお》で目が大きい、見覚えのある自分の顔――なのに違和感がある。その違和感の正体は髪だった。

黒髪が胸に付くほど長く伸びている。今まで薫は、仕事の邪魔にならないよう、後ろで一つにくくれる最低限の長さにしていた。だが今は、かれこれ十五センチは伸びているだろうか。こんなに髪を伸ばしたことはない。

（本当に一年経ってるんだ……）

自分はこの不気味な現実を受け止めねばならないのか――受け止めることができるだろうか？

手洗いをすませた薫は、何かがくり抜かれたような空虚な思いを抱えてベッドに戻った。

自分が記憶と同時に何を失ったのか――それはなんとなくわかる。

失ったのは想いだ。

榊と結婚までしたはずなのに、その時に抱いた愛が今の自分にはない。

確かに初めて会った時、彼に好感を持った。その想いは覚えている。

だがそれが、恋や愛にまでどう繋がっていくのか。自分が――自分達がどんな恋愛《みち》を辿《たど》って結婚にまで至ったのかがわからない。

どっちが告白したの？　どんなところにふたりで行ったの？　どんな結婚式をしたの？

指輪を眺めてみても、何も思い出せない。

（……榊様に申し訳ない……）

医師は「日常生活に戻るのは容易だ」と言ったが、果たしてそれは本当だろうか？　二十三歳の薫の日常と、二十四歳のそれは、あまりにも違うように思える。

ベッドの端に腰を下ろしたままうな垂れていると、いつの間に陽が傾いたのか、強い西陽《にしび》が射し込んできていた。壁時計を見れば、もう十八時になっている。眩《まばゆ》いそれは、薫が知っている夕日そのものだ。

（お日様はわたしが覚えているままね……）

そんな黄昏《たそが》れたことを考えていると、コンコンとドアがノックされた。

(榊様かな?)

「どうぞ」

ドアを開けたのは、ショートカットの若い女性看護師だった。手には食事が載ったプレートを持っている。榊が食事について聞いてくれたからだろう。

彼女が榊でないことに、薫は自分でも驚くほどがっかりしていた。

考えてみれば、榊が出ていってそんなに時間は経っていない。食事をしてくると言っていたから、まだ時間がかかるだろうに。

(わたしったら……)

ひとりで寂しかったのだろうか? 無意識に榊を求めていた理由を深く考える前に、看護師がサバサバした感じで話しかけてきた。

「失礼します。夕飯の時間ですよ。旦那さん、まだ戻られてないの?」

「あ、はい……。あの、食事に……」

薫が答えると、彼女は食事のプレートをベッドを跨《また》がせた机に置いて、くすっと笑った。

「旦那さん、一晩中あなたに付きっきりだったものね。『奥さんは大丈夫ですよ』って言っても、この世の終わりみたいな顔をして、ずっとあなたの手を握っていたのよ。あんなイケメンに愛されてて羨《うらや》ましいわ。旦那さんのためにも、早くよくなってね」

病室を出ていく看護師にぎこちない笑みを返して、薫は「はぁ……」と、重たいため息をついた。

そんなに心配してくれていたのか、彼は。嬉しい気持ちは確かにある。しかし、それを上回る罪悪感が襲ってきた。

自分を愛してくれている人を忘れるとは、なんて薄情な女なのだろう。彼を愛したからこそ結婚したはずなのに、今はその気持ちさえも見失っている。

もしも自分が好きな人に忘れられたら――そう思った時、先ほど見た榊の悲しそうな顔が脳裏に浮かんで、胸が軋《きし》んだ。

自分の足元があやふやな恐怖と、未来に対する不安。自分がなくなったかのような喪失感。そして何より、榊への罪悪感で胸が押しつぶされそうだ。じわっと目に涙が浮かぶ。と、その時、再びドアがノックされた。

「あ、はい」

また看護師だろうか？　そう思って急いで涙を拭《ぬぐ》っていると、入ってきたのは榊だった。

「薫、どうしたんだ？」

手に買い物袋を下げた榊は、慌てて薫の側に寄ってきた。そして薫の頬に残る涙の跡を見つけたのか眉を寄せる。

「泣いてるのか？　何か……あった？」

優しい声色だった。でもその声色とは違って、恐々とした表情で薫の顔を覗きこんでくる。

ああ、この人も今の状況が怖いんだなと、薫は漠然《ばくぜん》と思った。

「薫？」

「ごめんなさい……忘れてしまって、ごめんなさい……わたし……」

自分の気持ちがぎこちないながらも言葉になって出てくる。どうしたらいいのかわからないのだと訴えると、彼は買い物袋をベッドに置いて、椅子にも座らずに薫の手を握ってきた。

「謝らないで……。事故は君のせいじゃない」

「でも──」

たとえ事故に遭《あ》ったとしても、愛する人のことくらい覚えていたかった。いや、覚えているべきだったのだ。薫はそう言おうとしたが、榊に遮《さえぎ》られた。

「謝らないといけないのは俺のほうだ。君が事故に遭ったのは俺のせいだ。俺が側にいたのに、君を護《まも》れなかったから……」

状況がよく呑み込めずに首を傾げると、榊は薫の手を自分の頬に当て、事故当時のことを話してくれた。

「出掛けるところだったんだ。夕飯を食べにね。外に食べに行くのは久しぶりだったから、君は嬉しかったみたいだった。俺が仕事の電話をしながらもたもたしている間に、君は先にマンションを出て……車に撥《は》ねられたんだ……」

「そう……だったんですか……」

薫が育った家庭は裕福とはとても言えなかったから、子供の頃から外食なんて滅多《めった》になかった。それは両親の死後も同じで、弟とふたり、慎《つつ》ましやかな食生活だったことは覚えている。だから外食に連れて行ってもらえるとなったら──今、榊が言ったように大喜びするに違いない。

（なんて馬鹿なわたし）

「……食い意地張ってたんですね」

榊を安心させたくてくすっと笑ってみせると、彼も少し笑ってくれた。

「君の作る料理は最高だったよ。でもたまには家事を休んでリフレッシュしてほしかった。それが、まさかこんなことになるなんて……。本当にごめん。側にいたのに、君を護《まも》れなかった」

心底悔いるように言われて、薫はゆっくりと首を横に振った。

「榊様のせいじゃありません。わたしの運が悪かっただけです」

「薫。榊様はやめてって言っただろう？　だいたい薫だって榊なんだから」

「あ……ごめんなさい」

薫は慌てて口を押さえて謝る。すると彼は、薫の手を握ったまま首を傾げた。

「た、か、ひ、ろ。はい。言ってごらん？」

期待に満ちた眼差しを向けられて、薫は困惑と気恥ずかしさから目を逸らした。彼は何かと距離が近い。ただでさえ日本人離れした顔立ちを、ずいっと近づけてくるのだ。

（か、顔が近いよぉ。もうちょっと離れて……！）

と、思っても言えない。榊は薫に対して、己《おのれ》の妻との距離で接しているだけなのだろう。離れてほしいだなんて言ったら、彼がまた悲しむのは目に見えている。

（よ、呼べば喜んでくれるのかな？）

薫はチラチラと榊を見ながら、緊張した唇を震わせた。

「た、崇弘……さん……」

緊張しすぎて小さな声になってしまった。ちゃんと聞こえただろうか？　そう思って、様子を窺《うかが》うように見ると、笑った榊――崇弘の顔があった。

（あ、……かわいい……）

彼が綺麗な人だというのはわかっていたのだが、笑顔はまた違った。青い瞳が見えなくなるほど目を細くして、白い歯を見せて笑っている。普段は王子様風なのに、この時ばかりは少年のように無邪気だった。

「嬉しいよ、薫。ありがとう！」

飾り気のない言葉だったが、そのぶん真っ直ぐに伝わってくる。彼の言葉が心に染み入るのと同時に自分の顔が熱くなっていくのを感じて、薫はさっと顔を背《そむ》けた。だが崇弘は薫の頬を両手でむぎゅっと挟みこむと、やや強引に自分のほうを向かせる。

「じゃあ、もう一回言ってみようか。スムーズに言えるように練習」

「ええっ!?　練習!?」

「だってさっきは声が小さかったから」

まさかそんなことを言われるとは思ってもみなくて、薫が驚きに目を見開くと、崇弘はまた屈託なく笑った。

「呼んで」と、囁《ささや》くような声でせがまれる。しかも息がかかりそうなほど近い。ただでさえ熱くなっていた顔が、茹でだこみたいに真っ赤になった。

「は……離して、ください……」

「駄目。また呼んでくれたら離してあげるよ」

（な、なんでぇ〜）

薫は恥ずかしいのと緊張とで、視線が定まらない。まともに崇弘の顔を見ることができないのに、彼は視線を合わせようと顔を近づけてくる。しかも、両手で頬をむにむにと摘《つ》まんでくるのだ。これはもう、彼が納得するまで呼ぶしかないのかもしれない。

「はい。言ってみて」

「ひゃ〜か〜ひ〜りょぉ〜しゃぁん」

呼ぶ時に崇弘が頬をむにむにとするものだから、ちゃんと呼べない。

「プププ……もう一回」

「ひゃかひろ……もぉっ！　崇弘さんっ！」

崇弘の両手を払いのけて、はっきりと彼の名前を呼ぶ。すると崇弘は笑いながら薫を抱きしめてきた。面白がっていたのが丸わかりの彼に、素直に抱かれてやるのが癪《しゃく》で、プイッとそっぽを向く。けれども崇弘は薫の頭を優しく撫でるのだ。

「はは。ごめん、ごめん。薫があんまり可愛かったから、つい」

「……」

崇弘という存在をどう捉えればいいかわからない。可愛いと言われればドキドキして、こうやって抱きしめられると、彼のぬくもりと鼓動が身体に染み入ってくる。それが決して嫌ではないのだ。

（わたしは……記憶を失《な》くす前、ずっとこうしてもらっていたのかな……？）

薫がそろそろと顔を上げるのとほぼ同時に、崇弘がポツリと呟いた。

「あぁ、やっぱり薫だ……。俺の薫だ……」

「愛おしい」という感情を隠そうともせずに、青い瞳が熱く見つめてくる。なぜかチクンと胸が痛んだ。崇弘が自分の中に別の誰かを探しているように感じたのだ。

崇弘の妻である薫――それは、他の誰でもない薫自身のことらしいが、まだその自覚は持てない。かといって崇弘を拒絶することも薫にはできない。

（早く記憶が戻ればいいのに）

そうすれば、崇弘を愛せるのだろうか。いや、彼を愛する気持ちを取り戻せるのだろうか――

「そうだ。ここで食べようと思って、コンビニで弁当を買ってきたんだった。薫も食事がきたんだね。じゃあ、一緒に食べようか？」

薫を離した崇弘は、気を取り直したように、買い物袋を開けはじめた。

崇弘のぬくもりが離れたことに、五分の安堵《あんど》と五分の寂しさを感じながら薫は平静を装う。

（さ、寂しい？　そんなはずは……。きっとまだ動揺してるのよ）

「あ、はい。一緒に食べましょう。あの、ところでお仕事は大丈夫でしたか？」

会社から電話がかかってきていたことが気になって聞くと、彼は「大丈夫だよ」と頷いた。

「さすがに今日明日は休みを取るよ。土日は元から休みだけど、月曜からは出勤になると思う」

「すみません……休ませてしまって……」

申し訳なさに拍車がかかる。肩を縮こまらせながら俯《うつむ》けば、崇弘がまた宥《なだ》めてくれた。

「自分の奥さんが怪我をしたんだ。こんな状態の時くらい、休んだってばちは当たらないはずだろ？　薫、俺は君を支えたい。側にいたいんだ。これは俺の意思だから、君が謝るようなことじゃない。――あ、これ。コンビニで適当に買ってみた。よかったら使って」

袋ごと受け取り中身を見る。中には一泊二日用と銘《めい》打ったメイク落とし入りスキンケア商品と、旅行用ミニボトルのシャンプーとリンスのセット。それからショーツが入っているではないか。

「～～～っ！」

男の人に女性用の下着を買わせてしまったことが、申し訳なくて恥ずかしくて堪《たま》らない。でもとても助かったことは事実だった。

「あ、ありがとうございます……」

「退院の時に着る服は明日持ってくるよ」

「あ、は、はい」

崇弘は自分の膝の上で弁当を開けた。彼が買ってきたのは、タルタルソースがたっぷり乗った白身魚のフライ入りの海苔《のり》弁だ。薫の病院食は、五穀《ごこく》ごはん、ほうれん草のお浸《ひた》し、高野《こうや》豆腐と野菜のごま酢和《あ》え、オクラソースが乗ったマグロのステーキ、そしてわかめと麩《ふ》の味噌汁だ。

「冷めちゃったかな？　食べようか。いただきます」

手を合わせて、それぞれの料理に箸《はし》を伸ばす。だが、もともとあまりお腹が空いていなかった薫は、お味噌汁を一口と、五穀ごはんを一口食べただけで手を止めた。

マグロのステーキには惹かれるのだが、どうも完食できる気がしない。

「どうした？　食べないの？」

「点滴のせいかなとは思うんですが、実はあまりお腹が空いてなくて……」

正直にそう打ち明けると、崇弘は手の甲で薫の頬をそっと撫でてきた。

「無理はしなくていいけれど、もう少し食べなさい。点滴だけで身体にいいはずはないんだから」

「……はい」

優しく叱ってもらえたのがなぜか嬉しい。両親が他界してから、こんなふうに薫を叱ってくれる人がいなくなっていたからかもしれない。

「もう少し食べます」

「ん。よし、俺が食べさせてあげよう」

崇弘は薫の箸を取り上げると、ほうれん草のお浸しを一口分、口の前まで持ってきた。

「はい、あーん」

「え……えと……あの……」

「ほら、早く食べて。醤油《しょうゆ》が零《こぼ》れる！」

困惑しているうちに急《せ》かされて、薫は慌てて口を開けた。しゃきしゃきした歯ごたえを味わいながら咀嚼《そしゃく》すると、崇弘が満足そうに頷いて次の料理を口に運んでこようとするではないか。

「も、もう……自分で食べられますから……。崇弘さんはご自分のを……」

と言ってみたのだが、彼はちっとも箸を返してくれない。

「俺のことは気にしないで。はい、あーん」

（ううう……恥ずかしいよぉ……）

誰が見ているわけでもないのだが、人にものを食べさせてもらっているという絵面《えづら》がどうにも恥ずかしい。それに、記憶も戻っていないくせに、崇弘に甘えてもいいものなのだろうか？　だが当の崇弘は、薫が食べるととても嬉しそうににこにこしている。

彼が悲しい顔をせずに笑ってくれるのなら、お腹いっぱいでも食べたほうがいいのかもしれない、という気になってくるから不思議だ。でも、どうすれば彼が一番喜んでくれるか、薫はわかっていた。

（早く崇弘さんのことを――この一年のことを、全部思い出さなきゃ！）

結局薫は、崇弘に勧められるがまま、この日の夕食を全部食べたのだった。

2

翌日。朝食が終わった九時前に崇弘は病室にやってきた。昨日はスーツだった彼も、今日は長袖のシャツにスラックスというラフな出で立ちだ。手には紙袋が二つある。

「おはよう、薫。どう？　具合は」

「た、崇弘さん。お、おはようございます」

薫は近づいてきた崇弘を十秒ほどじっと見つめて、視線を下げた。

「……ごめんなさい……わたし、まだ思い出せていません……」

医師が「事故による記憶障害はだいたい二、三日で回復することが多い」と言ったから、昨日の夜はそれを期待して眠った。しかし、朝目覚めてからも変化はまったくなかった。崇弘の顔を見れば何か思い出すかもしれないと思ったのだが、どうやらそれもなかったようだ。

謝る薫に、崇弘は優しく微笑みかけてきた。

「いいんだよ、薫。気にしないで」

近くに来た彼は、うなだれる薫の頭を何度も何度もゆっくりと撫でてくれる。その心地よさに誘われるように顔を上げれば、青い瞳が蕩《とろ》けそうなほど優しい眼差しで見つめていた。彼があまりにも素敵で、その視線を正面から受けるのが恥ずかしくなってしまう。薫は慌てて目を伏せた。

「包帯、取れたんだね」

頭に巻かれていた包帯は、昨日のシャワーの前に、看護師に取ってもらった。今は縫った傷口に肌色のテープが貼られている。それを伝えると、彼は「よかった」と言って、持っていた紙袋を手渡した。

「はい、服。こっちは靴ね」

「あ、ありがとうございます」

薫が受け取ると、彼は壁時計に目をやった。

「九時から会計が開くって聞いてるから、ちょっと行ってくるよ」

入院費の支払いに行くつもりなのだろう。この時になって薫は慌てた。薫には持ち合わせがない。事故に遭《あ》った時に鞄を持っていたらしいのだが、「スマホのバッテリーも切れているし、明日の退院の時の荷物を減らすために持って帰るよ」と崇弘に言われたから、貴重品も含めて全部彼に預けていたのだ。

「あ、あの……お金……」

「薫。俺達は結婚してるから、財布は一緒だよ。何も気にしなくていいの」

そう当たり前のように言われても、はいそうですかと素直に受け入れられない。それは薫が結婚したという事実をきちんと受け止めきれていない証拠でもあった。

落ち着かない気はしながらも、薫は頷いた。

「……はい……。ありがとうございます」

「ん。じゃあ、行ってくるね。終わったらまた来るから、着替えておいて」

「はい。わかりました」

ひとりになった薫はベッド周りにカーテンを引くと、崇弘から受け取った紙袋を開けた。カーキ色で七分袖のカットソーと、足首まで長さのある白のロングスカートが一番上に乗っている。

(わぁ……コーディネートしてきてくれたのかな)

この服に見覚えはないが、柔軟剤の匂いがするから新品というわけではなさそうだ。

仕事の時にパンツスタイルだからと、休日はスカートで過ごすことが多かった。一年経ってもそう急に趣味は変わるものでもないのだろう。これは自分でも選びそうな服ではある。服の下には、茶色の紙袋が入っていた。

開けてみると、中には白地にピンクの花柄のブラジャーと、セットのショーツ、更にはレースのキャミソールが入っていた。

「こ、れ……わたしの……？」

薫は一気に赤面した。

躊躇《ためら》いながらもブラのタグを見ると、サイズはCの70。薫と同じだ。昨日、コンビニで買ったと思しきショーツがパッケージに入ったまま渡されたことを考えれば、これらは崇弘が家から持ってきてくれたのだろう。つまり、記憶喪失になる前の薫が使っていた衣類ということになる。

（……可愛い路線を選ぶあたり、わたしっぽいチョイス……な、気がする……）

薫は衣類に強いこだわりがあるわけではないが、なんとなく買った物でもテイストが似通っていることが多々ある。こと下着に関して言えば、白やピンクといった可愛い系を買っていた。ショーツとセット買いするのも常だ。

夫婦なんだと言われても、まだ実感が持てていない崇弘《おっと》に下着類まで用意されることに対して、どんな反応をすればいいのだろう？　助かってはいるが、恥ずかしくて仕方がない。

着替えてみれば、当然のことのように、サイズはジャストフィット。もう一つの紙袋から薄茶色のミュールを出して履けば、これまたピッタリだ。

（これ、全部わたしのなんだろうなぁ……まったく覚えがないけれど……）

今まで着ていた病院着を畳んだ薫は、カーテンを開けてベッドに腰を下ろした。

「はぁ……」

思わずため息が零《こぼ》れてしまう。昨日から何度ため息をついたことか。

早く思い出したい。思い出して崇弘と向き合えたならどんなにいいだろう。彼がくれる愛情と微笑みを、罪悪感というフィルターを通さずに感じることができたらいいのに……

（いつ、思い出せるんだろ……明日？　明後日？）

薫がまたため息をつきそうになった時、病室のドアがノックされた。

入ってきたのは崇弘と、薫の主治医だ。

「先生とさっきそこで会ったんだ」

と崇弘が言った。

「榊さん、どうです？　調子は」

医師の言う「榊さん」が、誰のことがわからずに、一瞬、キョトンとしてしまった。だが、彼が自分から視線を外さないことで「あぁ、榊さんはわたしだったわ」と気付く。思わず苦笑いしながら、薫は首を横に振った。

「まだ……まったく……思い出せないです……」

医師は「そうですか」と、言いながら自分の顎《あご》をさすった。

「まぁ、昨日の今日ですからね。自宅に帰るというのも一つの刺激にはなります。でもそこで思い出せなかったとしても気落ちしないでください。まずは今までと同じ生活をすること。そうしていくうちに、自然と思い出せるかもしれません。仮に思い出せなくても、日常生活には復帰できます。

くれぐれも無理やり思い出そうだなんてしないように。不安や気になることがあれば、病院に来てください。脳外科的には問題がないので、最終的に心理カウンセリングという形になりますが、ご相談には乗れますから」

(今までと同じ生活――か……)

簡単に言われても、結婚している時の生活がわからないのだが――それを医師に言っても仕方がないだろう。薫は丁寧に頭を下げた。

「先生。ありがとうございます。何かあったら相談させてください」

「ええ。旦那さんが本当にいい方ですから、榊さんは大丈夫だと私は思っていますよ」

医師がそう言って隣の崇弘を見る。彼は医師に向き直って頭を下げた。

「妻がお世話になりました。しばらく家で様子を見てみます」

「そうしてください。では私はこれで。おふたりとも車には気を付けてくださいね」

車に撥《は》ねられたことすら忘れている薫に対する、注意だろうか。でも、頭をぶつけて記憶喪失になったのなら、もう一度頭を打ちつければ元に戻ったりはしないだろうか?

(電化製品じゃあるまいし、叩けば治るなんてことはない、か)

それよりも、悪化することだって充分あり得る。医師が、無理やり思い出そうとしないようにと言ってくれたのは、そんな馬鹿なことをしないようにという意味だろう。

「じゃあ、行こうか」

促《うなが》されて、薫は崇弘と共に病室を出た。

外に出ると、むわっと湿《しめ》った熱気を感じる。梅雨《つゆ》入りを目前にして湿度が急上昇しているようだ。

歩きながら、半歩先を歩く崇弘を見る。彼は薫の頭一つ分背が高く、しっかりとした肩幅でとても堂々としている。サラサラした金髪が本当に綺麗で見惚《みと》れてしまいそうだ。

(この人がわたしの旦那様……？　本当に？　まだ信じられないよ……)

彼と一緒に歩くには、自分があまりにも平凡で釣り合わない気がする。

「どうしたの薫？　おいで」

「えっ、あっ……」

自分でも知らぬ間に歩調が遅くなっていたようだ。崇弘を見つめてぼーっとしていたなんて言えない。

差し出された彼の手に、恐る恐る自分の手を乗せた。

「すみません……歩くの遅くて……」

「いいや。大丈夫だよ」

再び歩き出した崇弘は、今度は少しゆっくりと歩いてくれた。

彼は車で迎えに来てくれたそうで、病院の駐車場に止まっているベンツのクーペへ案内された。

シルバーの右ハンドル仕様。銀色のエンブレムが輝かしくて、崇弘に似合っている気がした。

「さ、乗って」

「お、お邪魔します……」

上質な本革シートに恐々としながら腰を下ろすと、崇弘は苦笑いする。

「うちの車だからそんなに緊張しなくて大丈夫」

（たぶん何度も乗ったことあるんだろうけど、覚えてないし……）

ぎこちなくシートベルトを着けてみるが、やっぱり覚えはない。

仕事柄、顧客の家に行く時には自分で車を運転していた薫だが、乗っていたのは掃除道具を積んだ会社のワンボックスカーだ。記憶にある中で、こんな高級車に乗ったことはない。

怪訝《けげん》な顔できょろきょろと辺りを見回していると、エンジンがかかった。

「さ、帰ろうか」

「はい」と返事をしたものの、薫はふとあることに気が付いた。

「あの！　帰るってどこへ、ですかっ⁉」

ガバッと腕を掴んできた薫に、崇弘は驚いたのか目を見開く。だが、次の瞬間には薫の両手を包むように握ってきた。

「薫。帰るのは俺達の家だ。結婚したから、一緒に住んでいる。ほら、君も仕事で来たろう？　あのマンションだよ」

結婚したことは昨日聞いていたし、今朝はこうやって服まで持ってきてもらったくせに、一緒に住んでいることまではとんと考えが及ばなかった。崇弘のマンションといえば、あの豪邸のような三十三階建てのマンションではないか。薫は半ばパニックに陥《おちい》っていた。

「え？　えっ？　わたしが住んでたアパートは？」

「引き払ってるよ」

「えーーっ!?　ひ、引き払った!?　お父さんとお母さんの位牌《いはい》は!?　和志の荷物だってあるのに!!」

ジタバタして叫ぶ薫を前にして、崇弘は握った手をポンポンと優しく叩いてくる。

「薫。薫。心配しないで。ご両親の位牌も、和志くんの荷物も全部うちにあるから」

「えっ？　えっ？」

「薫、ちょっと落ち着こうか」

目を白黒させる薫の背中をよしよしとさすって、崇弘は一旦車のエンジンを止め、シートベルトを外した。車内に沈黙が訪れ、彼の優しい声が響く。

「落ち着いた？」

「ま、まだ……ちょっと混乱しています……」

本当はだいぶ、かなり、激しく混乱していたのだが、そう言うしかない。崇弘は「うーん」と悩ましい声で天井を仰いだ。

「俺と結婚したことはわかってくれたみたいだったから、一緒に住んでいることもわかってくれていると思っていたんだけど違ったんだな。ごめん。昨日、もっとよく説明すればよかったね」

「いや……スミマセン……その……」

（ううう……わたし、まだ頭が混乱してるのかな……）

昨日は与えられた情報を呑み込むのに精一杯で、きちんと理解することにまで及んでいなかったようだ。

崇弘は薫に向き直り、少し微笑んでくれた。

「俺らはごく普通の夫婦だったよ。だからもちろん一緒に暮らしてる。愛し合ってて……まあ俺のほうが惚《ほ》れてるんだけど。付き合うのも俺から告白したし、プロポーズももちろん俺からだった。俺は誰とも結婚する気はなかったんだけど、薫と出会ったら止まらなくて。押して押して押してのスピード結婚」

崇弘のような人に迫られる自分がとても想像できない。呆気に取られていると、彼は薫の背中に両手を回し、ぎゅうっと抱きしめてきた。

「君が俺を忘れても、俺は君を覚えてるし、愛してる。君がいない人生なんて考えられないんだ」

耳元で囁《ささや》かれて、顔どころか首筋や両手のひらまで真っ赤になる。崇弘は流し目で薫を見つめると、鼻先でツンと頬を突いてきた。

「あ……えと……」

「ふふ。さて、帰ろうか。俺の可愛い奥様。家でお茶でも飲みながら話そう」

「えと、えっと、帰る？　ですか――」

崇弘の言うことはもっともなのかもしれないが、未《いま》だ混乱の最中《さなか》にいる薫はオタオタしてばかりだ。崇弘はあやすように薫の頭を撫でると、自分のシートベルトを着けて車のエンジンをかけた。

「はい、出発」

崇弘の楽しそうな声と共に、車は滑《なめ》らかに走りだしたのだった。

三十分ほど車を走らせて到着したのは、見覚えのある三十三階建てのマンションだった。たった一年で街が大きく様変わりするはずもなく、ここに来るまでの道中は記憶に新しい。

(当然だよね……わたしにしてみたら、つい数日前にここに来た感じなんだし……)

とはいえ、覚えのない建物もあった。マンションの徒歩圏内に二十四時間営業の大きなスーパーができていたのだ。これは半年ほど前にできたらしい。そう崇弘が教えてくれた。

来たことがあるマンションではあるが、記憶の中ではそれも二度だけ。乗り込んだエレベーターも、言葉にはできない微妙な差異《さい》がある気がして落ち着かない。

このマンションはワンフロアにつき一世帯しかなく、全体的に静かだ。

「はい。ここが我が家だよ」

そう言って案内されたのは二階の部屋。まるで金庫のような両開きの玄関ドアが、ピッという電子音を立ててカードキーで解錠される。ホテル以外でカードキーを見たことがない薫は、思わず、「ホテルみたい」と口に出していた。

「あはは！　それ、前も言ってたよ。やっぱり薫は薫だね」

崇弘は軽快に笑うと、玄関を開けて薫を中に入れてくれた。空調が効いているのか、外とは違い湿《しめ》っぽさがない。

「わ……」

玄関というより、玄関ホールをイメージさせる高い天井。床は白大理石。壁紙も、天井まで続くはめ込み型の靴箱の戸も白くて、目が眩《くら》む。掃除するところなんてないんじゃないかと思ってしまうほど、綺麗に整えられた玄関である。おまけに広い。薫と和志が住んでいたボロアパートの玄関のざっと五倍以上の広さがある。この印象は、初めて来た時と同じだ。

「あ、相変わらずすごいですね……」

「そうかなぁ？　普通……っていう感じなんだけど。毎日見てるとわからないな」

そう彼は屈託ない笑みで言うが、断言しよう。彼の感覚は麻痺《まひ》している。戸建てでもこんなに広い玄関はそうそうない。

(玄関だけじゃなくて中も広いんだよなぁ……ここ)

中に入ったことは一度しかないが、広さはよく覚えている。何せ掃除するのが一苦労だったから。依頼されたのは玄関、リビング、ダイニング、キッチンのフローリング洗浄とワックスがけ。依頼内容は普通なのだが、もうひとりの女性スタッフとふたりがかりで、一般的な住宅なら四時間くらいで終わるところを、六時間もかかってしまったのだ。

時間はかかったが、崇弘は仕事を気に入ったらしく、また利用すると言ってくれた。

「さ、薫。入って」

「お、お邪魔します……」

促《うなが》され、おずおずとミュールを脱ぐと、先に上がっていた崇弘がまた笑った。

「薫。『ただいま』だろう？」

「あ……」

薫自身にはここに住んでいた記憶はなくても、崇弘にとっては違う。彼にとって、ここは奥さんとふたりで住んでいた家で、そして入院していた奥さんが帰ってきたのだ。更に言うと、その奥さんは、自分。

奇妙な感じはしたものの、薫は小さな声で「ただいま」と言ってみた。

「ん。おかえり」

出してもらったスリッパを履いて中に入る。玄関ホールの突き当たりで廊下が左右にわかれており、左手がリビング、ダイニング、キッチンだ。そこまでは知っている。薫は右手の廊下には進んだことがない。

崇弘の背中を追って、薫はリビングへと足を踏み入れた。

そこは記憶と大差ない、広々とした開放的なリビングだった。明るいナチュラルトーンのカラーリングで揃えられたL字のソファー周り。壁側には大型テレビが置かれ、大きなワインセラーもある。海が見える南側の窓からは、心地よい光が降り注いでいた。

少し家具が様変わりしたようにも感じるが、どこが変わったかまではわからない。

(……思い出せるかな……?)

きょろきょろと自分の記憶を刺激してくれそうなものを探す。すると、難しそうな顔をしている崇弘と目が合った。

「薫……どう?」

期待しているような、何かを恐れているような、そんな眼差しだった。思い出すことを強く望まれているのだと思う。しかし薫の頭の中は、ハウスキーピングの時に見た部屋と、今の部屋を比べているだけで、何かを思い出したわけではない。

「……ごめんなさい。まったく……思い出せません……」

静かにうなだれると、軽く首を横に振った崇弘が肩を抱いてきた。きっと、プレッシャーをかけまいとしてくれているのだろう。

「いいんだ。気にしないで。とりあえず、座って。今、お茶を淹《い》れよう」

「ありがとうございます……」

ダイニングテーブルに案内されて四脚ある椅子のうち、一番リビングに近い席につく。すぐに崇弘が冷たい麦茶を持ってきてくれた。それに口を付けていると、ダイニング横にあるサイドボードの上の写真立てが、ふと目に入った。

「あの写真は――？」

「ああ、これ？」

崇弘が立ち上がって写真立てを持ってきた。

木製のシンプルな写真立て。その中に収められているのは、シルバーのモーニングコートを着た金髪碧眼《へきがん》の青年と、純白のウエディングドレスを身に纏《まと》った――自分だった。

「これ……」

「結婚式の時の写真だよ。これは薫のお気に入りの一枚で、ずっとここに飾ってるんだ」

崇弘は薫が座った椅子の背凭《せもた》れの上に肘《ひじ》をつき、写真を愛おしそうに眺めている。

薫も写真に釘付けだった。正装した崇弘は王子様そのものだ。広い肩幅に長い脚。職業はモデルですと言われたら、誰もが信じてしまうに違いない。彼は隣の花嫁と、対《つい》になる人形のようにぴったりと寄り添っている。

「綺麗だろ？　薫……君だよ」

裾にかけてふんわりと広がったAラインのドレスで、首周りを繊細なレースが覆っている。まさしく正統派クラシカル。その王道さが薫を上品に見せてくれていた。

崇弘に腰を抱かれ、淡い色合いの薔薇《ばら》のブーケを持ち、はにかみながらも幸せそうに笑っている。

「これが、わたし？」

「そうだよ。ねぇ、自分の髪が伸びていたことには気付いた？」

崇弘は後ろから薫の髪を触ってくる。髪の変化は薫に時間の経過を最初に気付かせてくれたものだ。だから素直に頷いた。

「出会った頃、薫の髪はあまり長くなかったんだけど、結婚式のために伸ばしたんだ。でもせっかく伸ばしたんだからって、結婚式が終わっても切らないでいたんだよ」

「そう……だったんですか」

結婚式の写真をじっと見つめる。花嫁の髪はふんわりとアップになっていた。この頃にはだいぶ伸びていたようだ。写真を見る限り、自分は幸せな結婚をしたのだろう。

（ああ、いいな……素敵。わたし、こんなに綺麗なドレスを着せてもらったのね）

思い出したい。彼との結婚式を。幸せだった自分を思い出したい。

だが、穴が空くほど写真を見ても、ちっとも思い出せないのだ。

「……ごめんなさい、こんなに素敵な式を挙げてもらったのに。わたし、わたし……なんで思い出せないんだろ」

写真の中の自分があまりにも幸せそうだったせいか、薫の目から涙があふれてきた。

写真を覆うガラスに雨が降ったようにぽつぽつと涙が落ちる。そんな中で、薫は背後から椅子の背凭《もた》れごと抱きしめられた。

「泣かないで、薫。薫が俺の奥さんなんだってことがわかってくれたらそれでいいんだ」

「崇弘……さん」

崇弘は薫の頬に自分のそれをぴったりとくっつけて、宥《なだ》めるように囁《ささや》いてきた。

「大丈夫、大丈夫だよ。薫は悪くないんだ。謝る必要なんてないんだよ。自分を追い詰めたりするのはよそう？　焦りは禁物だって、先生も言ってたじゃないか」

「……うん」

頬が触れたまま、包むように頭を撫でられる。振り向くことはできなかった。耳のすぐ横には崇弘の息遣いがあって、心臓が甘く痺《しび》れてくる。

なぜだろう、こうやって抱きしめられるのが嫌だとは、微塵《みじん》も思わないのだ。むしろ彼の体温に安心する自分がいる。

それは薫にとって不思議なことだったが、崇弘は慣れた手付きで、何度も何度も繰り返し頭を撫でてくれた。

髪の間に指を入れ、梳《す》くように丁寧に触る。時折、耳に指が触れるのがくすぐったい。彼を見ると、柔らかく微笑まれ、慌てて視線を外すはめになった。

王子様のような彼は、仕草まで王子様だ。新しい涙はもう流れなかった。

(わたしは……崇弘さんと本当に結婚していたんだ……)

指輪を渡されても半信半疑だったのに、写真を見てはじめて、本当だったのだと受け入れることができた。

自分は半年前に、この人と幸せな結婚をしたのだ。写真がそう言っている——

崇弘も薫も一言も発しないまま、しばらく時間が過ぎた。そうしていると、突然ピリリリリッと高い電子音が鳴った。

「あ、ごめん。俺のだ」

するっと崇弘の腕が離れて、距離が開いた。一気に失われたぬくもりに後ろ髪を引かれ、彼を振り返る。

「会社からだ。——はい、もしもし?」

律儀に断ってから崇弘は電話に出た。途端に、先程までの甘い空気が一気に吹き飛ぶ。

「——その件はわかった。新規でイギリスの派遣会社との委託契約の話が出ていただろう。そっちを先に進めてほしい。——それはこの間話した通り——そう、なら俺にメールを送っておいて。明日の朝までに見ておくから——うん、うん……」

漏れ聞こえてくる会話の雰囲気から、大切な話なのだというのはなんとなくわかる。しかも彼は、指示を出す側のようだ。

（もしかして、崇弘さんって会社で偉い人なのかしら？　っていうか、何歳なの？）

まだ二十代後半から三十代前半に見える崇弘が、部長クラスだったりしたらすごいことだ。今日の仕事は休むと言っていた彼だが、電話がかかってくるほど忙しいのだろう。まだ午前中だし、今からでも仕事に行ったほうがいいのではないだろうか？

「あの、お仕事……忙しいんですか？　今日、会社に行かなくていいんですか？」

崇弘の電話が終わったタイミングで聞いてみる。彼は笑いながらスマートフォンをポケットにしまった。

「ああ、休むことにしているから気にしなくていいよ」

「で、でも昨日もお休みして……」

薫だって働いていたのだから、休みを取ることの難しさはわかっている。連日の欠勤となると一大事だ。

焦る薫を尻目に、崇弘はその豊かな金髪をさらりと掻き上げた。

「いいんだよ。俺の部下は優秀だから大丈夫。まぁ、時々ああやって電話がかかってくるとは思うけど。それより、薫はここで暮らしていた記憶がないわけだから、覚えないといけないことがあるだろ？　明日から土日でもともと休みだし、この三日間である程度覚えよう」

それは崇弘の言う通りだった。崇弘のこと、この一年の間に起こったこと、この家のこと。近所付き合いから親戚付き合いに至るまで、薫は何もわからない。思い出せないのなら、覚えなくてはならない。それを教えてくれる相手は、崇弘以外にいないのだ。

薫は立ち上がると崇弘に向き合った。

「崇弘さんの言う通りですね。いろいろ覚えないと。崇弘さん、わたしにこの一年のことを教えてください。そして、崇弘さんのことを……」

「OK。何が聞きたい？」

崇弘は気持ち嬉しそうに笑っている。急にたくさんのことを聞いても覚えられないかもしれないから、薫はさっき気になったことから聞くことにした。

「崇弘さんはなんのお仕事をされているんですか？」

「俺の会社は『スタッド・アルト』っていう人材派遣会社なんだ。俺は代表取締役を務めている」

「えっ？」

薫は目をしばしばさせながら、崇弘を見つめた。スタッド・アルトは知っている。日本全国、場所や職種を問わず仕事を紹介している、大手の派遣会社だ。正社員の傍《かたわ》ら、夜間の仕事を探していた時に登録したことがある。

結局、通勤途中で見つけた宅配クリーニングのアルバイトに採用されたので、スタッド・アルトを本格的に利用したことはなかったが、それでも感じがいい派遣会社だと思っていた。そこの代表取締役ということは――

「えっと……社長さん……？」

「そうだね」

「……」

　さらりと言われた薫は、しばらくの沈黙のあと、盛大な悲鳴を上げた。

「えーーーーッ⁉」

「うん。以前とまったく同じ反応をありがとう。なんだか懐かしくて、すごく嬉しいよ」

　崇弘は丸めた手を口元に当てて、愉快そうに笑っている。どうやら前も同じようなやり取りをしたことがあるらしい。

「えっと、崇弘さんっておいくつなんですか？」

「今年三十だ。俺の誕生日と薫の誕生日は実は二日違いなんだよ。俺が十二月十一日。薫は十三日だろ。だから俺達の結婚式は、間を取って十二月十二日にしたんだ」

「ほえ……」

　崇弘はダイニングテーブルの椅子に座り、薫にも隣に座るように勧めてくる。言われた通りに座った薫は、彼を凝視しながら尋ねた。

「なんで付き合うことになったんでしょう？　わたし達……」

　昨日の段階でも不思議に思っていたことだったが、崇弘が社長と聞いてますます疑問が深まった。自分達はあまりに違いすぎる。

　裕福な社長さん、しかも明らかに女の人が放っておかないであろう崇弘と、貧乏で地味女の自分が、どうして？

「薫は俺と初めて会った日のことは覚えているんだよね？」

「はい。昼間、ハウスキーピングでお会いして、同じ日の夜に宅配クリーニングでも会いました……そこまでは覚えています」

「そう。俺も驚いたよ。同じ日に違うサービスで同じ人に会ったから。一瞬同じ系列の会社かと思ったけど、まったく違う会社だったし、会社員をしながら宅配クリーニングでバイトしてるって聞いて、働き者だなぁって感心したんだ」

崇弘は一度言葉を切ると、テーブルに頬杖をついて薫を見つめてきた。

懐かしそうにしながらも熱いその眼差しは、薫を搦《から》め取るように向けられる。

「思えばその時から薫に惹かれていたのかもしれないね」

まだ自覚はなかったけれど、と付け足した彼は、クスッと笑った。

「次の日、気が付いたら俺は、薫が働いていたハウスキーピングの会社と、定期利用契約をしていたんだよ」

「定期利用、ですか？」

確かに、薫が働いていたハウスキーピングの会社には、定期利用サービスがある。だがメインとなるのは、年に一回、大掃除での利用や、引越し前後の掃除利用、あとは水回りの溜まった汚れの洗浄や、エアコンのクリーニングといった単発だった。

「掃除コースの定期じゃなくて、家事代行コースの定期ね。あと、週一で、楽チンごはんコースもプラスしたんだ」

「それはすごいですね……」

家事代行はその名の通りの家事代行だ。掃除以外にも、日常的な炊事、洗濯やゴミ捨てなど、家事全般を請け負う。留守中に部屋に入る場合もあり、顧客との信頼関係が重要になるから、基本的にひとりのスタッフが専任という形で付く。

楽チンごはんコースは、食材の買い出しから調理までを一手に引き受けるコースだ。一度に一週間分の料理を作り置きして、依頼主は日々温めて食べる。この楽チンごはんコースを利用するのは共働きのファミリー世帯や、シルバー世帯が多い。ひとり暮らしでの利用がまったくないわけではないが、若い男性となると稀《まれ》と言っていいだろう。こちらも専任スタッフとなる。

定期利用だから優待割引があるとはいえ、どちらも決して安くはない料金だ。

(すごいなぁ……大口のお客さんだ)

驚きながらもそんなことを考えていると、崇弘はちょんと薫を指差してきた。

「それで、薫に俺の専任になってもらったんだ」

「ええっ!? わたしですか？」

「指名したんだ。一週間に一回。土曜の夕方に薫がうちに来て、掃除して、洗濯して、ご飯を作ってくれていたんだよ」

彼の専任スタッフとして働いた約三ヶ月の間に、個人的にも親しくなっていったらしい。

「俺が風邪をひいて倒れたことがあってね。ちょうど薫が来る日だったんだけど、ものすごく心配してくれて。契約の日じゃないのに、次の日も様子を見に来てくれたんだ。嬉しかったし、なんかもう、薫が他の客の家に行って掃除したり家事したりしてるのに耐えられなくなって。おかしいだろ？　それが薫の仕事だってわかってるし、俺のところに来てくれるのも仕事だからなのに、他の人のところには行ってほしくないって思ってしまったんだ。気が付いたら薫に告白してたよ」

薫は崇弘を凝視していた。驚きすぎて声が出ない。自分と崇弘の間に、そんな恋模様があっただなんて、信じられない。でもここで彼が嘘をつく意味はないだろう。

（……ど、どうしよう。嬉しいかも……）

他の客の家に行ってほしくないだなんて、かなりの独占欲だ。自分は崇弘にそんなにも強く想われていたのか。想われて、乞《こ》われて結婚したのか。

「薫と一緒にいるとすごくホッとするんだ。結婚したいって思わせてくれた女性は君だけだったよ」

膝に置いていた手が崇弘に強く握られる。ハッとして顔を上げると、青く澄みきった彼の目があった。

「愛してる」

ストレートな言葉に、薫はくらくらしながら唇を引き結んだ。そうしていないと、顔がだらしなく溶けてしまいそうだったから。

ドクドクと心臓が勝手に高鳴って、顔に上がった熱が自分でも誤魔化せない。今にも頭の回線がショートしそうだ。

「薫」

静かに呼ばれたのと同時に、薫は崇弘の腕に抱き込まれていた。耳の裏から髪を掻き上げられ、首筋があらわになる。そこにそっと崇弘の唇が触れた。

触れただけ。吸い付かれたわけでも、舐められたわけでもない。ただ微かに熱を感じるくらい、軽く触れただけ……。それだけで緊張して身体が動かなくなる。

結婚しているのだと言われても、その記憶がない以上、薫は男の人と付き合ったことのないままである。しかし相手は崇弘だ。彼は自分の夫なのだ。自覚はなくてもそれが現実である以上、受け入れなくてはならないのに——抵抗することもできず、声も出せず、ただ硬直することしかできなかった。それもこれも、彼が素敵すぎるせいだ。

(ああ……わ、わたし、どうしたら……えっと……えっと)

パニックを起こしかけている薫に気が付いたのか、崇弘はスッと身体を離した。

「ごめんね。驚かせたかな?」

聞かれても、「はい、驚きました」とは言えず、薫は黙って俯《うつむ》く。ただ顔がのぼせたように熱い。いや、顔といわず、身体中を熱が包んでいる気がする。

(な、何か言わなきゃ……!)

でも、うまく言葉が出ずに俯いたまま視線を泳がせていると、崇弘がまた手を握ってくれた。

「そうだ薫、部屋を案内しようか?」

「部屋……?」

おずおずと顔を上げると、彼は少し笑う。そんな彼の眼差しはとても優しくて、大人の余裕と包容力にあふれていた。

「バスルームとか寝室とか。和志くんの部屋もあるよ」

「み、見たいです！」

薫はすかさず返事をしていた。この家の中が気になるのももちろんだが、今の状態が気恥ずかしくて堪《たま》らなかったのだ。

「ん。じゃあ、行こうか」

崇弘は一度玄関まで戻って、そこから案内してくれた。

「ここがトイレね」

そう言って、一つのドアを開ける。そのすぐ隣はウォークインクローゼット。ドアを開けると、壁は天井までボックス状の棚で埋まり、衣類以外にも季節家電や掃除道具が種類別に仕舞われていた。

クローゼットというよりは倉庫に近い印象だ。棚のボックスケースには一つずつラベルが貼られている。家電の取り扱い説明書や保証書もセットで入っていた。掃除用の洗剤や詰め替え用はひとまとめになっている。

(あ、結構わかりやすい配置)

スポンジの予備やぞうきん、バケツ、掃除機の場所を一つずつ点検しながら、薫はそんなことを思った。よく使う羽ぼうきや重曹《じゅうそう》スプレー、ぞうきんがまとめて入れられているプラスティック製のカゴもある。これはどこか、働いていたハウスキーピングの掃除道具入れを連想させた。

「ここね、薫がだいぶ整理してたんだよ。俺は服や家電を適当に押し込んでたんだけど、今はわかりやすくなってるだろ？　全部薫がやってくれたんだ」

なるほど。では今薫が見ているこの掃除道具が入ったカゴも、過去の自分がまとめたのか。どうりでわかりやすく感じるはずだ。重曹水が入っているスプレーボトルも詰まりが少ないと評判のもので、薫は個人的にも愛用していた。でもこれは新しいから、持ち込んだというより新調したのだろう。

「……なんとなく……どこに何があるかわかるような……」

ポツリと呟くと、サッと崇弘の目の色が変わった。

「思い出したのか!?」

崇弘の食いつきに若干《じゃっかん》驚きながらも、薫は苦笑いした。

「えっ、い、いえ……そうじゃないんです。私ならやりそうだなぁ～っていう配置になっているからなんとなくわかるってだけで、思い出したとはまた違うんです」

あくまで予想がしやすいだけであって、記憶が戻ったわけではないのだと話すと、崇弘の顔から力が抜けた。

「あぁ、そういうことか……てっきり思い出したのかと……」

どこに何があるかわかるなんて言ったから、崇弘は薫の記憶が戻ったのだと思ったのだろう。

ぬか喜びさせてしまったことが本当に申し訳ない。

「ごめんなさい。紛《まぎ》らわしいことを言って」

「あ！　そうじゃないんだ。俺のほうこそ悪かった。焦りは禁物だと言ったのは俺なのに、結果的に焦らせているね……。本当にごめん」

崇弘が静かに目を閉じる。落ち着こうとしているのだろう。呼吸をゆっくりにして目を開ける。薫と目が合うと、彼は静かに微笑んで「次、行こうか」と言い、ウォークインクローゼットを出た。その後ろ姿は少し肩が落ちているように見える。

妻として、夫を忘れることの罪深さを目《ま》の当たりにした薫の胸は痛んだ。

(どうして崇弘さんを忘れてしまえたの？　わたしは崇弘さんにとても酷《ひど》いことをしてる……)

車に撥《は》ねられて頭を打ったと言っても、まるで選んだかのようにピンポイントで、崇弘と出会ってから以降のことを忘れてしまっているなんてあんまりだ。せめて結婚生活のことを少しでも覚えていればよかったのに。そうすれば彼を愛する気持ちを持ち続けることができたはず――

「どうかした？」

「あ、ごめんなさい。今行きます」

急いで廊下に出て、次の部屋に案内してもらう。

次は個室だった。この家には五つも個室があるという。その中の一つのドアを崇弘が開けた。

「ここが和志くんの部屋だよ」

「わぁ……」

六畳ほどの部屋は奥の窓側にベッドがあり、至る所に見覚えのある和志のものが置かれている。バスケットボールや、好んで集めていたコミックスに書籍。そして、オープンクローゼットには和志の服がかかっていた。

だが見たことのないものもある。その最たるものが、黒くてお洒落《しゃれ》なデザインデスクだ。勉強机なのかもしれないが、まるで洗練されたオフィスにあるような机だった。

そしてその隣には、机と同系色のモダンな仏壇がある。並んでいるのは両親の位牌《いはい》だった。

和志とふたりで住んでいたアパートが、賃貸ではあったが実家だ。当然のごとく、寮にすべての荷物を持っていけるわけはないので、実家を引き払ってしまったのなら荷物の置き場所が必要だ。崇弘は和志の荷物を置くために一部屋空けてくれたのか。

部屋はチリ一つない。ベッドも綺麗に整えてあり、こまめに掃除されているのは一目瞭然《いちもくりょうぜん》だ。

和志は薫と崇弘が結婚した年の冬休みと今年の春休み、そしてゴールデンウイークにここに来たらしい。

「弟のためにこんなに素敵な部屋を……両親の仏壇も新調してもらったんでしょうか？　ありがとうございます」

お礼を言うと、崇弘は当然のことだと笑った。本当は仏壇をリビングに置こうとしたところ、和志が自分の部屋に置いてほしいと強く主張したらしい。

「薫のご両親は俺の両親と同じだし、弟は俺の弟と同じだ。今は俺らふたりが和志くんの保護者なんだから。学費も何も心配いらないよ。和志くんが大学に行くなら、俺が全部出すしね」

崇弘の優しい言葉に薫は胸を打たれた。だが同時に、甘えてはいけないという思いがよぎる。

「そんなのいけません。和志の学費はわたしがちゃんと用意しますから！」

「薫。俺は薫が外で働くのが嫌なんだ。俺の側にいて、俺のためだけにご飯を作ったり家事をしてほしいんだよ。だからね、これは俺のわがままなんだ。言ってはなんだけど、この件に関してはもう話はついてる。結婚する時に話し合って、薫も納得してくれたしね」

過去の自分は崇弘の提案を呑んだのか。今の薫としては驚くべきことだ。

しかし、話はついていると言われては、その時のやり取り一つ覚えていない自分が出る幕ではないように思えてくる。

（いいのかな……それで……よくないような……でも……）

薫が思案顔で黙ると、崇弘が「次の部屋に行こう」と手を引いてきた。

「この三部屋は空き部屋なんだ。広さは和志くんの部屋と同じだよ」

和志の部屋の隣に一部屋、斜め向かいに二部屋。合計三部屋が空き部屋なのだそうだ。

「このマンションを買ったのは通勤に便利なのと寝室の間取りが気に入ったからなんだ。本当はこんなに部屋はいらなかったんだけど、思いがけず結婚して、『ああ、部屋があってよかったなー』ってしみじみ思ったものさ。空き部屋は将来子供部屋にするといいかなって話してたんだ」

「こっ、子供ッ⁉」

反射的に叫んでしまい、その声の大きさに自分で驚く。目をまんまるに見開いた薫とは対照的に、崇弘は目を細めて笑うばかりだ。

「子供、欲しくないのかい？　部屋はこんなにあるのに」

聞かれて薫は焦ってしまった。子供は好きだし、できるなら欲しいと思っている。でも男の人とこんな話をしたことはないので、どう答えたらいいかわからないのだ。

（そっか、結婚してるから……そーゆー話も出るのか。ひとり一部屋なんて贅沢《ぜいたく》な）

薫と和志にはひとり部屋なんてなかった。ふたり共、学習机と布団だけでいっぱいになってしまう六畳一間を一緒に使っていたのだ。子供の頃、ひとり部屋を持っている友達が羨《うらや》ましかったのを覚えている。崇弘の子供はきっと幸せだ。

（崇弘さん似の赤ちゃんとか、すっごい可愛いだろうなぁ～）

金髪碧眼《へきがん》の子供がぽわんと浮かんで、薫は慌てて首を横に振った。彼の子供を産むのは自分かと思うと、そんな妄想をしていること自体がなんだか恥ずかしくなってしまったのだ。

「ほ、欲しいとは……思ってるんですが……今は……その、具体的にイメージができないというか、なんというか……えっと……」

照れもあり、困惑もありで、気の利いた言葉がでてこない。

しどろもどろで答えると、彼はうんうんと頷きながら空き部屋のドアを閉めた。

「まぁ子供は授かりものだしね。薫はふたり姉弟だろ？　俺もそうなんだ。弟がいる。俺より先に結婚したからちょっと前に子供が生まれてね。俺の両親は今、初孫に夢中なんだ。だから俺達にせっついてくることはないだろうし。まぁ、焦る必要はないよ」

彼の家族構成を聞いて、親戚付き合いのことをふと考えてしまった。なんとかして早く思い出さないと、色んな人に心配と迷惑をかけることになるだろう。

（崇弘さんのご両親……そっか、お舅《しゅうと》さんと、お姑《しゅうとめ》さんってことになるんだね……）

「あ、あの、崇弘さんのご両親や弟さんはどんな人なんですか？」

「父はアーネスト・ローフォード。イギリス人だよ。母は優子《ゆうこ》。母はロシアと日本のクォーターなんだけど、見た目はほぼ日本人だな。薫はふたりのことを、『お父さん、お母さん』って呼んでたよ。ふたり共アパレル関連の仕事をしていたんだけど、もう定年退職してる。父は日本大好き人間で、学生時代に留学してきたんだ。そこで母と知り合って結婚。ずっと日本で暮らしていくつもりだったから、母方の榊の苗字を使ってる。弟は文弘《ふみひろ》。俺らは全然似てなくてね。俺は父親似でこんな見た目だけど、弟は純日本人顔っていうか、まぁ母親に似てるね。車で一時間程度の所に住んでるんだけど、あんまり会うこともないな。正月と盆くらいかな。弟嫁は美奈子《みなこ》さん。生まれた子供はえーっと……確かマナミちゃん」

色々聞いても思い出したことは何もないが、とりあえず家族構成はわかった。あとのことは少しずつ聞いていくとしよう。

「ありがとうございます。覚えます」

「まぁ、わからなくなったらまた聞いて。——あ、左がバスルームで、右はトイレね」

崇弘は、和志の部屋の真向かいで二つ並んだドアを指さした。トイレが二つもあるのか。さすがに広いマンションなだけはある。薫が感心していると、崇弘は廊下を少し戻り、別のドアを開けた。

「こっちは俺らの寝室だよ」

そう言って案内されたのは、三十畳はあるゆったりとした主寝室だった。

キングサイズのベッドが真ん中に置かれ、サイドテーブルには綺麗なガラス製のスタンドがある。

向かいには小ぶりのふたりがけ用ソファや本棚、そしてリビングにあったものと比較すると小さいが、テレビもある。奥の窓からはバルコニーが見えた。バルコニーにはガーデンパラソルと、木製のテーブルセットがある。

部屋に入ると、ドアが二つあることに気が付いた。

「こっちのドアは？」

「そこはウォークインクローゼット。ちょっと狭いけど」

狭い、と崇弘は言ったが、それでも四畳半はありそうだ。こちらには主に崇弘のスーツや大きなスーツケースが置かれており、薫のものであろう女物の服もあった。

「じゃあ、こっちはなんですか？」と、もう一つのドアを開けてみれば、そこは洗面所だった。見覚えのあるメーカーの化粧品類が主に並んでいる。ドレッサー代わりに、薫がこの洗面所を使っていたのだろう。奥にはまた二つドアがあった。

「奥がトイレ。右がバスルーム。一応、この部屋だけで食事以外は完結するよ。便利だろ？」

崇弘は自慢気に言ったが、個室にバスルームからトイレまで付いているという状況に、薫は驚くばかりだ。この一室だけでもまるでホテルではないか。今まで自分が住んでいたボロアパートと比較するのもおこがましい。

「ということは……こ、この家、トイレが三つもあるんですか!?」

薫が驚愕に満ち満ちた顔で叫ぶと、崇弘はさもおかしそうにお腹を抱えて笑った。

「前もそれ言ってたよ！『掃除が大変だ』ってね。大丈夫だよ、薫。心配しなくても家族が増えたら、トイレが三つあってよかったと思う日がくるよ。なんなら今から新しい家族を作る？」

金色の前髪の隙間から、今までとは違う強い眼差しで見つめられて、薫の身体がブルッと震えた。捕食されそうな気持ちになり、言葉にできない不安に胸がざわつく。

彼が言わんとすることの意味と、それに伴う行為。そしてここが寝室であることを思い出して、勝手に視線が泳いでしまう。

「え、えと……あの……」

崇弘から離れるように、じりじりと出口に向かって後退していく。すると彼はいつもと同じようににこっと笑って、ベッドの横にあったサイドテーブルから何かを取った。

「はい、薫のスマホ。充電しておいたよ」

そう言って白いスマートフォンを手渡される。それは昨日、病院で崇弘が持って帰った鞄の中に入っていたものだ。電池が切れていたのを、充電してくれたらしい。

「ど、どうも……ありがとうございます……」

受け取ったはいいものの、さっき崇弘に言われた「新しい家族を作る」云々のせいで、薫の動きが微妙にぎこちない。そんな薫に向かって、彼はまた一歩距離を詰めてくる。

自然と顔がこわばった。身体の奥からなんだか得体の知れないものがせり上がってくるのがわかる。しかしそれは、完全な恐怖とは少し違った。

崇弘は夫だ。夫で、そして優しい人だ。それは昨日と今日という短い時間で感じている。

家の中は美しく整頓され、清潔で、自分が暮らしていた跡もあった。何より結婚式の写真に写る自分はとても幸せそうだ。崇弘が自分に何か悪いことをする人だとはとても思えない。思えないのに、なぜこんな気持ちになるのか――

次に崇弘が動く気配がした瞬間、薫は思わずぎゅっと目をつぶった。

が、何も起こらないし、何もされない。

恐々として目を開けると、そのまま横を通りすぎた彼が廊下に出るところだった。

「とりあえず、あとはキッチンだけだね。行こうか」

「え……？　あ、は、はい」

なんだろう。胸が安堵《あんど》する傍《かたわ》らで物足りなさが身体を駆け抜けていく。

（わたし……）

今自分が感じたものの正体、それがなんなのかわからない。わかってはいけない気がするが、知りたい気持ちもある。

心臓がドクドクと音を立てて、血液とともにその何かが身体中に巡っていく気がした。

「薫？　どうしたの、おいで？」

呼ばれて我に返った薫は、慌てて崇弘のあとを追った。


一通りキッチンの説明を受けた薫は、リビングのソファに座ってスマートフォンと格闘していた。崇弘から薫のものだと言われて受け取ったのだが、初めは使い方がまるでわからなかった。と言うのも、薫にはいわゆるガラケーと呼ばれるタイプの携帯電話を使っていた記憶しかないのだ。

崇弘の話では、結婚して姓が変わった届けをしたついでに、機種変更をしたのだそうだ。

(なんか人の携帯を勝手に触ってるみたいな気分……。う～ん……)

妙な躊躇《ため》らいの中で写真アルバムを開くと、そこには崇弘と自分の写真がいくつもあった。どれも幸せそうに笑っている。他にも弟の和志の写真もあった。

見覚えはなくても、確かにこれは自分のもののようだ。

「どう？　わかる？」

崇弘が、淹《い》れたばかりのコーヒーに口をつけながら隣に座ってくる。彼は薫のぶんのコーヒーも淹れてくれたようで、目の前のローテーブルにお揃いのマグを置いた。

「なんとなく……。今、崇弘さんにメッセージを送ってみたんですけど届いてますか？」

操作方法はなんとなくわかってきたのだが、どうも文字入力が慣れない。ボタンを押している感覚がないのが、一番の原因だろう。

今はメールを使わず、メッセンジャーを使ってチャット感覚でやりとりするのが主流らしい。崇弘に使い方を習ったので、試しにと使ってみたのだ。

彼は自分のスマートフォンを出して、メッセージが受信できているかを確認してくれた。

「うん。できてるよ」

「よかった～。入力スピードは遅いけど、なんとかできそうです」

「すぐに慣れるよ」

そう言われて、薫は頷きまたスマートフォンの画面を注視した。拙《つたな》いながらも、メッセンジャーの入力フォームに文字を入れていく。

『これからよろしくお願いします』

送信ボタンを押すと、隣で自分のスマートフォンを見ていた崇弘がよしよしと頭を撫でてきた。

「はい。よろしく」

青い目が柔和《にゅうわ》に細められて、ほっこりと胸があたたかくなる。また別のメッセージを入れようと画面に視線をやると、崇弘が肩に凭《もた》れてきた。

「文字じゃなくて喋ってよ。隣にいるんだからさ」

澄みきった青い眼差しで見つめられて、ちょっと顔が熱くなった気がした。

「は、い……」

でも、何を話せばいいのかわからない。肩から伝わってくる崇弘の体温が気になって、余計に言葉が出てこないのだ。

崇弘はソファの腕置きに脚を上げ、薫の肩に背中を預けた状態で、自分のスマートフォンを弄《いじ》っている。彼の体重を感じるのが、嫌ではなかった。

(もしかすると、前のわたし達って、こんなふうに過ごしてたのかなぁ……)

話題を探して、薫はコーヒーに手を伸ばした。一口飲むと、甘くて優しい味がする。

「おいしい……」

「薫は砂糖二つでミルク多めだもんな」

崇弘が自分の好みを知っていることに、薫はもう驚きはしなかった。

彼は自分以上に薫を――榊薫のことを知っている気がする。

「薫、お腹空いた？」

「少し」

時計を見ると、十二時をわずかに過ぎている。

崇弘は今まで眺めていた自分のスマートフォンを見せてきた。

「実は今、家にあまり食材がないんだ。だからここに食べに行ってみないか？」

画面には、店内をウッドテイストで統一したお洒落《しゃれ》なカフェのサイトが表示されていた。

新鮮な野菜とお肉を使用したメニューで人気の店らしい。中でも、一番人気の鴨《かも》ロース肉を使った煮込みソースのパスタはとてもおいしそうだ。

彼はさっきからランチを食べに行く店を探してくれていたのか。

薫が外食が好きだと知っているから――。その気持ちが嬉しくて、薫は元気よく頷いた。

「薫の好きな味だといいね。今度は慌てて出ていったら駄目だよ。車に気を付けないと食べられないからね」

冗談のように崇弘は言いながら、肩に頭を凭《もた》れさせてきた。

彼の金色の髪からいい匂いがしてくる。

「――俺はもう、あんな光景を見るのはこりごりだ……」

急にしんみりと言われて、薫の胸が痛んだ。まるで彼の悲しみが伝わってくるようだ。

「大丈夫だから」と言って安心させてあげたいのに、できない。

記憶を失《な》くした自分がいくら大丈夫だと言っても説得力はないだろう。

薫は黙って、崇弘に寄り添っていた。


ランチを食べたあと、案内がてら自宅マンションを中心に近所を車で回る。そして新しくできたというスーパーで食料や日用品を買って、帰宅したのは十七時だった。

そこから薫と崇弘は一緒に夕食を作った。一緒にと言っても、主に作ったのは薫だ。崇弘は側で調味料や鍋の場所を教えてくれた。

最初のうちは、他人の家で料理をしているような戸惑いを感じたが、しばらくすると、ウォークインクローゼットの時と同じように、どこに何があるのかなんとなくわかってきた。

調理が終わりに差し掛かった頃には、薫がひとりで作っていたくらいだ。

それは薫に、「自分はここで生活をしていた」という確信を持たせるのに充分だった。

「はーい、できました」

ダイニングテーブルに料理を並べる。メニューは崇弘のリクエストで和食だ。

あさりと豚肉を蒸したものと、エリンギとほうれん草の炒めもの。そして味噌汁だ。常備菜として冷蔵庫にあったきんぴらも出してみる。

ワインセラーからワインを取ってきた崇弘は、嬉しそうに料理を眺めた。

「うまそう～」

（和食がいいって崇弘さんが言ったから和食にしたけど、ワインを飲むなら洋食にしたほうがよかったんじゃ……）

和食にワインが合うのか少し心配になった。しかし、この家には日本酒やビールはない。崇弘はワインを好むようだ。薫の不安をよそに彼の声は明るい。

「何日かぶりの薫の手料理だ。嬉しいな」

「あの、お口に合うといいんですが……。あと、ワインとも……」

「合うに決まってるよ。薫の手料理は家事代行サービスを頼んだ時からずっと食べているからね。それに意外かもしれないけど、ワインと和食って結構合うんだよ。特に白はいい」

崇弘は自信満々に言い切ると席につき、持ってきたワインを自分のグラスに注いだ。

薫はワインにまったく詳しくないが、崇弘がワインを注ぐ動作はとても様になっているように見える。優雅で、気品があって、所作《しょさ》の一つ一つが美しい。

「今日は薫の退院祝いだから、ちょっといいワインを開けたんだ。薫も一口飲む？　乾杯しようよ」

真向かいに座った薫に、崇弘がワインボトルを見せてきた。

薫はアルコールに強くない。まったく飲めないことはないが、少量で顔が真っ赤になってしまうし、飲みすぎるとそのまま眠ってしまうことも多い。崇弘はそのことをちゃんと知った上で、「一口」と聞いてくれたようだ。一口なら頬に赤みは差すだろうが、その程度だ。それより彼のお祝いしようという気持ちが嬉しいし、応えたい。

「じゃあ一口だけ……」

「ん。はい」

崇弘は薫のグラスに、ほんの一口分だけのワインを注いでくれた。

「退院おめでとう、薫」

「ありがとうございます。早く思い出せるように頑張りますね」

薫がそう言ってグラスを掲げると、今まで笑顔だった崇弘の顔が曇った。グラスを持つ手もスッと下がる。

「……薫。頑張る必要なんかないんだよ。まずは日常生活をって先生も言っていたろう？」

諭《さと》すような落ち着いた声色で言われて、薫は一度は視線を落としたものの、すぐに顔を上げた。

「でもどうしても思い出したいんです。崇弘さんのこと……」

それは薫の本心だった。

思い出して彼と心から打ち解けられたなら、あの結婚式の写真と同じように笑えるかもしれない。

「……わかったよ、薫。でも絶対に無茶はしないで。俺は薫が笑っていてくれたらそれでいいんだ」

崇弘は気を取り直したようににっこり微笑むと、再びグラスを掲げた。

「では改めて。退院おめでとう、薫。乾杯」

「ありがとうございます。乾杯」

グラスに軽く口をつけると、甘くて芳醇《ほうじゅん》な香りが鼻腔《びこう》をくすぐる。喉に入れれば少し粘膜《ねんまく》が熱くなっていく感じがして、心臓が驚いたように音を立てた。

「よし、食べるぞ。いただきます」

崇弘が料理に箸《はし》を伸ばす。彼が最初に口をつけたのは味噌汁だった。豆腐とわかめを具にした平凡なものなのだが、崇弘はおいしそうに飲んでいる。

「やっぱり薫の味噌汁は最高だね。ほっとするよ」

「ど、どうも……」

金髪碧眼《へきがん》の美青年が味噌汁を飲む様が、なんとも言えない珍妙《ちんみょう》さを醸し出している気がするのだが、笑顔で「最高だ」と言われるのはやっぱり嬉しい。それに気のせいだろうか、顔が熱くなってきた。

(ワインを飲んだから……かな)

薫は火照《ほて》った頬に軽く手を当てて、食事を口に運んだ。


食事を終えて、最新型の食器洗い乾燥機に後片付けを任せて風呂に入る。

薫は主寝室のバスルームではなく、和志の部屋の向かいにあるバスルームを使った。

崇弘は「寝室の風呂のほうが広いのに」と言ってくれたのだが、あの主寝室に入るのはどうにも緊張してしまう。

「お風呂いただきまし――」

風呂から上がって、崇弘が用意してくれていたパジャマを着てリビングを覗くと、彼がソファに座って電話をしているところだった。

（あっ、いけない）

電話の邪魔になってはいけないと思い、声をかけるのもリビングに入るのも躊躇《ためら》った結果、薫は廊下で棒立ちになってしまった。

「わかった。月曜は昼から出社するから。でも十八時には帰宅したい。そのつもりでスケジュールを組んでくれないか。妻を長時間ひとりにしたくないんだ」

崇弘は電話の相手にいくつか確認をして電話を切った。

「あ、薫。上がったのかい？」

廊下に立ちすくんでいると、崇弘に手招きされ、薫は彼の隣に座った。

「お仕事……いいんですか？」

自分が崇弘の仕事の妨《さまた》げになっているような気がして尋ねると、彼は笑って首を横に振った。

「大丈夫だよ。さすがに昨日薫が目を覚ますまでは、仕事なんてまったく手がつかなかったけれど、今はもう大丈夫。さっきもほら、仕事してたんだよ」

そう言って視線をローテーブルにやる。そこにはノートパソコンや書類が開かれていた。どうやら彼は薫が入浴中、ずっと仕事をしていたらしい。薫は少し肩の力を抜いた。

「さっきの電話は秘書。月曜はミーティングがあるし、進めている案件の確認もしなきゃならないから出社するよ。でも昼に出て夕方には帰ってくるから。その間ひとりで大丈夫かな？」

乾かしたばかりの薫の髪を肩に広げるように梳《す》きながら、崇弘が顔を覗きこんできた。青い目が薫の機嫌を窺《うかが》っているのがわかる。そのことが少しばかり薫の心をくすぐった。

この人に大切にされている自分を実感したからかもしれない。

「はい。大丈夫です。でも……早く帰ってきてほしいです……」

「もちろんだよ、薫」

彼は顔を近付けると、薫の前髪を掻き上げて額《ひたい》を見てきた。そこには縫った傷がある。病院で貼ってもらった肌色テープはシャワーで取れてしまったので、今はそのままだ。

痛々しい縫い跡を見たのか、彼の眉が寄った。

「テープ取れたんだね。何も貼らなくて大丈夫？」

「本当は貼ったほうがいいみたいで。……買えばよかったです」

「そう。じゃあ、明日にでも薬局に行って買ってこよう」

彼はそう言うと、薫を抱き寄せ、傷跡にそっと唇を当てた。耳にちゅっと軽いリップ音が届いたのと同時に、自分の心臓が激しく揺らいだのを感じる。

抱き寄せられているから動けないのか、そもそも自分に動く気がないのか、薫はわからなかった。

「あ、あの……っ」

「ごめんね、薫の可愛い顔にこんな傷をつけさせて。……俺のせいだ」

崇弘の手が後頭部を掻き抱くように薫を抱きしめてくる。頬が崇弘の胸とくっついて、彼の心音が伝わってきた。

トクン、トクン、トクン、トクン――。彼の声は落ち着いているのに、心音はわずかに速い気がする。

「……崇弘さんのせいじゃありません。それにちゃんと治るから、平気」

「ん。でもね、俺が君を護《まも》りたかったんだ」

彼はそう言って小さく笑うと、薫を抱く腕を緩めた。

「さ。寝室に行こうか。仕事も終わったし、俺も風呂に入る」

何気なく言われた言葉に対して、薫の身体が勝手に震えた。

崇弘が言っている寝室は主寝室のことだ。そこにはバスルームもある。彼が風呂に入ればあとは寝るだけだろう。あのキングサイズのベッドで――

「あ、あの……っ！　わたし、和志の部屋で寝ますっ！」

咄嗟《とっさ》に叫ぶと、崇弘の眉がわずかに寄った。

「なぜ？　いつも一緒に寝ていたのに……」

微かにだが、彼が困惑しているのがわかる。でもそれは薫のほうも同じだ。

「あの、わたし……まだ、気持ちの整理ができてなくて、その、やっぱり……」

崇弘と自分が夫婦だというのは充分理解したつもりだ。彼のことも優しくていい人だと思う。しかし、だからと言って無防備に一緒に寝るなんてできない。

薫がしどろもどろになりながらもそれを訴えると、崇弘は小さく息をつく。

「そう……そうだな。うん、今の薫にとって俺は、まだ出会って数日の男なんだよな」

「……ごめんなさい……」

彼との関係性を頭では理解できていても、心が追いつかない理由は、つまるところそこにある。

失ってしまった一年の空白がもたらした結果だ。

崇弘はわずかに視線を下げたが、小さく首を横に振った。

「いや。薫が謝ることはないよ。無理もないことだと思う。俺は正直寂しいけれど――」

彼の綺麗な青い瞳が落胆の色に染まっているのを見て、薫の胸が軋《きし》むように痛んだ。

今、自分は間違ったことを言ってしまったのだろうか？　彼のことを思い出したいという気持ちがあるのなら、医師のアドバイス通り今までと同じ生活を送ってみるべきだったのではないか？

それは崇弘とベッドを共にするということで――

（や、やっぱり無理！　それだけは無理!!　だってわたし……わたし――）

処女なのだ。男の人と寝た経験なんてない。それがこの一年でどう変わっているかは別として、今の薫の意識は、やはり二十三歳のままだ。一年を一日で埋めることなどできない。

薫が硬く唇を引き結んで俯《うつむ》いていると、崇弘がローテーブルの上を片付けはじめた。

「すぐに元の関係に戻れるとは思ってない。だからと言って一からやり直しだとも思っていない。俺は薫を誰よりもよく知ってるんだから。ねぇ、薫。また俺と恋をしよう？」

先ほどとは表情を一転させて、振り向いた彼は眩《まぶ》しいくらいの笑みを向けてくる。

恋の誘いに触発されたのか、得体の知れない熱が薫の身体中を駆け巡った。

「俺はまた、薫を振り向かせてみせる。前みたいに俺のことだけ考えるようにしてあげるよ」

その言葉と同時に立ち上がった崇弘は、さっと身を屈めると、薫の唇に自分のそれを重ねてきた。

目の前に崇弘の顔が広がる。

恐ろしいほどに整った造形に見惚《みと》れて、自分が何をされているのかが理解できない。

唇は信じられないくらいに熱くて、頭がくらくらしてくる。

ただその目眩《めまい》のような現象も不思議と嫌ではなかった。

（……まつ毛、金色だ……きれい……）

ぽーっとしている間に崇弘の瞼《まぶた》が開いて、青い目が覗く。それを薫は一瞬、空だと思った。

「おやすみ、薫。また明日ね」

ローテーブルの上のものを持った崇弘が、笑顔でリビングを出ていく。

部屋にひとり取り残された薫は、腰が抜けてソファからずり落ちそうになってしまった。

（えっ、えっ⁉　今の何⁉　わ、わたし……えっ⁉　キスされたの？）

目をぱちくりさせて今起こったことを反芻《はんすう》する。

唇が触れ合えばそれはキスだ。今、確かに……

薫は指で自分の唇に触れてみた。おかしなくらいジンジンしている。

キスされたのだ。崇弘に。

夫婦なのだからキスしても不自然ではないのだろうが、薫は心の準備が何もできていなかった。

一緒のベッドで寝るのを断ったら、キスされるなんて想定外だ。

（ど、どうしよう……どうしたらいいんだろ？）

ワインを飲んだ時のように、心臓がドクドクと脈打っている。

自分で触れた唇が明らかに熱を持っていた。

◆　◇　◆

主寝室に入った崇弘は、ドアを背にしてズルズルとその場に座り込んだ。手にしていたノートパソコン類を床に置いて、小さく息をつく。

今日も薫の記憶は戻らなかった。

薫を診察した医師は、一時的な記憶喪失はだいたい二、三日で記憶が戻る場合が多いと言った。なら明日あたり、彼女の記憶が戻る可能性は高い。

（……記憶なんか戻らなくていい。いや、戻らないでくれ、頼む……）

今、自分は、とても残酷なことを願ったのかもしれない。でもそう願わざるを得ない。

昨日の崇弘は、意識を取り戻した薫に「スマホのバッテリーも切れているし、明日の退院の時の荷物を減らすために持って帰るよ」と言い含め、鞄ごと荷物を取り上げた。

持ち物の一つ一つを見せて記憶を刺激してやることはいいことだと医師に聞いていたのに、崇弘はそれをしなかった。意図的にだ。

薫に見せたくないものがあった。彼女がスマートフォンで毎日つけていた日記だ。それを読めば、薫は自分と間にあったことを思い出すかもしれない。それでなくても知ることにはなる。

それだけはどうしても避けたかった。なぜなら、薫は崇弘と離婚したがっていたから——

昨日、病院から帰ってきた崇弘は、真っ先に薫のスマートフォンから日記アプリとデータを削除した。崇弘と彼女のスマートフォンはお揃いだから、操作にはなんの問題もなかった。

ただ、日記は読まなかった。読むのが怖かったのだ。

あの日の薫が何を思って自分に離婚を告げたのか？

どんな気持ちで自ら指輪を外したのか？

話し合うこともせず、家を飛び出してどこに行こうとしていたのか――

知りたくもなかった。もしも他に男がいて、そのことを日記に書いていたら？

（あり得ない。薫が浮気なんてあり得ない。スマホの電話帳にも知らないアドレスはなかったし、メールだって弟の和志くんと俺ばかりで、他にやり取りしていた形跡はなかった）

しかし、頭の中で否定すればするほど、別のところから自分の声が響く。「じゃあなぜ、薫は離婚したがったのか？　他に何が考えられる？　こっちには心当たりがまるでないじゃないか。メールなんて消せばどうとでもなる。着信履歴だってそうだ。お前が仕事に行っている間、彼女はひとりで自由だったんだぞ」と。

（……違う。あってたまるか、そんなこと……）

崇弘は不毛《ふもう》な憶測を黙殺《もくさつ》するように、目を閉じて天井を仰いだ。

自分の唇に触れると、そこにはまだ薫のぬくもりがほんのりと残っている気がする。

湯上りの優しい匂い。懐かしい柔らかな身体。しっとりとした唇――

先ほどまで巣食《すく》っていた不安が消えて、心地よさばかりが身体を支配していく。

そうだ。不安なんて全部忘れてしまえばいい。必要なことは、薫が好きなもの、好きなこと、喜んでくれたこと――そして、自分が薫を愛していることだけなのだ。

昼も夜も構わず、あのベッドで何度も愛し合った。

彼女は確かにこの腕の中にいて、しなやかな白い肌を曝《さら》け出し、か細い声で啼《な》きながら崇弘《じぶん》に尽くしてくれていた。あの日々だけを信じていればいい。

幸せだった日々以外、全部忘れてしまえばいいのだ。

薫が自分との結婚生活をすべて忘れていると知った時、ひどくショックを受けたことは事実だが、崇弘は考え直すことにした。

これはチャンスなのだ。

薫との関係をやり直す、またとないチャンス。すれ違いごとなかったことにして、また恋からはじめればいい。大丈夫、またきっと振り向いてもらえる。その自信はあった。

以前は手探りだったが今は違う。薫が喜ぶことならなんでも知っているのだから。

(愛してるよ、薫。また恋をしよう。俺も嫌なことは全部忘れるから……君も忘れよう？)

思い出さないでと願うだけなんて芸がない。薫が思い出さないように、少しずつ過去を変えて、違う過去を作ればいい。

この二日間の中で、もういくつも嘘はついた。その嘘を薫は疑いもなく信じている。

崇弘は僅《わず》かに口角を上げた。

3

「……まったく眠れなかった……」

薫は和志のベッドで仰向けになったまま、カーテンの隙間から射し込んできた朝の光を呆然と見つめていた。

昨夜、崇弘にキスをされてから、どれぐらいリビングにいただろう？

動けるようになったのは、ずいぶん時間が経ってからだった。

（もうすぐ七時だ……そろそろ起きよう……）

枕元に置いていたスマートフォンで時間を確認して、のそりと起き上がる。

着替えようとも思ったが、服は崇弘が寝ている主寝室のウォークインクローゼットの中だ。今は取れないので仕方がない。

とりあえず薫はパジャマ姿のまま和志の部屋を出ると、向かいの洗面所で顔を洗った。

（朝ごはんどうしよう。わたしは食べたいけど、崇弘さんは食べるのかな？　昨日聞いておけばよかったなぁ……）

そんなことを考えること自体、記憶が戻っていない証拠だった。

記憶が戻ったなら、崇弘が朝食を食べるタイプかそうでないかくらい知っているはずだ。

記憶喪失になって今日で三日目。

自分になんの変化もないことを嘆きながら、薫は重い足取りでキッチンへと入った。

早速、冷蔵庫を開けて食材を確認する。昨日の夕飯のお米が残ったので冷凍してある。薫はチャーハンでも作るかと卵を取った。

「おはよう、薫」

「ひゃっ!?」

背後からいきなり声をかけられて驚いた薫は、その場でビクッと身をすくめた——瞬間、手にしていた卵がベチャッと嫌な音を立てて床に落ちる。

「ああ～っ、ごめんなさいっ！」

慌てて殻を拾い集め、床をぞうきんで拭《ぬぐ》う。崇弘は申し訳なさそうに眉を下げながら手伝ってくれた。

「ごめん。なんか、驚かせた？」

「いっ、いえ！　わたしこそごめんなさいっ！」

謝りつつも、薫は崇弘の顔を直視することができなかった。視界に入ってくる崇弘のパジャマは、薫が今着ているものと色違いだ。胸のボタンが一つ開いていて、そこから男らしい喉元と、滑《なめ》らかな鎖骨が覗いている。崇弘が前屈みになるたびに、さらりとした金髪が流れ落ちる。

崇弘と目を合わせる根性はないくせに、彼が気になって薫の視線はチラチラと彼に向かっていた。

それもこれも全部、昨日崇弘がキスなんかしてきたせいだ。

（どうしよう……。もう、どんな顔すればいいのかわからない……）

「もう一個欠片《かけら》が落ちてる。俺が拾うよ」

屈んだ崇弘の顔がすぐ近くにきて、薫は慌てて立ち上がった。またキスされるかと思ったのだ。

「す、すみません。わたし、これ洗ってきますっ！」

薫は床を拭いたぞうきんを持って、洗面所に逃げ込んだ。些《いささ》かわざとらしかっただろうかと思いはしたが、崇弘との距離が縮まることに耐えられなかったのだ。

崇弘に聞こえるんじゃないかと思うほど大きな音を立てている自分の心臓が怖い。でも崇弘の様子は昨日と変わらないように見えた。

彼はこんなふうにドキドキしたりはしないのだろうか？

鏡を見ると、そこには目を潤ませ、頬をリンゴのように真っ赤にした自分がいる。ファーストキスだったのに、悲しい気持ちなんてこれっぽっちもなくて、それが逆におかしい。

(本当はファーストキスじゃないんだろうなぁ……。ああ……わたし、もしかして崇弘さんといろいろしちゃってるのかなぁ……？)

いろいろは——いろいろだ。結婚しているのだ。夫婦なのだ。普通の夫婦がキスだけで終わるはずがない。

この身体はもう処女ではなく、男の人を——崇弘を知っているのだろう。

(あんなかっこいい人に、わたし、わたし……)

あれこれ妄想しはじめたせいか、ますます頬が赤くなっている。

キス一つでここまで揺さぶられてしまう自分が恥ずかしい。

頬の赤みが引かず、洗面所から出るに出られないでいると、コンコンとドアがノックされた。

「薫？　もしかして具合悪い？」

呼びかけてきたのは崇弘だ。この家には今、薫と崇弘しかいないから当然のことなのに、薫はビクッと肩を揺らした。なかなか戻ってこないことを、崇弘は心配してくれたのだろう。

いつまでもこうしているわけにはいかない。赤い顔のまま、薫は洗面所のドアを開けた。

「大丈夫？」

綺麗な青い瞳と視線が絡んで、薫はあからさまに目を逸らした。

「あ、あの、大丈夫……です。……具合は悪くないです」

「じゃあ俺が嫌いになったとか？　さっきからすごく避けられてる感じがするんだけど？」

崇弘はストレートに聞いてきたが、怒っている感じや問い詰めてくる感じではない。純粋に疑問をぶつけてきている。

だから薫は赤い頬のまま、チラッと彼を見た。薫にだって言い分はある。

「だ、だって……！　それは崇弘さんが……昨日、あ、あんなこと……するから……」

尻すぼみになって、最後のほうはかなり小さな声になってしまったが、なんとか言えた。

崇弘の反応がどう返ってくるかと緊張していると、彼の目が妖《あや》しく輝いた。

「ん～？　あんなことって、何？」

「あ、あんなことは……あんなことです……」

目を泳がせ、しどろもどろになって言い淀む。彼だって本当はわかっているはずだ。なのに、とぼけた口調で「わからないな〜」なんて言っている。

「もしかしてキスしたこと？」

いきなり具体的に言われて、薫の体温は急上昇していく。心臓の鼓動がまた速まった。

「だって俺は薫が好きなんだから、キスしたくなるよ。こんなふうに――」

不意に顎《あご》をすくい上げられ、ろくな反応ができない間に唇が奪われる。顔を背《そむ》けて逃げようとすれば、腰ごとぐいっと抱き寄せられ廊下に引っ張り出されてしまった。

呼吸が苦しくなって喘《あえ》ぐように口を開ける。すると、ぬるりと生温かいものが口内に入り込んできて、薫の舌に巻きついてきた。崇弘の舌だ。

「んーっ！　んーっ！　んーっ‼」

ますます驚いた薫は崇弘の胸を両手で押した。

しかしその手はあっさりと掴まれ、背中ごと廊下の壁に押し付けられる。

崇弘の身体が薫を拘束して、自力では動けない状態だった。彼の舌に口内を隅々まで舐められてしまう。それどころか彼は、薫の舌を扱《しご》くように吸ってくるのだ。

舌の付け根から舌先、そして口蓋《こうがい》に至るまで舌を這わせてから、ようやく彼は唇を離してくれた。

酸欠のせいか、頭がくらくらして立っていられない。薫は壊れそうな心臓を抱えたまま、ズルズルとその場に座り込んだ。

「……な、んで、こんな……」

「好きだから」

崇弘の答えはシンプルだった。

彼は床に座ると薫の頬を撫でた。

「薫が好き。だからキスしたい」

「あ、あのっ……こ、困ります」

「困るだけ？　嫌じゃないの？」

聞かれて薫はますます困ってしまった。

嫌じゃないのだ。だから頷くことも、首を横に振ることもできずに沈黙すると、崇弘は嬉しそうに笑う。

「よかった、嫌じゃないんだね。じゃあ、もっと困って。困った顔、見せて？」

彼の言葉の意味を理解した時、薫はまたキスされていた。

今度はゆっくりとしたキスだった。下唇を食《は》むように、ちゅっちゅっと吸われる。それを繰り返しされると、自然と瞼《まぶた》が降りてきた。

(どうしよう……きもちぃ……)

崇弘の手が頬を包んでくる。そのまま彼の舌がツンッと薫の唇をノックしてくる。

「あ……」

「いい子。口を開けて？」

囁《ささや》くような崇弘の声に導かれて、ほんのちょっぴり口を開ける。すると彼の舌がつるんと入ってきた。舌先に触れて、右に左にとゆっくりと動く。

奥に入ってくる気配はまるでない。そのせいか、もっと深いキスが欲しいなら、自分からおいでと誘われているような気になる。

ちゅ……ちゅく……と繰り返される甘いキスに、息が上がってくる。

「んっ……ふぁ……」

「薫、おいで」

崇弘は隣に座ると、ひょいっと薫を抱え上げて自分の太腿《ふともも》を跨《また》がせた。そしてそのまま、彼の両手が背中に回る。ぎゅっと抱きしめられ、彼の鼓動が布越しに伝わってきた。

(あ……。なんだか……とても落ち着く……)

いけないことをしているような躊躇《ためら》いがあったはずなのに、心よりも先に身体がほぐれて力が抜けてしまうのはなぜなのだろう？　忘れてしまった記憶の中に、こうやって過ごした時間があったのだろうか？　キスされて、抱きしめられた、じゃれあいのような甘い時間が。

崇弘がまた顔を寄せてくる。唇を奪われながら、薫は力の入らない抵抗を繰り返した。

「……っんぅ……駄目……困ります、こんな……」

「どうして？　薫は俺の奥さんだ。奥さんとキスするのは普通だよ。本当はもっといろんなことしたいけど、嫌なんだろ？　一緒に寝るのも駄目、キスも駄目だと、俺がかわいそうじゃないか？」

そう言われると、寝室を共にすることを拒絶している薫は弱い。それがわかっているだろうに、崇弘は青い瞳で懇願《こんがん》してくるのだ。

「……そんな……ずるい……」

「そうだね。俺はずるい。薫が結婚したのはそんなずるい男なんだよ」

崇弘は少し薫の顔を上げさせ、また唇を合わせてきた。

舌を差し込み、絡ませ、ちゅくちゅく……と、唾液を弾く音がする。

先ほどよりも薫の口が大きく開いた。口蓋《こうがい》まで崇弘の舌が伸びてきて、つーっと擦《こす》られると、背中がゾクゾクしてくる。

「あ……ンっ……」

「可愛い声……。変わってないね。思い出さなくても覚えておいて。君は俺のものだ。一生ね……離さないよ」

キスの合間に崇弘が囁《ささや》いてくる。時には耳たぶを甘噛みされ、それがまた心地いい。崇弘の手が腰を抱き寄せ、胸が密着する。そして脚の間に硬い熱の固まりが擦れて、薫は一瞬で我に返った。

「あ……あの……」

自分を押し上げるようにしているものがなんなのか、いくら薫でもわかる。赤面し、崇弘の上から退《ど》こうと腰を浮かせた――が、腰が立たない。キスですっかり力が抜けてしまったようだ。それでも退こうと、おたおたしていると、崇弘に近くから見つめられた。

「薫、誘ってるの？」

妖《あや》しく煌《きら》めく目でそう言われて、薫は自分が崇弘の上で腰を振っているような状態になっていたことに気が付いた。

「ち、違っ！　わたしそんなつもりじゃなくて……！　腰が抜けて動けなくなっちゃって……」

本当は退きたいのだと訴えると、崇弘は薫を横抱きにした状態で立ち上がった。

「きゃぁ!?」

「動けないんだろ？　大丈夫。落とさないから安心して」

その言葉通り、薫を抱く崇弘の腕は安定感がある。ろくに動けない自覚がある薫は、おとなしくしているしかなかった。

崇弘はキッチンに向かおうとしているようだ。これが、寝室だったら――全力で逃げるところだ。動けないけれど。

チラリと見上げれば、崇弘の頬がうっすらと赤いのが見える。自然と彼の唇に目がいった。薄くて形のいい唇が少し湿《しめ》っている。さっきまで自分がしていたことを思い出して、薫は俯《うつむ》いた。

（また……キスしちゃった……）

自分で「困ります」だなんて言っておきながら、彼にせがまれると心から拒絶できない。そして身体は彼のキスを覚えているのか、自然と応えてしまう。気持ちよくなってしまう――。この身体は、心以上に彼が自分の夫だとわかっているみたいだ。

（早く思い出したいよ。どうしたら思い出せるの？　もしもずっとこのままだったら……）

記憶喪失になって今日でもう三日目だ。今はよくても、この状態が続けばいつか嫌われてしまうかもしれない。

それに、何も思い出せない薄情な自分は、崇弘に優しくしてもらう資格がないような気がする。

薫がうなだれていると、ダイニングテーブルの椅子に座らされた。そして間をあけずに、眉間をつんと突かれる。顔を上げれば、膝を折った崇弘が心配そうにこちらを窺《うかが》っていた。

「皺《しわ》が寄ってる。何を考えてた？　俺とのキスは嫌だった？」

そういうわけではないので、返答に詰まってしまう。でも何も言わないでいると、崇弘が悲しそうな目になっていくので、薫はぽつりと打ち明けた。

「記憶、戻らなくて……。今日でもう三日目なのに、全然思い出せないんです」

「そっか……うん」

崇弘は立ち上がると、よしよしと頭を撫でてくれた。

そして、気分を変えるように明るいトーンで言った。

「今日の朝食は俺が作るよ」

「えっ、そんな……。わたしがします」

まだ腰が抜けている感じは否めないが、もう少し休めば平気になるはずだ。だが崇弘は笑いながら腕まくりした。

「いいよ。休みの日は俺も料理していたしね。薫はさっき、何を作ろうとしていたの？」

「……チャーハンです。昨日のご飯が残ってたから」

「了解、了解。任せて」

崇弘はずいぶん張り切っているように見える。水を差すのもどうかと思い直して、薫は素直に彼の言葉に甘えることにした。

崇弘は慣れているのか手早く野菜を切っている。家事代行サービスで料理も頼んでいたくらいだから、家事は苦手なんだと勝手に思い込んでいたのだが、そうではないようだ。

しばらくすると、熱々のチャーハンと卵スープがテーブルに並べられた。チャーハンの中には一口大にちぎったレタスが入れてある。薫の実母直伝の塩ダレチャーハンだった。そして、薫が作ろうとしていたものでもある。

「あ、これ……」

「薫に教えてもらったんだよ。おいしいよね、これ。俺も好きだ」

こんなところにも自分と崇弘の繋がりが見える。大丈夫と言われているようで、胸がきゅんと締めつけられた。

「嬉しいです……いただきます」

「ん。食べて、食べて」

崇弘はにこにこして、薫がスプーンを取るのを見ている。照れくさいものを感じながらも、薫はチャーハンを一口食べた。ほのかに効いた塩味がレタスや豚肉とよく合っている。薫が母から教えてもらった味とまったく同じだ。

「おいしい……」

「ありがとう」

ふたりで向かい合って食べていると、崇弘が「ああ」と身を乗り出してきた。

「そうだ、薫。食べ終わったら出掛けないか？　今日は天気もいいみたいだし、初デートの時に行った植物園に行くっていうのはどう？」

「っ！　い、行きます!!」

薫は瞬時に返事をしていた。崇弘と初めてのデートで行った場所……。そこに行けば彼とのことを何か思い出すかもしれない。きっと彼も、そうなったらいいなという気持ちで言ってくれたに違いない。

（わたしがさっき記憶が戻らないことを気にしてたから……）

なんて優しい人なんだろう。彼は薫の苦しみを理解しようとしてくれている。

「じゃあ、食べたら用意しよう。隣の県だからちょっと遠いけど、久しぶりだしきっと楽しめるよ」

崇弘は、「思い出せるよ」とは言わなかった。それは薫にプレッシャーをかけまいとする彼の優しさなのだろう。薫は力いっぱい頷くと、急いでチャーハンを頬張った。


シャワーを浴びたあと、和志の部屋で着替えた薫は、ゆっくりとドアを開けた。

廊下にいた崇弘がすぐに近寄ってくる。

「準備できた？」

彼は品のいい白シャツにデニムを合わせていて、自然体でかっこいい。

薫は剥《む》き出しの脚を気にして、自分が着ているチュニックワンピースの裾を軽く押さえた。

このチュニックワンピースは、黒の布地にアジア風の赤や黄色といった明るい色使いの刺繍《ししゅう》が施《ほどこ》されている。いい生地を使っているのか、とても軽くて気持ちがいい。だがいざ着てみると、思ったよりも丈が短かった。膝が隠れるか隠れないかの長さしかない。

「あの……変じゃありませんか？」

「可愛いよ。涼しげでいいね。とってもよく似合ってる」

褒められると悪い気はしない。それどころか、ちょっぴり気持ちが浮かれてくる。

「……ありがとう、ございます……」

薄茶色のミュールを履いて外に出ると、むわっとした熱気が肌に纏《まと》わりついてきた。崇弘も額《ひたい》に手をかざして空を見上げている。

「今日は暑いな……」

「そうですね。明後日から六月ですし……これからどんどん暑くなるんでしょう。できることなら、新しい月を迎える前にすべてを思い出したい」

家の中で思い出せなかったなら次は外だ。

車を開けてもらい乗り込む。崇弘は早速カーナビを設定した。

「前は片道一時半くらいかかったんだ。今九時だから、十時半くらいには着くよ。開園が十時だからちょうどいい」

崇弘がシートベルトをしながら言う。

「昼はどうしようか？　植物園の中にレストランがあったからそこで食べるのもいいし、植物園を出て違うところで食べてもいいよ」

「初デートの時はどうしたんですか？　わたし、初デートの時と同じにしたいんです」

昔をなぞるように行動してみたら、記憶の刺激になりはしないかと薫は考えたのだ。そう説明すると、崇弘は快《こころよ》く頷いてくれた。

「あの時は、植物園のレストランで食べたんだ」

「じゃあ、今日も植物園のレストランにしませんか？」

「わかった。そうしよう。でもその前に薬局に行かないとね。傷に貼るテープを買わないと」

「そうでした！　忘れてた」

「はは。よし、じゃあ、出発」

車は滑《なめ》らかな走行で、薫と崇弘を過去の追憶へと誘《いざな》う。薫は少しわくわくしていた。


一時半の移動時間は楽しいものだった。まずは、マンションから少し離れたところにある大きめのドラッグストアで、病院で使っていたのとよく似た肌色テープを買い、崇弘に貼ってもらう。

それから植物園に向かいながら、自分達の結婚生活がどんなだったかを教えてもらった。

崇弘の話では、結婚生活はとても穏やかなものだったらしい。

仕事で崇弘の帰りが遅くなることもあったが、薫は先に寝ることなくずっと起きて待っていたようだ。それが嬉しくてたまらなかったのだと彼は言った。

嫁姑《しゅうとめ》関係も良好。崇弘は実業家だが、薫自身はただの会社員だ。結婚には彼の家族の反対があったのでは？　と密かに心配していたのだが、そんなことはまるでなかったのだそうだ。むしろ、独身主義だった崇弘の考えを変えた女性として、感謝されていたくらいだと言われて驚いた。

崇弘の両親は彼が結婚しないことを心配していたらしい。親戚付き合いも含めてなんのトラブルもなく、自分は歓迎された存在だったのだと知って、薫はほっとひと安心した。

近所付き合いのほうは挨拶《あいさつ》程度で、薫には家に招くほど親しい友達はいなかったらしい。結婚式も身内だけですませたと聞いた。

（確かに……わたし、友達多いほうじゃないしなぁ……）

高校までは友達もたくさんいたのだが、大学に入ってすぐ両親の事故死があり、以降の薫は弟との生活のためにバイトに明け暮れていた。人間関係が希薄になっていた感じは否めない。

「――俺は薫と出会ってやっと幸せになれたんだよ」

崇弘が徐《おもむろ》にそう言った。少々大袈裟《おおげさ》に感じながら彼のほうを見ると、「本当だよ」と念を押される。

「俺はね、こんな見た目だから、子供の頃は虐《いじ》められてたんだ。でも成長するにつれ、女がたくさん寄ってくるようになってね。だけど、皆、榊崇弘じゃなくて、見た目や肩書きに惹かれる人ばかりだった。自己顕示欲の強い女性にはちょうどいいアクセサリーだったんだろう。どうにも女性不信になってしまって、仕事に逃げていたんだ。でもどんなに成功しても、満たされたことは一度もなかった。疲れきっているのに、あまり眠れなかったし、食事も適当で、人間らしい生活とは言えなかったと思う。でもそんな時に薫に出会って、すごくほっとしたんだよ。癒《いや》されたんだろうね……。薫は俺を——金髪碧眼《へきがん》の社長とは見ていなかったから」

ハウスキーピングのスタッフと顧客という出会い方をしたから、薫は彼が社長だとは知らなかった。薫の働いていた会社では、顧客情報はきちんと管理されていたのだ。薫にとって出会った時の彼は、大切な「お客様」である。それに薫には和志の学費を稼ぐという目的があったので、恋する余裕なんてまるでなかったのだ。

「薫が家事代行の担当になって初めてうちに来て、ふたりっきりになった日、料理をしてくれてる君を見ながら、俺、寝ちゃったんだよ。おかしいだろう？　普段からあまり眠れないんだから、知らない人が家にいる状況ならなおさらのはず。それなのにソファでぐっすりと寝てた。あんなに寝たのは久しぶりだったよ。『おはようございます』って薫が優しく起こしてくれてね。起きたら部屋中綺麗で、テーブルの上には温かい食事があって。あの時、自分が欲しいものがなんなのか気付かされた。仕事に逃げてても幸せにはなれないんだ。でも、他のスタッフだったらきっとあんな気持ちにはならなかったと思う。俺は、薫だから安心できたんだ。だけど薫にとって俺はただの客。相手にされていないのはわかってたんだけど、他の女性はどうしても無理だったんだ。薫に感じる何かがなかった。理屈抜きで薫に惚《ほ》れたんだと思う……」

薫は、運転中の彼の横顔を赤面したまま凝視していた。

まるで告白だ。前に聞いた時よりも胸がドキドキして止まらない。

車が信号で止まった時、彼の熱い指先が薫の頬をなぞってきた。

「俺は薫に出会って、やっと人間らしい幸せを得ることができたんだよ」

人を幸せにするなんて、自分はそんな大それたことができる人間ではないと薫は思う。才能もない。美人でもない。人並みにできることと言えば家のことだけだ。でもそんな自分を、彼は求めてくれたのか。

胸が熱く満たされていく――

「あ、ありがとうございます」

やっとの思いでお礼を言うと、崇弘はまた笑った。

植物園は土曜日ということもあり、なかなかの賑《にぎ》わいを見せていた。幼稚園児くらいの子供がいる家族連れが特に多い。

チケット売り場の列に並び、入場券と共に園内の案内パンフレットをもらう。ゲートをくぐりながら早速そのパンフレットを眺めていると、崇弘が急に立ち止まった。

車に何か忘れ物でもしたのだろうか？　薫が首を傾げると、彼はパンフレットを指差した。

「あれー。園の名前が変わってる」

「えっ？」

薫もパンフレットを見てみた。そこには『植物園』ではなく、『ふれあい動植物らんど』と書いてある。

「何か変わったのかな。ちょっと調べてみるね」

ポケットからスマートフォンを取り出す崇弘の横で、薫は園内を眺めていた。

入ってすぐのところには、網と丸太で作った柵があり、うさぎが放たれている。どうやらそこは自由にうさぎに触ったり、餌《えさ》をやったりできる場所のようだ。子供がうさぎの真似《まね》をしながらぴょんぴょんと飛び跳ねているのが微笑ましい。

植物園よりは今のほうが子供に人気がありそうだなと考えていると、崇弘が申し訳なさそうに話しかけてきた。

「薫。経営が市から民間に代わって、ちょっと前にリニューアルしたみたいだ。リニューアルだから、多少は前の施設も流用してるみたいだけど……。ごめん……俺がもっとリサーチしていればよかったね」

崇弘は一度来たこともあったし、土曜日は開いている確信があったようで、特に調べたりはしていなかったらしい。入り口では行列ができるほど人がいたから、看板もよく見えなかった。それ以前に、ここは植物園だという思い込みが薫にも崇弘にもあったのだ。そのせいで気付くのが遅れた。

申し訳なさそうに謝られて、薫は慌てて胸の前で両手を振った。

「そんな！　謝らないでください！」

(でも……そっか、リニューアル……。それじゃあ……)

ここへ来た本来の目的は、失った記憶を取り戻すためだ。だから前と同じところを、同じように回るのが一番いいはず。それを思えば、落胆する気持ちが少なからずある。しかし、彼を責めるわけにはいかなかった。

「大丈夫ですよ。せっかく来たんだし、回ってみましょうよ」

薫の返事を聞いた崇弘の表情がふわっと柔らかくなった。

「ありがとう。じゃあ、どこから行く？　パンフレットを見ると、この辺はうさぎとモルモット、あっちは鳥類みたいだよ。うわ、カピバラとかアルパカもいるのか、ここ。すごいなカンガルーもいる」

「カピバラ？　わぁ～。わたし、会いたいです。どこですか？」

以前、柚子《ゆず》風呂に入って気持ちよさそうにしているカピバラをテレビで見たことがある。とても愛らしい生き物だった。ここにいるならぜひ会ってみたい。崇弘はパンフレットを覗き込むと、現在地とカピバラエリアを交互に指差した。

「今、ここね。カピバラエリアは園の奥のほうみたいだ。じゃあ、行ってみようか。付いてきて」

サッと当たり前に手を取られて感じるのは、この人に付いていけば大丈夫だという安心感だ。

半歩先を歩く崇弘はその美しい金髪もあって、園内の女性客の視線をひとり占めにしている。彼を見つめる女達の眼差しが熱っぽい。崇弘が手を引いている薫の存在なんて完全に無視だ。皆がこの美しい人に釘づけになる気持ちはわかる。

薫もそうだ。崇弘から目が離せない。彼はまるで物語の中の王子様だ。気付けば目で追っている。

崇弘の横顔を見ながら、薫は漠然《ばくぜん》と考えた。

（……崇弘さんは、何も思い出せないわたしを、どうして奥さんだと思えるの……？）

彼の手は、真摯《しんし》に自分に向かって伸ばされているはずなのに、本当はもうひとりの自分に差し出されている気がしてならない。彼が本当に求めているのは、記憶喪失になった自分ではない。記憶を失う前の妻なのだ。彼が愛しているのは、自分であって自分ではない生き物――あろうことか、もうひとりの自分に嫉妬《しっと》している自分がいる。

彼は優しい。きっと、情熱的に愛してくれていたのだろう。そんな彼に愛されていたであろう自分が羨《うらや》ましい。妬《ねた》ましい。女として求められ、応え、彼の腕の中を居場所にしていたであろうもうひとりの自分。記憶が欠けた今の自分は、どうしてもその存在より劣るように思えて仕方がないのだ。薫の知らない崇弘を「もうひとりの自分《かのじょ》」は知っている。

まるで恋敵《こいがたき》だ。

恋をしようと誘われたその瞬間から、今の薫の意識は崇弘のものだ。そして彼も、薫を好きだと言ってくれる。けれど、素直に喜ぶことができない。崇弘の目の前にいるのは自分なのに、彼が恋しがっているのは自分じゃないから――

(思い出さなきゃ。リニューアルしたって言っても、ここは一度来たことがある場所なんだから……何か、何か……)

崇弘に手を引かれて歩きながら、薫は植物園の名残を探して辺りを見回した。

ここが出入り口の付近ということもあってか、道幅は広く取ってある。

左手には先ほど見たうさぎエリア。右手には園の成り立ちを書いた看板がある。人々が興味深そうに見ているから、おそらく二つとも新しいのだろう。

前方には、色とりどりの薔薇《ばら》がいくつも植えられたエリアがあった。

ここにはあまり人がいない。

「すごいですね。薔薇がたくさん」

「ん？　あ、ああ……そうだね」

薫が足を止めると、崇弘も立ち止まった。

「どうしたの？　カピバラのところに行かないの？」

「あ、ああ。はい。行きます。でも薔薇も綺麗で……。見ていいですか？」

聞くと、彼は了承してくれた。

ただ、若干《じゃっかん》複雑そうな顔をしているように見える。

「薫は本当に薔薇が好きだね……」

「ええ。好きです。ご存知だったんですね」

「そりゃあね、奥さんのことだから」

それも当然か。今や崇弘は薫以上に薫を知っている。

「もともと、母が好きだったんです。鉢植えの薔薇を大事そうに手入れしていました。本当は地植えにしたかったみたいなんですけれど、うちはアパートだったから無理で。ここはいろんな薔薇が咲いているんですねぇ……」

案内板が掲げてあり、「世界の王侯貴族の薔薇園」と銘《めい》打ってある。

どうやら、皇室や王室、芸術家ゆかりの薔薇が植えられているようだ。

女王に捧げられたという薔薇が、美しいコーラル色を誇っており、思わず見入ってしまった。

「素敵。こっちも綺麗ですね。母が育てていたのとはまた種類が違うんですが、どれも本当に綺麗」

隣は桃色のグラデーションが美しい。どちらもモダンローズの系統で、華やかな高芯《こうしん》の花形をしている。

薫が見惚《みと》れていると、崇弘が話しかけてきた。

「お母さんが薔薇《ばら》が好きだったのは初耳。うちでも育ててみたら？　お母さんみたいに鉢植えで」

よかれと思って言ってくれたのはわかるのだが、薫は静かに首を横に振った。

「いえ。わたしは薔薇は育てないって決めているんです。両親が亡くなってから、わたし、母の薔薇を枯らしてしまったんです。ちゃんと世話をしているつもりだったけど、大学も行って、バイトもして、家のこともして、ってしてたら、手が回ってなかったみたいで。ショックだったなぁ……」

枯れた薔薇を見た時、母が二度亡くなったような気がして堪《たま》らなかった。あんな喪失感を味わうくらいなら、もう二度と薔薇は育てないと決心したのだ。

薔薇を見ると優しかった母を思い出す。でも側に置くと、枯らした時のことを思い出して嫌になる。だからたまに見るくらいでちょうどいい。そう薫が言うと、崇弘はそれ以上は言わなかった。

「カピバラさんのところに行きましょうか」

カピバラエリアに柵や檻《おり》はなく、エリアを仕切るドアがあるだけだ。半放し飼い状態で、エリアには全部で七体のカピバラがいる。

先月産まれたばかりだという小さなカピバラが、女性客や子供に絶大な人気のようだ。彼が歩くとお客も付いていくという状態で、まるでハーメルンの笛吹きのようだった。

「見て、崇弘さんっ！　カピバラさん可愛いっ！」

薫は岩陰に座って目を閉じているカピバラに近づいた。おっとりしていてユーモラスな顔立ちがキュートだ。閉じた目は糸のように細くなっている。

「あ、ああ……そうだね。でも、正直思っていたより大きいな。っていうか大きすぎないか？　カピバラってネズミの仲間だろう？」

崇弘の言う通り、カピバラは薫の膝くらいの高さで、全長は両手を広げたより少し小さいくらいだ。確実に一メートルは超えている。近くにあった看板によると、げっ歯類最大の生き物だそうだ。

「大きいけどおとなしいですよ。触ってもいいのかな？」

近くにいた飼育員に聞くと、笹のような青草を何本かくれた。これをあげると、カピバラのほうも機嫌よく触らせてくれるらしい。

薫はもらった青草をカピバラの鼻先に近づけてみた。黒い鼻がヒクヒクと動き、じわーっと目が開く。そして緩慢な動きで、もっちゃもっちゃと食べはじめた。

「うわ〜可愛い〜」

食べている時は鋭い前歯がチラチラと覗き、鼻の穴もふんがーと広がって、ブサ可愛いという表現がぴったりだ。そっと身体に触れてみると、ごわごわしたタワシのような毛が生えていた。でもほんのりと温かくて、癒《いや》される。

「カピバラさんおいしい？」

話しかけると、身体の割には小さな耳がピクピクと動いた。まるで返事をしているみたいだ。

「崇弘さんも触りませんか？　とってもおとなしいですよ」

薫が手招きすると、崇弘は苦笑いしながら首を横に振った。

「い、いや。俺はいいよ」

「え、そうですか？　可愛いのに」

（もしかして苦手だったのかな？）

崇弘はカピバラが大きすぎると言っていた。彼にはカピバラが、巨大ネズミに見えてしまったのかもしれない。

（これって、わたしだけが知ってること……？）

以前ここに来た時、カピバラはいなかったはずだ。なら以前の自分は、崇弘がカピバラが苦手だということを知らないはずだ。

（わたしだけ……。知っているのは、わたしだけ）

そう思うと、なんだか今まで感じたことのない満足感が胸にあふれてくる。

薫は自分のスマートフォンを取り出すと、崇弘に向き直った。

「あの……一緒に写真撮ってもらえませんか？　崇弘さんと一緒に撮りたくて……」

言葉にするとなんだか恥ずかしかったが、それでも今の自分と崇弘の写真が欲しかった。

結婚式のふたりではなく、今のふたりの写真が欲しい。

崇弘はにっこりと笑ってくれた。

「もちろんだよ。撮ろう。おいで」

崇弘がスマートフォンを受け取り、薫の肩を抱いてきた。そして頬をぴったりとくっつけてくる。

崇弘の熱と、彼のいい匂いがして、薫はドキドキしてきた。

「笑って。撮るよ？　はい、チーズ」

伸ばした手の先で、カシャッとシャッター音がする。画面を見て、薫は自然と笑っていた。真っ赤になった自分と、満面の笑みの崇弘が映っている。それを保存したスマートフォンを、薫は大事に胸に抱えた。

「ありがとうございますっ！　嬉しい！」

「そんなに喜んでもらえるとは思わなかったよ。写真、これからもいっぱい撮ろう」

「はいっ！」

元気よく返事をすると、崇弘が眩《まぶ》しそうに目を細め、優しい笑みを見せてくれる。薫は彼をじっと見つめた。崇弘は少し首を傾げて「次はどこで撮る？」と聞いてくる。そんな何気ない仕草さえ、キラキラと輝いていて美しい。彼が笑うと、周りがうっとりとするのが気配でわかる。

彼は素敵な人だ。優しくて、甘くて、思い遣りがあって――そんな彼を「もうひとりの自分《かのじょ》」が好きになったのは当然のような気がする。それに、今の薫も、すでに崇弘に好意を持っている。ただ、彼が求めているのが前の薫なら……

（思い出さなきゃ。崇弘さんのために……！）

この人にもう、悲しい顔はさせたくないから。

カピバラエリアをあとにした薫達は、徹底的に園内を回った。言い出したのは薫だ。

(今日は何がなんでも思い出すの！　一度ここに来たんだから！　きっと変わってないところだってあるはずなんだから！)

植物園の頃からあるという温室に入り、何往復もしてみたが何も思い出せない。

前回も食事をしたという園内のレストランは、メニューが変わっていないようだと崇弘が言うから、彼の記憶を頼りにカレーライスを注文してみた。が、これまたさっぱりだ。

ならば次は休憩所で売っているソフトクリームだ。前回はこのソフトクリームをふたりで分け合って食べたと崇弘が言うので、同じようにしてみた。一つのソフトクリームを交互に食べるのは恥ずかしかったが、記憶はまったく戻らない。

お土産《みやげ》コーナーも念入りに見たが、これも駄目。

へとへとになって園を出たのは、閉園時間の十七時だった。

西の空は茜《あかね》色に染まり、家族連れが夕飯の相談をしながら駐車場へと向かっている。

「……ごめんなさい……崇弘さん……。わたし……何も思い出せませんでした……」

走りだした車の中でそう零《こぼ》すと、崇弘はよしよしと頭をなでてきた。

「薫は悪くないよ。謝らないで。むしろ俺が悪い……。リニューアル前と今とではずいぶん違った」

だから思い出せなくても仕方がないのだと崇弘は慰めてくれるが、薫の目からはポロポロと涙があふれてきた。

「でも、でも……っ……わたしは、思い出したかったの……っ……。なのに……思い出したいのに何も思い出せないの……」

俯《うつむ》き、膝の上で拳《こぶし》を握る。知らない間に震えていたその手を、崇弘の大きな手が包んでくれた。

「薫。少し休もう」

崇弘は広めの公園の駐車場に車を止めた。もう夕方ということもあって、他の車はほとんどない。犬の散歩をしている人がゆっくりと車の前を通っていく。そんな中で、薫の頬を伝う涙を、崇弘が指先で拭《ぬぐ》ってくれた。

「薫は少し焦りすぎだと思う」

「でも……崇弘さん……わたしに思い出させたくて、植物園に行こうって、言ったんじゃ……？」

少なくとも薫はそう思っていた。だが崇弘は頷かず、苦い笑いを浮かべながら額《ひたい》を重ねてくる。

「本当のところ、そんなつもりはなかったんだ。俺はね、今の薫との間にある距離が嫌で、単純に今の薫とデートがしたかっただけなんだよ。でもそんなことを言っても、薫は一緒に出掛けてくれなかっただろう？　だから初デートの場所に行こうって誘ったんだ。それが薫に記憶を取り戻せるかもしれないっていう期待をさせてしまったんだね。ごめん……」

確かに薫と崇弘の間には微妙な距離があった。それは薫が築いたものだ。

記憶喪失になって、崇弘が夫というのは状況から理解できても、心が追いついていなかった。思い出すためではなく、ふたりの距離を縮めるために一緒に出掛けようと言われても、彼の言う通り、薫は素直に受け入れることができなかっただろう。

崇弘は両手で薫の頬を挟み、涙で濡れたまつ毛に唇を当ててきた。

「ごめん、薫……。君をこんなに泣かせてしまうことになるなんて思わなかったんだ。思い出せなくて構わない。ただ、塞ぎ込んだ薫が笑ってくれたらそれでよかったんだけど……。ごめん。俺のエゴが君を追い詰めたね……」

崇弘は謝りながら、薫を抱きしめてくる。彼の言葉には後悔が滲《にじ》んでいた。

崇弘がこんな行動に至ったのは、薫がよそよそしい態度を取るからだ。この人は何も悪くない。もう謝ってほしくなくて、薫が小さく首を横に振ると、抱きしめる崇弘の力が弱くなった。そして顎《あご》がすくい上げられ――唇が重なる。

「……どぅ……して……？」

今キスされる理由がわからなくて、思わず問う。すると彼はまた一つキスをしてきた。

「俺の大切な奥さんが泣いてるから……」

唇が指で優しくなぞられる。崇弘は真っ直ぐに薫を見つめてきた。

「俺に君を慰めさせて？」

優しい優しい声は薫を内側から蕩《とろ》けさせる。後頭部を包む左手の逞《たくま》しさと、頬に添えられる右手のぬくもりに癒《いや》されていく。泣き言を塞いでくれる唇に身を任せて薫は目を閉じた。

上唇、下唇と交互に食《は》まれて、舌先がそっと差し込まれてくる。

ゆっくりと舌が絡まって、少し強く吸われると、じゅんと腰に甘い痺《しび》れが走った。

「……んっ……」

「いい子だね。少し背凭《せもた》れを倒すよ」

あやすように言われて助手席のシートが倒される。その上に寝かされ、またキスが降ってきた。頬を崇弘のさらっとした金髪が掠《かす》める。遠慮がちな重みと共に崇弘が身体の上で身じろぎするうちに、薫のチュニックワンピースの裾が捲《めく》れ上がった。太腿《ふともも》があらわになっているのを気にしていると、舌は大胆にも奥まで差し込まれ、とろっとした唾液が喉に流れてきた。唇が離れた時にこくっと喉を鳴らせば、彼が艶《なま》めかしい吐息を吐く。その色っぽさに目が釘付けになっている間に、ちらちらと点滅しながら街灯が点いた。暖色系の明かりが崇弘の彫りの深い顔に影を作る。

気のせいだろうか。なんだか彼の目が妖《あや》しく煌《きら》めいたような――

「あ……たか――」

「思い出せなくったって悩む必要はないんだよ、薫。気にせず少し眠りなさい」

左手で視界を覆われて、薫は静かに目を閉じた。じっとしていると、彼の手が退《ど》いて、頬に軽くキスされる。そして、彼が後部座席から何かを取るのがわかった。それは柔らかな布だった。膝を隠すようにかけられて、とくんと心臓が揺れる。

「おやすみ、薫。大丈夫、何も心配いらないからね」

エンジン音がして、ゆっくりと車が走りだした。静かな揺れがゆりかごのようで心地いい。信号で車が止まるたびに、頭を撫でてもらったり、手を握られたりするのもすごく安心する。

目を閉じるだけで眠るつもりなんてなかったのに、薫はいつの間にか夢の世界に落ちていた。

4

「んっ……う――」

薫はぼんやりとした眼《まなこ》を擦《こす》りながら身体を起こした。どうもかなり熟睡していたようだ。昨日、あまり寝ていなかったせいかもしれない。

崇弘に行きも帰りも運転させて、おまけに助手席で寝てしまうなんて。とても失礼なことをしてしまった。

「ごめんなさい、わたし――へ？　ってかここ、ベッド？」

辺りを見回してようやく気が付いたのだが、ここは車ではなく、マンションにある和志の部屋だった。崇弘はいないが、カーテンから漏れる光が明るい。

「ええっ⁉　今何時なの？」

時間を見ようと慌ててスマートフォンを探した時、薫は自分がパジャマを着ていることに気が付いた。いつの間にか、チュニックワンピースから着替えている。バッと胸を触るとブラジャーがない。

「えっ？　えっ⁉」

（わ、わたし――えっ？　崇弘さんに着替えさせてもらったの？）

状況からしてそうなのだろう。助手席で寝入った上に、駐車場から部屋まで運んでもらい、更には着替えまで――そこまでされて起きなかったなんてどうかしてる。

（は、裸……見られたってこと……なのかな……）

ブラジャーが外されているのだから、自然とそういうことになる。崇弘に裸を見られたかと思うと、心臓が止まってしまいそうだ。

薫は真っ赤になって再びベッドに潜り込んだ。頭から布団を被って足をバタつかせ悶絶する。

今まで男の人に肌を見せたことなんてないのに！

（うっそ！　やだもう、信じらんない!!　恥ずかしすぎるよぉ～っ！）

一通りもんどり打った薫は、はたと気が付いて布団から顔を出した。

「そうだ。わたしが自分で着替えたのかも」

いくら寝入っていたとはいえ、人に服を脱がされて起きないわけがない。自分で着替えたに決まっている。きっとそうに違いないと半ば思い込むようにして、薫はふらふらとベッドから這い出た。

そのままリビングに向かうと、ソファにいる崇弘が見える。彼は仕事をしているのか、以前見たノートパソコンがローテーブルにあった。

「た、崇弘さん……」

おずおずと話しかけると、彼はいつもの優しい笑顔で振り返ってくれた。

「あ。おはよう。よく眠れた？」

「は、はい。とても……。すみません、ご迷惑をおかけして……」

申し訳ない気持ちで謝ると、彼は首を横に振る。

「謝らないで。俺は迷惑だなんてちっとも思ってないから」

「あ、あの……。わたし、パジャマを着てたんですが……あのぉ……」

これはわたしが自分で着替えたんですよね？　と確認しようとした薫に、崇弘は爽《さわ》やかな笑顔を見せてきた。

「ああ。気にしないで、大丈夫だよ」

（いや、そこ、気にするところだから！　大丈夫って何が!?　全然大丈夫じゃないから！）

しかもこの崇弘の言い方だと、彼が着替えさせた説が濃厚ではないか。

「あ、あの……ブラジャーも……その……？」

「うん。俺が外したよ？　だって薫、いつも寝る時しないじゃないか」

当たり前にサラリと言われて、薫はガクッとその場に膝を折った。

真っ赤になった顔を両手で隠して蹲《うずくま》る。すると、慌てたように崇弘が駆け寄ってきた。

「どうした？　薫」

「お、男の人に裸を見られるなんて……わたし……わたし、もうお嫁に行けない……」

涙ぐんで声を震わせると、よしよしと優しく頭を撫でられた。顔を上げれば、そこには崇弘のきょとんとした青い目がある。

「薫はもう俺のところにお嫁にきてるよ？　あと、俺は薫の裸を何度も見てるし。今更だからね」

崇弘の目には、薫の下着を脱がせた罪悪感も恥じらいも微塵《みじん》もない。この人はいたって真面目に、奥さんの着替えを手伝っただけのつもりなのだ。

（わたしの裸を何度も見てる……裸を……何度も……み、見てる……!?　た、崇弘さんが!?）

頭の中でそこばかりがこだまする。どんな状況で何度も見られたのかと想像した薫は、先ほどまでとは違う熱で顔を真っ赤にした。

「……ア、ハイ……ソウデシタネ……」

なんとか床から立ち上がり、精一杯平静を装ってみるが、声が明らかに震えている。

やっぱり自分はもう男の人を知っている身体なのだ。いろんなことをしたり、されたりしているんだ。あーんなことや、こーんなことまで、経験済なのだ。

（わ、わたし……わたし……崇弘さんに……その……）

初めても全部この人に捧げたのだろうか？　崇弘はどんなふうに自分を抱いたのだろうか？　優しく？　それとも激しく？

記憶がないせいで、余計に逞《たくま》しく妄想が広がっていくのを止められない。

あることないこと、あったらいいな〜的なことまで考えてしまい、血圧が急上昇していく。

そんな中で、チュッと頬にキスされた。

「ひゃっ!?」

驚いてその場で飛び上がるが、崇弘は両手で薫の腰を抱いてくるではないか。その表情《かお》はちょっぴり意地悪な笑みを浮かべてニヤニヤしている。

「薫は何を考えているのかなぁ？」

「さ、さぁ？　ナ、ナニをでしょう？」

すっとぼけて視線を逸らせてみるのだが、崇弘は容赦ない。コツンと額《ひたい》をくっ付けて囁《ささや》いてきた。

「してあげよっか？　今、薫が考えたコト」

「なっ……！」

頭の中を覗かれたような気がして、薫はガバッと両手で顔を覆った。

確かに脳裏に浮かんだのは、崇弘に愛される自分の姿だった。でも、それではまるで、彼に抱かれたがっているようではないか。恥ずかしくてとても崇弘の顔を見られない。

いかがわしいことを考えていたなんて、彼に絶対知られたくない！

ひたすら黙ってやり過ごそうとしていると、顔を隠した手の甲にそっと口付けられた。

「可愛いね、薫は」

優しい声で言われて、薫は指の間から崇弘の様子を覗き見た。

先ほどの意地悪な笑みはなりを潜《ひそ》め、クスクスと楽しそうに笑っている。しかも、子供にするように、よしよしと薫の頭を撫でてくれた。

「さて。そろそろお腹が空いてきたんじゃないか？　もうお昼だよ」

「えっ⁉」

顔から手をどけてリビングの壁時計を見ると、もう十二時近い。朝食の支度もせずにずっと眠っていたなんて自分が信じられない。

「ごめんなさい！　わたし、朝も起きないで――」

「いいんだ。ここ何日かでいろんなことがありすぎたから疲れてるんだよ。それより俺は安心したよ。薫がちゃんと眠れてるってことにね」

「崇弘さん……」

崇弘の思い遣りのある優しい言葉に、胸がきゅんとしてくる。

薫が感激した顔で見つめていると、彼が首を傾げて笑った。

「お腹空いてる？　炊《た》き込みご飯を作ってみたんだ。前、薫に教えてもらったレシピだよ。結構よくできたと思うから、食べてみてくれないか？」

「ご飯まで作ってもらって……ありがとうございます。ごめんなさい、わたし、何もしないで……」

崇弘は薫の入院のために二日も会社を休んでいる。日曜日だというのに今も仕事をしていたようだ。社長なら忙しいだろうに、彼は薫のためにずいぶん時間をさいている。

（わたしは専業主婦みたいだし、家の事は全部わたしがやらないと！　崇弘さんばっかり働かせることになっちゃう！）

車に撥《は》ねられたといっても怪我自体は大したことないのだし、記憶がないことを除けば、身体はいたって健康だ。できることはやりたい。

「晩ご飯はわたしが作りますから！　なんでもリクエストしてくださいね！」

「そう？　うれしいなぁ。じゃあ、夜はカレイの煮付けがいいな」

「わかりました！」

意気込んで返事をすれば、崇弘は目を細めて笑った。


崇弘の料理は、一言で言うと非常においしかった。味もこなれていて、盛り付けも綺麗だ。彼がひとりで作ったのは一度や二度ではないのだろう。そう言えば昨日、休みの日は料理していたと言っていたっけ。それはふたりで料理をしていたのだろうか。

リビングのソファに座っていた薫は、そんな取《と》り留《と》めのないことを自分のスマートフォンに打ち込んだ。

「薫、何をしてるんだ？」

ついさっきまで仕事の電話をしていた崇弘が、話しかけてきた。

忙しそうではあるが、主寝室に籠《こ》もらず、ずっとリビングで薫の側にいてくれている。

薫を慮《おもんぱか》ってくれている気がして、少し嬉しい。

薫は自分のスマートフォンの画面を彼に見せた。

「日記を書いてたんです。崇弘さんとの思い出……もう忘れたくないから……」

そう言って笑ってみたのだが、彼は眉を寄せて薫の頬を撫でてきた。

「そんなことをして負担にはならない？」

崇弘は、こうやって日記を書くことが、薫の「思い出せない」という気持ちを増幅させてしまうのではないかと心配したのかもしれない。

（ほんと優しいなぁ～崇弘さん）

日記をつけることにしたのは、「思い出せないのが嫌」だからではなく、「忘れるのが嫌」だからだ。この二つの気持ちは似ているが少し違う。もう二度と、崇弘との時間を忘れたくない――

この日記は、大切な時間を思い出すトリガーになってくれるだろう。

「全然。むしろ、読み返すのが楽しくなりそうです」

「そう……。薫が平気ならそれでいいけど」

彼は少し笑うと、そのままよしよしと頭を撫でてくれた。

◆　◇　◆

『崇弘さん。今までありがとうございました』

薫がいつも以上に丁寧に頭を下げてくる。雇用関係は終了し、短い恋人期間を経て夫婦となったのに、彼女は控え目で常に一歩後ろに下がるようなところがあった。それを好ましいと思ったことはあっても、嫌だと思ったことは一度もない。けれども今だけは、彼女の丁寧な挨拶《あいさつ》が他人行儀に見えて眉が寄った。

『薫？　いきなり何？』

『最初から……間違っていたんです。こんな結婚……。離婚してください』

そう震える声で言った薫が、左手の薬指から指輪を抜き取り、ダイニングテーブルの上に置いた。結婚式の時に交換したその指輪が、彼女の指から離れる。初めて見たその光景と、離婚という言葉に崇弘の頭が真っ白になった。

『ちょ、ちょっと待――』

『崇弘さんは家政婦が欲しかっただけ……別にわたしを本気で好きなわけじゃない。そんなことはわかってたのに――。これ以上わたし……崇弘さんの家政婦にはなれないです。ごめんなさい、離婚してくださいっ！』

薫は崇弘の話には耳も貸さず、よくわからない言葉だけを残して鞄を引っ掴むと、その場を駆けだした。彼女の言った意味が瞬時には理解できず、崇弘の反応が一拍遅れた。

『薫！』

ダイニングテーブルに置かれた指輪を握りしめ、崇弘があとを追った時には、彼女は靴に足を半分差し込んだ状態で玄関を飛び出していた。

なぜ薫が自分から逃げるのか、家政婦とはいったいどういう意味なのか、何もかもわからない状態で崇弘は彼女を追った。彼女を追うことにはなんの躊躇《ためら》いもない。なぜなら彼女は自分の妻で、永遠の愛を誓った女《ひと》だから。

彼女はエレベーターには乗らず、階段を全力疾走で駆け下りる。崇弘も同じように走った。だが、彼女を捕まえるには、二階から一階という距離は短すぎた。

『待って、薫！　話を――』

玄関ホールから道路に飛び出した薫が、崇弘の声に一瞬、振り返った。その時、車のライトの中に彼女の姿が吸い込まれた。高いブレーキ音が響き渡ったのはその直後だった。自分を見ていた薫の顔が車のほうを向く。

それは時間を何倍にも凝縮したような、スローモーションだった。

薫の手が崇弘に向かって伸びてくる。崇弘はその彼女の手を掴もうと懸命に走った。

『来ないで！』

悲鳴に似た薫の声と、車と接触した彼女の身体が飛んでいくのはほぼ同時で――

「薫!!」

自分の叫び声に驚いて、崇弘は目を覚ました。

天井のライトを見つめながら、はぁはぁと肩で息をする。全身が汗でびっしょりだ。

（夢か……）

崇弘はベッドから出ると、汗で湿《しめ》ったシャツを脱いで頭を掻きむしった。

崇弘が三日間の出張から帰ってきた日、薫は事故に遭《あ》った。その日から眠るたびに同じ夢を見る。

薫に別れを告げられ、彼女が目の前で車に撥《は》ねられるところまで、丁寧なことに毎回同じだ。彼女の頭から赤い血が流れていくのを見るまで、この夢は終わらない。

しかも車に撥ねられたあとの薫は、薄く笑っているのだ。

「家政婦ってなんだよ……。俺はそんな扱いをした覚えはないぞ」

仕事があるから、普段は薫に家のことを任せきりにしていたことは認める。だが休みの日は彼女と一緒に台所に立つこともあったし、自分なりにできることはやってきたつもりだ。決して薫を家政婦扱いしていたわけじゃない。蔑《ないがし》ろにした覚えもない。自分の気持ちをわかってくれていると思っていたのは、思い上がりだったのだろうか？

（俺、好きとか愛してるって、あんまり言ってなかったな……）

プロポーズした時が最初で最後だったかもしれない。

もっと積極的に気持ちを言葉にするべきだったのだろうか？　ヒントが欲しくても、くれる人はいない。

そもそも彼女はここを出てどこに行こうとしていたのか？

今となってはそれも確かめようがない。何せ薫は何も覚えていないのだから。

仮に、薫に他の男がいたとしても、この一年以内の出会いであれば、そいつは薫に存在すら忘れられていることだろう。そう思うと、ざまァみろという黒い感情と共に、少し溜飲《りゅういん》が下がる。

崇弘はバスルームに入って、頭からシャワーを浴びた。壁に額《ひたい》を押し当てる。

本当は知っていたのだ。薫との初デートで行った植物園がリニューアルしたことは。

知っていた上で、彼女をあそこへ連れていった。

目的は二つあった。一つは、まだ自分に対して壁を作っている彼女の懐柔《かいじゅう》。記憶を取り戻したがっている彼女に手を貸すことで、その壁をなくしたかった。だが崇弘としては本当に思い出してもらいたいわけではないので、リニューアルして変わっている初デートの場所に彼女を連れていったのだ。リニューアルしていなかったら絶対に連れていかなかっただろう。初デートは映画だったと適当に誤魔化して、ＤＶＤでも見せていたかもしれない。

そして二つ目の目的は、薫に思い出せないという実績を積ませることだった。何をしても思い出せないとなれば、彼女は過去を思い出すことを諦めるのではないだろうか。そして、未来を自分と一緒に歩んでいくという選択をするのでは――。それを崇弘は望んでいたのだ。

だいぶ様変わりした植物園だったが、薫が目ざとく薔薇《ばら》を見つけた時はヒヤリとした。

そう、植物園を初デートの場所に選んだのは、彼女が薔薇が好きだとふとした時に知ったからだ。だから珍しい薔薇がたくさん展示してある植物園に彼女を誘った。あの時の彼女はとても喜んでくれて、崇弘の中でも忘れられない思い出になっている。

（大丈夫。薫は何も思い出していない。このまま時間が経てばもしかすると――）

自分は残酷で身勝手なことを望んでいる。だから、胸を痛ませるあの夢を何度も何度も見るのは罰なのだ。

人を騙《だま》せば、いつかはバレるかもしれないという不安を自分の内側に抱え込まなくてはならない。

あの夢は不安が見せているのだろう。愛する人を騙して、安心して眠ろうなんて図々しいにもほどがある。

（罰なんかいくらでも受けてやる。薫がずっと俺の側にいるのなら）

そう決意を強くする傍《かたわ》らで、『思い出したいのに何も思い出せないの』と嘆き悲しみ、すすり泣く彼女の声が耳から離れない。胸が痛い。自分には彼女を抱きしめる資格が本当にあるのだろうか？　君は俺と離婚したがっていたと話すべきなのだろうか？

（嫌だ。それだけは知られたくない……！）

崇弘はため息をついて、しばらくシャワーを浴び続けていた。

5

「じゃあ、薫。会社に行ってくるけど、本当に無理しないように。困ったことがあったら、いつでも携帯に電話してきていいから」

薫が事故に遭《あ》って初めて迎えた月曜の昼過ぎ。出勤前にしきりに念を押してくる崇弘に向かって頷きながら、薫は苦笑いしていた。

「六時には帰ってくるから。一応家の鍵は渡しておくけれど、買い物なんて行かなくていいんだからね。必要なら連絡してくれれば俺が買ってくるし、帰ってから一緒に行ってもいい。とにかくひとりで外に出ないでくれ」

しっかりとスーツを着て、靴まで履いているのに、崇弘はいつまで経っても玄関から外に出ようとしない。それどころかこんな調子で、延々と注意事項を並べ立ててくる。

「人が来てもドアを開けたりしたらいけないよ。宅配が来る予定はないし、仮に来ても俺が帰ってから再配達を依頼すればいい。あと家の電話も出なくていい。うちの親や仕事の電話なら俺の携帯にかかってくるから。それから——」

（こ、子供じゃないんだけどな……）

このままでは日が暮れてしまうと思った薫は、まだ何か言おうとしてくる崇弘の胸元に手を伸ばした。そして彼のエンジのネクタイを整えてにっこりと笑う。

「大丈夫です。お家からは出ませんし、何か困ったことがあったらすぐに崇弘さんに電話します。だからそんなに心配しないでください」

「……ん」

崇弘は尚も何か言いたそうにしていたが、これ以上は言わずに、薫の頬を撫でてきた。

「すぐ帰ってくるよ」

「はい。待ってます。崇弘さんも、車の運転には気を付けてくださいね」

「……わかった。じゃあ、行ってくる」

「いってらっしゃい」

崇弘は何度も何度も振り返り、ようやく玄関ドアに手を掛けたかと思ったら、急に引き返して薫の唇にキスをしてきた。突然のことに驚いて何も言えないでいると、優しげに彼が笑ってくる。

「好きだよ。行ってきます」

「あ、はい……いってらっしゃい……」

気の抜けた声で送り出し、玄関ドアが閉まってから薫はふらふらと壁に寄りかかった。

「……ま、またキスされた……」

崇弘はいつも不意打ちでキスをしてくるから困る。何度キスされても心臓がバクバクしてしまうし腰も抜ける。正直勘弁してほしいのだが、決して嫌ではないのだ。だから余計に困る。

彼に抱きしめられて、「好きだよ」と囁《ささや》かれると頭がふわふわして、難しいことが考えられなくなる。キスされてしまうと、「夫婦なんだからいいよね？」という流された気持ちになり、そして後から「駄目駄目駄目。まだ全部思い出してないんだから。崇弘さんに失礼すぎる」という考えが湧いてくるのだ。

感情と理性の間で、身動きが取れないでいる――

やっと腰が回復した薫は、キッチンに戻って食事の後片付けをした。後片付けと言っても、ふたり分の食器を洗うだけだ。昼は親子丼にしたので、丼《どんぶり》と汁物茶碗しかない。これを食器洗い乾燥機にかけるのももったいない気がする。身体に染み付いた貧乏性に苦笑いしながら、薫は食器を手洗いしてから乾燥だけを機械に任せた。まだ、経済的に余裕のある生活に馴染めていないのだ。

今度は窓を開け、掃除機をかける。広い部屋ではあるが、別に散らかっていないこともありすぐに掃除は終わってしまった。

(他の部屋も掃除しとこうかな)

崇弘はひとりで出掛けないようにと口を酸《す》っぱくして言っていたから、家事以外にやることがないのだ。それに、働き詰めの生活を送っていた薫は、何もしない時間というのが耐えられない。

(ひとりで買い物だって行けるんだけどなぁ。崇弘さんって心配性なのかな)

と、思いはしたものの、彼の目の前で車に撥《は》ねられたのは他の誰でもない自分である。

記憶喪失にまでなって、崇弘に多大なる迷惑と心配をかけている自覚があるだけに、彼の言葉を無視してひとりで外に出る気にはなれなかった。

電話も、知っているはずの人からかかってきたとしても、薫はまともに応対することができないだろう。あとのことを考えれば、電話を取らないように言われるのも当然のことだった。

「さてと、これでよし」

和志の部屋と、空いている三つの部屋にも風を通して掃除機をかけ終わったところで、薫はふと主寝室の前で足を止めた。

今は崇弘がひとりで使っているが、本来は夫婦の部屋だ。それもあって、なんとなく入ってはいけないような気がしていた。正確に言うと、この部屋にあるキングサイズのベッドに寝てはいけないような気がしていたのだ。あれは夫婦のベッドだ。崇弘の妻であった頃の記憶を失い、未《いま》だに妻になりきれず、かと言って彼女ともまた違う、今の中途半端な立場にいる自分が使っていいベッドではない。だから薫は、着替えを取る時以外、この部屋に入っていなかった。もちろん崇弘は入ってはいけないとは言わないし、むしろ一緒に寝ようと言ってくれる。それを頑《かたく》なに断っているのは薫だ。

（でも……掃除はわたしがしたほうがいいよね？）

この部屋にはベッド以外にもトイレやシャワールームまであるのだ。外で仕事をしてきた崇弘に、部屋の掃除までさせるのは忍びない。それにこの際だから、自分の服は全部和志の部屋に移動させよう。そう思った薫は、掃除機を持って主寝室のドアノブに手をかけた。

「お、お邪魔しますー……。お掃除に伺いました……」

まるでホテルの掃除係のような文言を言いながらドアを開けた。部屋の空気全体にほんのりと崇弘の優しい匂いがする。そんな部屋の中心に、例のダブルベッドがあった。

ベッドの手前側の布団がめくれて、そこに崇弘が脱いだパジャマがある。こんなに広いベッドなのに、彼は半分しか使っていないのか。それがもう半分に寝る人の存在を意識させる。

悪いことをしているわけではないのに、なんだかドキドキしてきた。

(いけない。掃除、掃除)

不躾《ぶしつけ》にも部屋をジロジロと見ていた自分に気が付き、心音を誤魔化すように、掃除機をフルパワーにして掃除をはじめた。

開け放った窓からは、湿気を孕《はら》んだ風が入ってくる。カーテンがふわりふわりと揺れるのを見ながら掃除をしていると、なんだか居心地が悪くなってきた。

自分の居場所は、長年住んでいたボロアパートであって、こんな豪華なマンションではないはずだ、という意識が強くなってくる。広い部屋も、高級な家具も、便利な家電も――薫にとってはすべてが違和感をもたらすものでしかない。

それでも崇弘が全身全霊を傾けて「ここにいていいんだよ」と言ってくれたから、薫は安心できたのだ。だから彼がいない今、再び不安が首をもたげてくる。

(変なの……崇弘さんと一緒にいるの慣れないなとか思ってたくせに……)

自分でも気が付かない間に、掃除の手が止まっていた。そして無造作にベッドに置いてある崇弘のパジャマを手に取る。

薫とお揃いで、色違いのそれに顔を埋めてみれば、崇弘の優しい匂いがする。

くんくんと匂いを嗅いでいると、崇弘に抱きしめられているような気分になってきた。

まだ自分のすべてを預けるのは不安なのに、「この人になら預けても大丈夫」という不思議な確信はある。でも、その確信を理性が拒絶して素直になれない。

未《いま》だに妻にも恋人にもなりきれない。そのくせ、心臓はちゃっかりドキドキしていて、視線は彼を盗み見たくて右往左往する。抱きしめられれば嬉しいものだから、身体は逃げやしない。そして嘘つきな唇は「困ります」だなんてお行儀のいいことを言って、彼にキスしてもらうのを待っている。

（……崇弘さん、寂しいよ……）

彼がいなくて寂しいこの気持ちを認めなくてはならない。記憶は戻らなくても、素直になるのは今の自分でもできるのではないだろうか？　そうしたら、彼との距離も縮まるのかもしれない。それを思うと、少し胸が高鳴った。


「ただいま」

約束の十八時より三十分も早く崇弘は帰ってきた。

キッチンにいた薫は、予定外のことに少し驚きながらも、麦茶を作るためヤカンを火にかけたまま、急いで玄関に出た。

「お帰りなさい。崇弘さん」

「大丈夫？　何もなかった？」

崇弘は朝よりも心配性が悪化しているのか、眉間に眉が寄っている。

「んと……、大丈夫です」

「そっか。ならよかった。いい匂いがするね。もうご飯できてるの？」

「いえ、あともう少しです」

リビングに移動する彼のあとを付いて行きながら、薫はひとりで寂しかったことを言うか言うまいか迷っていた。

素直になろうとするだけで、どうしてこんなにドキドキするのだろう？　相手が崇弘だから？

(……どうしよう。ちゃんと言えるかな？　言って……変じゃないかな……？　大丈夫かな？)

崇弘はソファに鞄を置くと、脱いだジャケットをソファの背凭《せもた》れに置いてネクタイを緩めた。両手首のカフスを外し、綺麗な金髪を掻き上げる。

「ちょっと部屋に荷物を置いてくるよ。先にシャワー浴びていい？」

彼は薫が駄目と言うことを想定していないようで、すでにリビングから出ていこうとしている。

そんな彼の袖を、薫は咄嗟《とっさ》に掴んでいた。

「薫？」

「あ、あの……」

「ん？」

崇弘は首を傾げ、薫に向き直った。「どうかした？」と、いつも通り優しく話しかけられて、余計に緊張してしまう。薫は崇弘の袖を掴んだまま、真っ赤になって硬直していた。

軽く後悔がよぎる。だいたい自分は、「寂しい」なんてことを崇弘に言ってどうするつもりなのか。いたずらに彼を困らせるだけではないか。なのに緊張しすぎているせいか、指が彼の袖から離れない。

「行かないでほしいの？」

崇弘が腰を屈めて顔を覗き込んでくる。面倒くさそうにするでもなく、急《せ》かすでもなく、迷子の子供に接するように、優しくゆっくりと話しかけてくれる。そのことが薫の心の内側を少しくすぐったのか、こくんと素直に頷くことができた。

「そっか。ひとりで寂しかったのかな？」

崇弘は冗談めかした口調で、笑いながら言う。彼のように冗談っぽく言えば恥ずかしくないだろうか？

「うん……」

頬を染めてこくんと頷くと、崇弘がわずかに目を見開くのがわかった。口まで少し開いて、明らかに彼は驚いている。やっぱり迷惑だったのかもしれないと思って薫が肩を落とすと、途端にギュッと抱きしめられた。

驚いて目を白黒させていると、彼がズルズルと床に座り込んだ。そして、薫を自分のあぐらの上に座らせる。薫は驚きながらもされるがままになっていた。

「薫。寂しかったの？　俺がいなくて？」

また同じことを聞かれ、じわっと顔が熱くなる。でも今更違うと言えるはずもなく、薫は再び頷いた。

「それは——うん、なんていうか、嬉しいな」

崇弘は笑みを噛み殺したような表情《かお》で両手で薫の頭を包み、自分の胸に囲い込んできた。自然に彼の胸に薫の頬がぴったりとくっつく。

彼の匂いが昼間抱きしめたパジャマと同じで、なんだか胸がときめいた。

「寂しがらせてごめん。でも明日も仕事なんだ。今日と同じくらいに帰ってくるよ」

「大丈夫、です……、待てるから」

「いい子だね。薫。薫はとってもいい子だ」

子供のようにあやされているのが心地いい。

そう、今の薫は迷子の子供と同じだ。記憶を失《な》くして、自分の行き場も頼るべき人もわからず、常に心のどこかに不安がある。でもそんな薫に、崇弘が手を差し伸べてくれた。大丈夫だろうかとビクビクしながらもその手を取って、ようやく彼に慣れてきたところでひとりになったから、仕事だとわかっていても置き去りにされたような気持ちを感じたのかもしれない。

（崇弘さんの匂いだ……）

思わず目を閉じて、すりすりと彼の胸に額《ひたい》を擦《す》り付けると、顎《あご》が持ち上げられて唇を吸われた。

「んっ……ぁ」

「薫、俺の薫。……愛してる」

崇弘は独《ひと》り言のように囁《ささや》くと、薫の唇を割り、舌先を口内にねじ込んでくる。ろくな抵抗もできず、ぬるついた舌を擦り合わせていると、だんだん気持ちよくなってきた。

腰が抜けてふにゃふにゃした身体を、崇弘の力強い左手が支えてくれる。そして彼の右手は、薫の耳たぶに触れ、首筋から肩を触ってきた。その間も唇は離れない。くちゅくちゅと淫《みだ》らな音を立てながら舌を絡められていると、頭まで朦朧《もうろう》としてくる。そんな時、温かな手がゆっくりと撫で上げるように、左の乳房に触れてきた。

「ん……ぁあ……」

鼻にかかった悩ましい声が聞こえ、これが自分の声だと気が付くまで少し時間がかかった。

くちゅと微かな音を立てて唇が離れ、とろっとしたふたりの唾液が糸を引く。

服の上から乳房を揉まれながら、薫は崇弘の胸にしがみついて震えていた。

「大丈夫だよ、怖くないから。こうしてると気持ちいいだろ?」

男の人に初めて胸を触られている。そのはずなのに、甘ったるい声が自分の唇から漏れてくる。

その声は気持ちいいとしか答えていなかった。下腹の奥がズクズクと疼《うず》いて落ち着かない。

「……んっ……ふぁ……ぁう……」

「こんなに甘えて。薫は寂しかったんだね」

胸を揉まれながら断定的な言い方をされると、なんだか彼に触ってほしくて自分から抱きついているように錯覚してしまう。事実、ここに第三者がいたならば、甘える薫を崇弘が慰めているとしか見えなかったかもしれない。自分から逃げ出さない時点でもう、薫の深層心理が崇弘にこうされることを望んでいたとも取れる。

「んっ……ぁ……たか、ひろ……」

「可愛い。もっと俺を呼んでごらん？　薫の旦那様だよ」

耳元で囁《ささや》きつつ、彼は耳の裏や縁《ふち》を舐めてくる。ぞくぞくして勝手に口が開いた。でもそれは崇弘にはキスの催促に感じられたようで、再び唇が合わさる。

胸を触られながらのキスは、身体を内側からじわじわと加熱し薫の思考を奪う。

腰の辺りに崇弘の硬く屹立《きつりつ》したものが押し充てられているのに、強く抵抗もできない。

優しくて、蕩《とろ》けるような甘いキスに身を任せて、息を荒くする。と、いきなりキッチンからピーッと鋭い笛が鳴った。

「キャッ！　ヤカンがぁ！」

驚いた薫は、飛び上がった。麦茶を作るためにヤカンを火にかけていたのをすっかり忘れてしまっていたのだ。

蓋を押し上げ、吹き零《こぼ》れる麦茶を見て、大慌てで火を止める。辺りが静かになったところで、薫の心臓がけたたましい音を立てて脈打った。

今の自分の顔がどんなふうになっているかはわからないが、顔といわず身体中が熱いのは確かだ。

（あ……下着が濡れて……わたし……）

自分の身体が恥ずかしい有り様になっていることに気が付いて、コンロの前から動けなくなってしまう。

「薫」

崇弘に呼ばれて、ビクッと身が竦《すく》んだ。振り向こうにも振り向けないでいると、背後から抱きしめられる。

背中に彼の胸板が当たって温かい。

薫の緊張に気が付いていないのか、彼は平然と耳元で話しかけてきた。

「薫。今日の晩ご飯は何？」

「えと……ブリの照り焼きと……ささ身をカリカリに揚げたものが入ったサラダ……あと、きのこのお味噌汁……あと、ちょこちょこと……」

途切れ途切れになりながらも、なんとか答える。すると、肩から彼の手が伸びてきて、ぱかっとフライパンの蓋を開けた。

「うまそう。俺、魚料理大好きなんだよね」

「そ、そうなんですね……」

「じゃあ俺、シャワー浴びてくるよ」

崇弘はさっきのキスには一言も触れずに、荷物を持って寝室に向かった。

崇弘との距離が開いて緊張から解放されたのか、ほっと息をつく。

また一つ、彼のことを知った喜びが生まれる。この料理を作ったのは、本当になんとなくだったのだが、記憶はなくても、崇弘の好物を身体が覚えているのかもしれない。

きっと以前の自分は、崇弘のことを第一に考えて家事をしていたのだろう。ならば、食卓には彼の好物が並ぶはずだ。そして崇弘は薫の作った料理を食べて、おいしいと言って、時々キスもしていたに違いない。

（お医者さんが言った、日常生活の中で自然と思い出すって、こういうことなのかなぁ？）

そうだといい。まだ、崇弘と一緒に寝るのは怖いけれど、崇弘に甘えて、優しくしてもらえるのは嬉しい。それにとても安心する。彼とのキスも……嫌じゃない。

崇弘と一緒にすごす甘い生活が、かつての自分がいた日常なら、同じ生活をすることで何かを思い出すのだろうか。

薫が記憶喪失になって今日で五日が過ぎようとしていた。

◆　◇　◆

（薫が俺に甘えてきた……！）

夕食を終え、二十二時頃に主寝室に入った崇弘は、ひとりで小躍りしそうなほど軽い興奮状態に陥《おちい》っていた。

今日の薫の愛らしいことといったらなかった。崇弘が帰ってくるなり、「寂しかった」「行かないで」と甘えてきたのだ。こんなことは今まで一度たりともなかった。結婚期間も含めて、出会ってから初めてのことだ。

本当は出掛け際に薫に家の鍵を持たせるか非常に迷った。急に記憶が戻ってどこかに行きやしないか、気が気でなかったのだ。でも鍵を持たせないのはあまりにも不自然だし、薫に「閉じ込められている」と思われては困る。薫に信頼されること——それが今一番大切なことだとわかっていたから、崇弘は不本意ながらも薫に鍵を渡した。だがこれで正解だったのだ。

夕食のあとはふたりで少しテレビを観ていた。その間ずっと彼女の腰を抱いていた手が、今頃になって震える。

彼女が自分の庇護《ひご》を求め、自分を頼りにしてくれているのだと思うと、心底ゾクゾクしてきた。記憶を失う前の薫は、どこか事務的なところがあった。それは彼女の仕事が家事のプロフェッショナルで、しかも崇弘とは雇用関係にあったから、その時の癖が抜けないのだろうとずっと思っていた。

そんな彼女は自分から甘えてくることはなかったが、崇弘が求めれば必ず応えてくれていた。ベッドの中では初心《うぶ》だったが、その分従順に崇弘の愛撫を受け入れていたのだ。

彼女は常に受け身で、控えめで、空気のように傍《かたわ》らに寄り添ってくれていた。それは彼女の性格だと思っていたし、そんな彼女の優しい笑顔に崇弘は癒《いや》されていたのだ。

ところが記憶を失ってからの彼女はどうだろう?

初めは崇弘を警戒していた。

やがて自分が記憶喪失であることを知って不安になって泣いたり、動揺したり、記憶を取り戻そうと必死になってみたりと、いろんな表情を見せてくれた。

受け身で控えめなところはそのままだが、前より表情が豊かになった気がする。

「寂しかった」「行かないで」と、頬を赤く染める彼女があまりにも可愛くて、思わずキスしたらもう止まらなかった。

愛しい妻が自分の腕の中で、小さく身体を震わせながら、喘《あえ》ぐようにしてキスを受け入れているのだ。禁欲的状態にあった崇弘には、キスだけでも強い刺激だった。あっという間に興奮して、キス以上の行為を求めたくなる。我慢できずに乳房に触れれば、帰ってきたのは拒絶ではなく蕩《とろ》けるように甘い喘ぎ声。それは、崇弘に抱かれ、奥まで貫かれている時の彼女の声とまったく同じで、理性を吹っ飛ばして本能のままに押し倒したくなった。自分でもよく我慢できたと思う。

(薫は……本当は甘えたかったんだろうか……?)

ベッドの端に腰を下ろし、記憶喪失になる前の薫を思い出しながら、そんなことを考えてみる。

薫と結婚してからは、ひとりで暮らしていた頃と比べてかなり早く帰宅するようにはなったものの、仕事を持って帰ることも多かった。しかも今、崇弘の会社はイギリスに子会社を作ろうとしており、出張も頻繁《ひんぱん》に入っている。薫が事故に遭《あ》った日も、三日間の海外出張から帰ってきたばかりだったのだ。

薫との時間を取ろうと自分としては仕事をセーブしていたつもりだったのだが、もともとワーカホリックの気《け》のある人間が自称する「セーブ」なんてアテにならないのかもしれない。頻繁に秘書と電話をして、リビングにノートパソコンを広げる夫を前にすれば、控えめな彼女が甘えられるわけがない。どうしてそんな簡単なことに気が付かなかったのだろう？

あの時の彼女が一言、「寂しい」と言ってくれれば——自分は天にも舞い上がる気持ちで、彼女に尽くしたことだろう。邪魔だなんて絶対に思わなかった。でも薫は言わなかった。

（そうじゃない。言えなかったんだろうな……）

薫が思ったことを言える環境を作ってあげられなかったのかもしれない。

出会って間もなく結婚したから、まだ信頼関係が充分でなかったとも考えられる。「好きだ」とも「愛してる」ともろくに言ってやらず、彼女の気遣いの上にあぐらをかいていたのだ。

舞い上がっていた気持ちは急激に萎《しぼ》み、ズキッと胸が軋《きし》む。

外でも仕事をして、家でも仕事をして、そのくせ夜には貪《むさぼ》るように身体を求める夫《じぶん》を、彼女はどう思っていたのだろう？

『崇弘さんは家政婦が欲しかっただけ……別にわたしを本気で好きなわけじゃない』

そう言った薫の泣き顔が脳裏に浮かんで、崇弘はきつく唇を噛んだ。

愛しているからこそ、今まで苦労してきた薫にいい暮らしをさせてあげたかっただけなのだ。それが、拝み倒して彼女に結婚してもらった自分の責務だと思っていたし、愛情は言葉以上に態度に出していたつもりだ。

だがどれも言い訳にはならない。

薫は逃げ出したいほど、その暮らしが嫌だったのだ。

記憶を失《な》くした薫は、もう自分を責めない。彼女が責めないのなら、この身を責めるのは自分であるべきだ。

「俺は、同じ間違いは二度と繰り返さない……」

今度は薫に寄り添おう。彼女がいつもしてくれていたように、彼女の居場所に自分がなるのだ。

彼女が家に帰って来てからは、積極的に気持ちを言葉にするように意識しているつもりだ。

大丈夫、今度はきっと薫に届くはず――

崇弘は自分を戒《いまし》めるように、唇を引き結んだ。

6

薫が記憶喪失になってから二週間あまり経った金曜の朝。

薫がホームベーカリーからパンを取り出そうとしていると、起き抜けの崇弘がキッチンにやってきた。

「薫、おはよう」

「おはようございます……崇弘さん」

彼は辺りに広がる焼きたてパンの芳《こう》ばしい匂いを吸い込んで、嬉しそうに頬を緩めている。

「あー、いい匂いだなぁ。今朝はパンか」

「昨日、掃除をしている時にホームベーカリーを見つけたので使ってみたくて」

郵 便 は が き

1 5 0 8 7 0 1

料金受取人払郵便

渋谷局承認

7227

0 3 9

差出有効期間
平成28年11月
30日まで

東京都渋谷区恵比寿4−20−3
恵比寿ガーデンプレイスタワー5F
恵比寿ガーデンプレイス郵便局
私書箱第5057号

株式会社アルファポリス
編集部 行

お名前
ご住所 〒 TEL

※ご記入頂いた個人情報は上記編集部からのお知らせ及びアンケートの集計目的以外には使用いたしません。

アルファポリス http://www.alphapolis.co.jp

ご愛読誠にありがとうございます。

読者カード

●ご購入作品名

●この本をどこでお知りになりましたか？

年齢　　歳　　　　性別　　男・女

ご職業　1.学生（大・高・中・小・その他）　2.会社員　3.公務員
4.教員　5.会社経営　6.自営業　7.主婦　8.その他(　　　)

●ご意見、ご感想などありましたら、是非お聞かせ下さい。

●ご感想を広告等、書籍のPRに使わせていただいてもよろしいですか？
※ご使用させて頂く場合は、文章を省略・編集させて頂くことがございます。
（実名で可・匿名で可・不可）

●ご協力ありがとうございました。今後の参考にさせていただきます。

（実はホームベーカリーずっと欲しかったんだよね。わたし、崇弘さんと結婚してからこれを買ってもらったのかなぁ？）

料理は好きだが、かつての生活ではホームベーカリーなんて贅沢品《ぜいたくひん》を買う余裕はなかった。しかも何気に、このホームベーカリーは、薫が欲しかった機種である。

嬉しくなって、今日は朝に焼きたてパンが食べられるようにセットしていた。

「ご飯のほうがよかったですか？　ご飯もありますよ」

うまく焼けるか心配だったので、保険にご飯も炊《た》いている。

すると崇弘は首を横に振って、ダイニングテーブルに座った。

「いや、もちろんパンを食べるよ」

「初めてだからうまく焼けてるか心配です。大丈夫かなぁ……？」

「大丈夫だよ。こんなにいい匂いがしているんだから」

家にあったホームベーカリーを使ったのだ。記憶を失う前に何度か使ったことくらいあっただろうに、崇弘は今の薫の初めてを、初めてとして受け止めてくれる。その気遣いが嬉しくて堪《たま》らない。

薫はダイニングテーブルの上にまな板を置き、熱々のパンケースを逆さまにした。ポンポンと軽く叩くと、ストンと白いパンが落ちてくる。

アルプスの少女ハイジに出てくるような白いふかふかのパンだ。

「うわぁ～できてる、できてる」

「おー。綺麗に焼けておいしそうだねぇ」

額《ひたい》がくっつきそうなほど、近くまで崇弘が身を乗り出してくる。驚いた薫が慌てて一歩後ろに下がろうとすると、彼に手首を掴まれた。

「薫のほうがおいしそうだけどね」

「えっ？」

聞き返している間に引き寄せられ、そのまま崇弘と唇が合わさった。チュッと軽いリップ音を立てて唇が離れる。一秒にも満たないキスに、胸が掻き乱され頬が染まるのを自分ではどうにもできない。

崇弘はにっこりと笑って今度は聞こえるように言ってきた。

「好きだよ」

「！」

唐突な告白に目が泳ぐ。

「あ、ありがとうございます……」

そう言うのがやっとだ。今から朝食を食べようとしていたはずなのに、どうしてこうなるのだろう？　でもこれは、今日に限ったことではない。家にいる時の崇弘は、いつもこんなふうだ。

突然キスされたり、好きだよと言われるたびに、薫の心臓は大きく乱される。

もう何度この人と唇を合わせたかわからない。さすがに腰が抜けることは減ってきたが、舌を使われたり身体を触られると、くったりとなってしまう。

しかもそんな薫を見て、崇弘は嬉しそうに笑い、抱きしめてくるのだ。初めはからかわれているのかと邪推《じゃすい》もしたが、あまりにも優しい眼差しにそんな考えは露《つゆ》と消えた。

「薫。今日も天気がいいみたいだから、朝一緒に買い物に行こう」

「え、あ、はい」

美しい笑顔で言われて、ドキマギしながら頷いた。

崇弘は、薫がひとりで出歩くのを極端に嫌がった。理由は聞かないでもわかる。薫が車に撥《は》ねられたからだ。だから彼は、自分の出勤前に、スーパーへの買い物に付き合ってくれる。

スーパーは徒歩圏内だし、もう道は覚えたので本当はひとりでも大丈夫なのだが、彼は余程心配なのか未《いま》だに付いてくるのだ。

「崇弘さん。わたしはそろそろひとりで大丈夫ですよ？」

「荷物が重いだろ？」

こんな調子だ。大切にされているのはよくわかるが、薫が心配なのは、崇弘の負担になっていやしないかということだ。

薫が退院した翌週は出勤時間を昼に遅らせてくれていた彼だが、最近はさすがに朝から仕事に向かっている。買い物を薫に任せてしまえば、彼はもっと時間に余裕を持って出勤できるはずなのだ。

「でも、お仕事の前に買い物なんて、崇弘さんの負担が大きいんじゃ……」

「平気だよ。そこまでやわじゃないから。それにね、俺が薫の側にいたいんだよ」

彼はそう言って笑う。薫は気の利いたことも言えずにキッチンに引っ込んだ。パンの粗熱《あらねつ》を取っている間にコーンスープを温め、レタスとトマトのサラダを用意する。

（わたしが全部思い出したら、崇弘さんだって安心できるはずなのに……）

ままならない記憶を悔しく思いながら唇を噛む。心を砕いてくれる彼に、一刻も早く報いたいのにそれができないでいる――

「薫、食べようよ」

「は、はい！」

崇弘に呼ばれて我に返り、スープとサラダをテーブルに並べた。

ふたり揃って手を合わせ、パンを二つに千切る。ふわふわのもちもちで、口に入れると甘くて、ほんのりとミルクの風味がした。

「おいしいね」

「そうですね。中に色々入れてみたらもっとおいしくなるかも。ゴマとか、クルミとか」

「いいね。楽しみにしてるよ」

朝食のあとは、着替えて買い物だ。崇弘と手を繋いで、歩いてスーパーへ行く。買った物は彼が持ってくれる。そして身支度を整え、崇弘は出勤していくのだ。

崇弘は慌ただしい朝の時間の中で、それこそギリギリまで薫と一緒にいようとする。

「愛してる」という囁《ささや》きとともに与えられるキスは、薫を幸せな気持ちにしてくれていた。

しかし――

（……どうしよう。まったく思い出せない……）

出勤の身支度を整えるために主寝室に崇弘が下がり、リビングでひとりになった薫はソファに腰を下ろすと、自分の額《ひたい》に手を当ててため息をついた。

幸せだ。崇弘との生活にも慣れてきた。まだベッドは共にしていないが、それでも彼が自分を愛してくれていることは充分に伝わってくる。崇弘にも「焦りすぎだ」と言われたこともあり、薫は、そのうちきっと――と期待しながら、記憶が戻るのを一応はのんびりと待っていた。だが、そうこうしているうちに、もう二週間が経ってしまった。

まだ二週間だなんて思えない。焦る気持ちを通り越して、不安になってくる。ここまで時間が経ってしまっては、もう二度と思い出せないのではないだろうか？

ただ、崇弘は何も言わない。

（こんなに崇弘さんによくしてもらっているのに何も思い出せないなんて……わたしの頭は一体どうなってるの？）

医師の勧め通りに「日常の生活」を送っても、何一つ思い出すことができなかった。いや、正確には自分の行動の端々にかつての生活の片鱗《へんりん》を感じることはあるが、崇弘との会話やイベント、それから、彼に向けていたであろう愛情を思い出すことができない。

薫が思い出したいのは、崇弘との思い出、そして彼に向けていたはずの感情なのだ。

自分の中にあったはずのもの、今でもあるはずのものが、大きな扉に閉じ込められ、しかも厳重に鍵がかけられていて手が届かない。こんな状態は薫にとって苦痛以外のなんでもない。何より、惜しみない愛情を注いでくれる崇弘に対する自責の念で押し潰されそうになる。

「病院、行ったほうがいいのかな……」

ポツリと独《ひと》り言《ご》ちると、着替えを終えた崇弘がリビングに入ってきた。

チャコールのスーツと光沢のあるシルバーのネクタイを合わせた彼は、心配そうな表情《かお》をして、薫の前に跪《ひざまず》いた。

「どうした？　もしかして頭が痛い？」

薫が額《ひたい》を押さえていたからだろう。薫は違うのだと首を横に振った。

「ううん。大丈夫です。頭は痛くないの」

「じゃあ、どうして病院に行ったほうがいいって？」

小声で零《こぼ》したつもりだったのだが、彼には聞こえていたようだ。

観念した薫は、自分の不安を打ち明けた。

「……前のことがちっとも思い出せないんです。わたし、もうこのまま思い出せないのかも……」

「薫……」

崇弘は薫の手を取ると、優しく握ってくれる。

「そうやって自分を追い詰めるのはよそう。思い出せなくても薫は薫だよ」

彼の答えはいつも同じだ。退院したばかりの頃は、薫が記憶を取り戻すことを待ち望んだようにソワソワしていたのに、退院から数日後にはそんな気配も消えた。

「崇弘さんはわたしが思い出せなくてもいいの？」

「いいよ」

短い、はっきりとした返事に、薫は目を見開いて狼狽《ろうばい》した。

「え、ええ？」

思い出してほしいはずだ。現に「思い出してくれたら嬉しい」と彼は言っていたではないか。どうして今日になって正反対のことを言うのかがわからない。

戸惑うより先に、彼の言葉が自分に対する一種の諦めに感じられて、薫はぎゅっと唇を噛んだ。

「どうして……そんな……こと、言うんですか……？」

震える声で薫が言うと、崇弘はふんわりと笑って隣に座ってきた。

「俺はね、今こうやって薫と一緒にいられることが嬉しいんだ」

「うれ、しい……？」

記憶を失《な》くして、夫である彼のこともろくにわからない薄情な妻と一緒にいて嬉しい？　そんな馬鹿な！　自分だったら――自分だったら悲しくて悲しくて、泣き叫びたくなるだろう。

優しい彼のことだ、薫を責めまいとして本心を隠しているに違いない――そう思った。

しかし崇弘は、その青い瞳を真っ直ぐ薫に向けてくる。その目のどこにも嘘はない。彼は心からそう思っているようだった。

「うそ。どう、して……？」

「俺はね、薫が目を覚まさなかった時、生きた心地がしなかった。医者や看護師にどんなに大丈夫だと言われても信じられなかったんだ。薫が撥《は》ねられたのを目の前で見ていたから余計にね。薫が生きていてさえくれればいいと本気で願ったよ。だから薫が今、こうして側にいてくれる……それだけで充分なんだ。――思い出してほしかったのは、薫が俺と結婚したことをよく理解してなかったからだ。でも今の薫は、俺と結婚したことをちゃんとわかってるだろう？　だからね、俺にできることは、また薫に好きになってもらうように努力することと、薫を幸せにすること。それだけだよ」

彼はもう前を向いているのだ。なのに、自分だけが過去に囚《とら》われて、出口の見えない迷宮でもがいている。

今の考え方のままでは、自分が苦しいばかりだ。崇弘のように、前を向くべきではないのか。

記憶が戻らなくても、進むべき道が分からなくても、彼がちゃんと手を繋いでくれている。導いてくれる。決して自分を責めたりはしない崇弘の気持ちの温かさに、薫の胸はいっぱいになっていく。薫は自分でも気が付かない間に、涙ぐんでいた。それは、彼に許されている安堵《あんど》からだったのかもしれない。

「薫。辛いなら病院でカウンセリングを受けてみるのもいい。でもね、思い出そうとして辛い気持ちになるよりも、新しいふたりの思い出を一緒に作っていこう？　そういう考え方はできないかな？　俺がずっと側にいるから」

崇弘の言う通りだった。開かない扉に固執するよりも、違う道を歩くべきだ。幸せなことに薫には、一緒に歩いてくれる人がいる。こんなにも愛してもらっている。諦めるのではなく、前を向くのだ。その気持ちの持ちようだけで世界が変わる。

「……たかひ、ろ……さん……」

ボロボロと涙を零《こぼ》す薫を、崇弘がぎゅっと抱きしめてくれた。彼の真新しいシャツに涙が吸い込まれていくけれど、彼は迷惑そうな素振りも見せずに、優しく頭を撫でてくれる。

「薫が失った記憶は一年分だけど、その何十倍も一緒にいようよ。俺はそうしたい」

「ん……うん……うんっ……」

崇弘にしがみついて泣きながら、薫は今の自分の中に、彼に対して好意以上の感情があることに気が付いたのだった。

7

翌、土曜は朝から雨だった。テレビのニュースが関東地方の梅雨《つゆ》入りを伝え、小雨がしとしとと休むことなく降り続いている。

「今日も明日も雨だなぁ。明後日の朝は曇りみたいだ。薫、買い物は行かなくても大丈夫？」

ダイニングテーブルの向かいに座り、朝食後のコーヒーを飲んでいた崇弘が、スマートフォンを片手に話しかけてくる。同じくコーヒーを飲んでいた薫は、キッチンへと目を向けた。

晴れた日は毎朝スーパーに買い物に行っていたので、食材はまだたくさんある。米も小麦粉もあるから主食に困ることもないし、主菜になる肉や魚も冷凍したものがある。野菜が心許《こころもと》ないが、常備菜で明後日まで乗り切れるだろう。

「大丈夫です」

薫が答えると、崇弘は頷いてまたコーヒーに口を付けた。

「じゃあ、今日と明日は家で過ごそうか」

彼の一言に、薫は下を向いてもじもじと膝頭を擦《す》り合わせた。

（それって……ふたりっきりってことだよね……）

心臓が妙に張り切った音を立てる。

昨日、崇弘の腕の中で大泣きしてから、彼のことが気になって気になって落ち着かなかった。

崇弘はあのあと、普通に仕事に行って、いつもと同じ時間に帰ってきた。それからシャワーを浴びて、夕食を一緒に食べて、一緒にテレビを見て、時々抱きしめてもらって、キスをして、別々の部屋で眠る――

そんな変わらない日常に、薫のほうが拍子抜けしたくらいだ。

考えてみればそれは当たり前のことだった。変化があったのは薫の崇弘に対する感情で、薫の内側で起こったことを、彼が知るはずがない。

「薫は今日、何がしたい？」

「えっ？」

考え事をしていたせいか、思わず口籠《くちご》もってしまう。

（えーっと、したいこと……したいこと……）

考えても具体的には出てこない。ふたりで一緒に同じ空間にいて、寄り添って、抱きしめてもらって、キスしてもらって――望んでいるのは、いつもと同じ日常だ。そこに一つプラスして、夫婦である実感が欲しい。それはふと浮かんだ感情だった。でもそれをどう言えばいいのか、どうしたら夫婦の実感が持てるのか、薫にはわからなかった。

「えと、わたしは特に……」

「そう？　じゃあ、まったりとＤＶＤでも見て――」

そう崇弘が話している時に、彼の手の中でスマートフォンが鳴った。

彼の電話が鳴るのはよくあることだが、朝のこの時間にというのは珍しい。

画面を見た彼は、ほんの少し驚いた表情《かお》をして電話に出た。

「もしもし？　おう、朝から珍しいな」

その気安い口調から、電話の相手がいつもの秘書でないことはすぐにわかった。

(誰だろう？)

と思いながらコーヒーに口を付けていると、崇弘の青い瞳が薫を見てわずかに揺れた。

「は？　今日？　今からっておまえ――」

(どうしたのかな？)

何がよくないことでも起こったのだろうか？　心配になって見つめていると、電話を切った崇弘が珍しく大きなため息をついた。

「薫。今日、俺の大学時代からの友達がうちに来るって……」

崇弘の友達がどんな人なのかまったく想像ができなくて、キョトンとしながら何度も目を瞬《またた》いた。

「お友達ですか？　遊びに来てくれるってことですか？」

「どうもそういうことらしい。しかもあと三十分後に……」

「さ、三十分!?」

驚いた薫は立ち上がると右往左往した。今は朝の八時三十分。まだ朝食を食べただけだ。食後の後片付けもしていないし、洗濯物も干していないし、掃除もしていなければ、着替えもメイクもしていない。崇弘も薫もふたり揃ってパジャマ姿だ。

「えっ、えっ、そんな、早すぎませんか?」

「ごめん。あいつはそういう性格なんだ。頭がいいのに頭のネジがぶっ飛んでるっていうか、なんというか。まぁでも、根はいい奴だよ。薫も前に二回くらい会ったことがあるんだ」

崇弘の友人は、思い立ったが吉日を信条にしているかのような行動派らしい。聞けば、高速を使って二時間の場所に住んでいるらしく、この雨の中をわざわざ朝の七時から車を走らせているのだとか。そんなことを聞かされては、崇弘としても帰れとは言いにくいようだ。

「本当にごめん。薫」

申し訳なさそうに言われたら、もう薫は受け入れるしかない。それに崇弘は何も悪くないのだ。

「いえ！　お友達さんも何か大切な用事があるんでしょう。わたし、ちょっと着替えてきますね」

食器の後片付けは後回しだ。とりあえず服を着替えてメイクをしなくては、人前になんか出られない。薫は急いで和志の部屋の向かいにあるバスルームに飛び込むと、シャワーを軽く浴びてメイクをした。こんな時、バスルームがいくつもあるのは便利だと思う。

着替えは、主寝室から和志の部屋に移動させているものの中から、袖がひらひらしたシフォンのブラウスとタックスカートを選んだ。

（崇弘さんのお友達ってどんな人だろう？　わたしも会ったことあるって……思い出せるかなぁ？）

ちょっぴりドキドキしながら身支度を整えた薫がリビングに入ったのは、もうじき約束の時間になろうとした頃だった。

「お、お待たせしました。この服、変じゃありませんか？」

白色のシャツとスラックスという出で立ちの崇弘に聞いてみる。ソファに座ってテレビを見ていた彼は、薫を上から下まで眺めてにっこりと微笑んでくれた。

「可愛いよ。よく似合ってる」

褒めてもらえたのが嬉しい。崇弘はいつもストレートな言葉をくれる。お世辞かもしれないけれど、態度に嫌味がないから素直に受け取れる。

「ありがとう、ございます……」

お礼を言いながら、緩む口元を隠そうと顔に手を当ててると、崇弘は視線でキッチンを指した。

「洗い物やっといたから」

「わ。ありがとうございます」

崇弘に感謝していると、ポーンという聞きなれない電子音が鳴った。

「ああ。来たな」

どうやらさっきの電子音はこの家のチャイムだったようだ。崇弘は自分で鍵を開けて入ってくるし、退院してから宅配も来客もなかったから、薫は初めて聞いたのだ。

崇弘はモニター付きのインターホンのボタンを押した。

「はい」

「おー！　榊ィ～。俺だよ、俺‼」

モニターいっぱいに人間の黒い目が映し出される。瞳孔までくっきり見えるその様子に、崇弘の隣にいた薫はぎょっとした。どうやら来訪者は一階のオートロックに付いているカメラを全力で覗きこんでいるようだ。崇弘が呆れ顔なのが一目瞭然《いちもくりょうぜん》だった。

「高野《たかの》。近い。近いから。新手のオレオレ詐欺《さぎ》みたいになってるから」

「そーお？　榊ちゃんの大親友の高野様だよ～ん。あーけーてー！」

今度は黒々とした鼻の穴がドアップになる。

薫はいけないと思いつつも堪《こら》え切れず、崇弘に背を向けると背中を丸くして笑いだした。

「ぷっ……ふふふ。やだぁ～」

「ごめん、ああいう奴なんだ」

オートロックを解錠した崇弘は、ため息をつきながらインターホンを切った。

どうやら高野という来訪者は、予想以上に個性的なようだ。

「楽しそうな人ですね」

「ああ。それは保証するよ」

崇弘はくすっと笑いつつ、高野を迎えるために玄関ポーチに向かった。薫も彼の後に続く。

再びチャイムの音がしたので、鍵を開ける。するといきなり、パーンという激しい音がして、白煙と火薬の匂いがした。悲鳴もそっちのけで、驚いて目を瞑《つぶ》る。

恐る恐る目を開ければ、薫は崇弘の腕の中にいた。崇弘が庇《かば》ってくれたのだと一瞬でわかった。

続けてパパパーン‼　と激しい音が鳴り響き、辺りに硝煙《しょうえん》が立ち込め、上からカラフルなカラーテープと紙吹雪が降り注いでくる。

薫と崇弘の頭や肩に、そのカラーテープが蜘蛛《くも》の糸のようにくっついた。

「イエーイ！　びっくりした？　びっくりした？　ドッキリ大成功！」

「……」

薫は何が起きたのか理解するまでに、しばしの時間を要した。高野を思い出すとかそんな段じゃない。

目の前にいるのは、グラフィカルな手形をプリントしたTシャツを着た、ジーンズ姿の男の人だった。小麦色に日焼けしており、Tシャツの袖が伸びそうなほど腕が太い。黒髪の短髪で、ニカッと豪快に笑うその人が、来訪者の高野であることはすぐにわかった。が、驚きすぎて声が出ない。

高野の手にはクラッカーが十個ほど束になって握られている。さっきの音と硝煙、そしてカラーテープはこのクラッカーのようだ。彼の足元には大きな紙袋があった。

怯えているわけではないが、薫が目を見開いて硬直していると、崇弘の右拳《こぶし》がドゴッと高野のみぞおちに吸い込まれていた。

「何するんだこの馬鹿ッ！　びっくりしたどころじゃないぞ‼」

「ってー！　アハハハハ！」

本気で怒鳴る崇弘を、尻もちをついた高野は笑い飛ばし、手も付かずに起き上がると、バンバンと崇弘の肩を両手で叩いてきた。

「そう怒るなよぉ～兄弟！　高野様がおまえらの結婚半年記念日を祝いに来てやったぞ！」

「……は？」

いっきに崇弘から毒気が抜かれ、キョトンとしているであろうことがその背中越しにもわかる。薫だってそうだ。

（け、結婚……半年、記念日？）

頭の中に疑問符が大量に浮かんでしまう。世間様では結婚半年記念日なんてものを祝うのだろうか？　そもそも、今日が本当に結婚して半年なのか、カレンダーを見なければわからない。おそらく崇弘だってそうだろう。

だが高野は、当事者さえも知らない結婚半年記念日を祝いに来てくれたらしい。

「俺さぁ、杏《あん》との結婚半年記念日をな、すっぽかしたんだよ。ったらさ、杏に三日無視された。付き合ってる頃からなんとなく感じてたけど、杏ってアニバーサリー女ってやつなんだな。でもさ、結婚半年記念日てのはさすがの俺でも難易度高くてなー。薫ちゃんがアニバーサリー女かは知らんが、親友の榊に同じ轍《てつ》を踏ませまいと思って来てやったぞ。これな、おまえの大好きなワインだ。今日の日付入りな！」

高野の話に出てきた「杏」なる人は、おそらく彼の奥さんの名前だろうと、薫は当たりをつけた。

高野が紙袋から取り出したワインボトルのガラス面には、ゴールドでペイントされた六月十三日という今日の日付と共に、Half Wedding Anniversaryと刻まれている。明らかにオーダーメイド品とわかるそれを受け取った崇弘は、呆気にとられながらも「ありがとう」と礼を言った。

「……参ったな。高野がこんなことしてくれるなんてまったく考えてなかった。さっきのは驚いたけど、これは素直に嬉しいよ、ありがとう。殴って悪かった、大丈夫か？」

「ははっ！　おまえのへなちょこパンチなんて蚊が止まったようなもんだぜ！」

高野はガバッとTシャツを脱ぐと、見事に割れた六つの腹筋を見せつけた。ボディビルダーのようにポーズを決め、ピクピクと左右の胸の筋肉を動かす。

「きゃあ！」

知らない男の人の裸に驚いた薫は、自分の顔を両手で覆った。弟の裸なら生まれた時から見ているから平気だが、赤の他人の裸は正直困る。どうしていいかわからず、顔を覆ったまま背を向けた。

すると、崇弘が声を荒らげるのが聞こえてくる。

「薫にセクハラするな！」

「榊の白くてナヨい身体ばっか見てる薫ちゃんには、この肉体美は刺激的だったかな？　触る？」

「触らせるか！　早く服を着ろ！」

（わ、わたし、崇弘さんの裸も見たことないのにぃ〜！）

しょっちゅう崇弘の裸を見ているように言われて、薫は頬を赤くした。なんだか男同士の掛け合いに巻き込まれている気がする。

「薫、もう大丈夫。こっち向いていいよ」

崇弘に呼ばれて、恐る恐る振り返ると、ちゃんと服を着た高野にニカッと笑みを向けられた。

「久しぶりだな、薫ちゃん！　朝から来て悪かったな。早く来ないと出掛けちまうんじゃないかと思ったからさー」

「えと……」

思わず言葉に詰まる。久しぶりと言ってもらっても、残念ながら高野を思い出すことができなかったのだ。まだ人に自分の記憶喪失を話したことのない薫が、現状をどう説明したものかと考えあぐねていると、崇弘が間に入ってくれた。

「高野。薫は高野のことを覚えていない、悪いな……」

「はいィ？」

高野が意味がわからないとばかりに、崇弘と薫を交互に見てくる。そんな彼の肩を崇弘が軽く叩いた。

「そのことについて中で話すよ。時間あるか？」

「……なんか深刻そうだな。聞かせてもらおう」

さっきのおちゃらけた雰囲気を一瞬で消し去った高野が、部屋に入ってきた。彼を崇弘がリビングのソファに案内し、薫が冷たい麦茶を運ぶ。Lの字ソファの一辺に崇弘と薫が並んで座ったところで、崇弘が薫の状態を説明した。

「それって……記憶喪失、ってことか？」

「ん。そうなる」

崇弘の肯定に高野は絶句して薫を見つめてきた。その目には同情と気遣いが見て取れる。

「薫ちゃんがそんな状態なら、なんで言ってくれなかったんだよ。水臭えじゃねぇか！」

「医者には記憶障害の大半は二、三日で治るって言われてたから様子見してたんだ。薫は俺と結婚したこともわかってなかったし……正直、そんな余裕なかった。悪いな」

「崇弘さんを責めないでください。わたしが大袈裟《おおげさ》にしないでって言ったから、だから崇弘さんは誰にも言わずに……」

高野はわずかに憤る様子を見せたものの、ガリッと頭を掻いて深く息を吐きだした。

「わかったよ。とにかく大変だったんだな。嫌な言い方して悪かった。なんつーか、じゃあ、俺、自己紹介したほうがいい感じ？」

崇弘が薫を見て頷くと、高野は気を取り直したようにニカッと笑って薫に身体を向けた。

「俺は高野洋介《ようすけ》。榊とは大学時代からの親友《ダチ》だ。俺の嫁さんは榊の従妹《いとこ》で、杏って言うんだ。だからまぁ、俺らは遠い親戚ってことにもなる。あんたらの結婚式にも出たんだぜ」

「だいぶ性格は違うんだけど、高野とは不思議と気が合ってね。大学時代いろいろ馬鹿やってたんだ。その最たるものがスタッド・アルトなんだ。アルトは俺と高野がふたりで始めた会社なんだよ」

高野を補足するように崇弘からも彼を紹介してくる。薫は驚いて声を上げた。

「えっ、そうなんですか!?」

高野の実家は老舗《しにせ》の和菓子屋で、三年前に彼の父が急死したのをきっかけに、家業を継ぐことにしたらしい。

「榊にアルトを全部押しつける形になって悪ぃなぁって思ってたんだけど、気が付いたら俺がいた時よりアルトがデカくなってて笑ったわ！　経営上手いんだわ、こいつ」

「わぁ〜〜〜」

薫は感心して感嘆のため息をついた。崇弘は高野と築いた基盤があったからこそ事業を拡大できたのだと言い、高野は崇弘の手腕の賜物《たまもの》だと言う。

ふたりが互いを信頼し、尊敬しあっている様子がよく伝わってくる。

（すごいな……いいな、こんな関係……）

薫にはここまでの友達はいない。ふたりの関係がちょっぴり羨《うらや》ましい。無邪気に高野と笑い合う崇弘を、微笑ましい気持ちで見つめていると、高野がずいっと身を乗り出してきた。

「薫ちゃん、榊のこと忘れたのか？」

それは真剣な口調で、薫は自分が責められているような気がした。でもそれは事実だ。むしろ責められて当然のこと――

「はい……本当に申し――」

「高野。薫を追い詰めるようなことを言うな……いくらおまえでも怒るぞ」

ついさっきまでは笑っていた崇弘の目が鋭く細まり高野を睨んでいる。声なんて今まで聞いたことのないくらいに低い。怒りを隠さない崇弘に高野がニカッと笑った。

「怒るなって。忘れちまったって割には仲良さそうで安心したわ。これが杏なら俺に寄りつきもしねーよ。――薫ちゃん、こいついい男だよ。薫ちゃん一筋でさ。俺、さんざんのろけられたんだぜ」

高野にそう言われて、なんだか薫は嬉しくなってしまった。

しばらく談笑していると、高野は「そうだ」と膝を打った。

「なぁ、結婚式の写真とか見せても思い出さないのか？」

「一枚だけ見せたよ。でも薫が取り乱したから、混乱させたくなくてそれ以上は見せてない」

薫が見た写真は、ダイニングのサイドボードに飾られた結婚式のツーショット一枚だけだ。当然、他にも写真はあるだろうに、崇弘は薫に見せてはくれなかった。どうやらそれは、薫のためだったようだ。

「なるほどなぁ。きっかけとか何かあればいいんだろうけど……。脳とかそっち系に詳しい医者を探しておこうか？」

「ありがとう。まぁでも、だいぶ気持ちの整理はできてきたから。ね、薫？」

崇弘に話を振られて、薫は静かに頷いた。戻らないかもしれない記憶に振り回されるよりも、もっと有意義なことに時間を使いたい。

高野は少し何かを考えていたようだったが、「そっか」と言って彼は席を立った。

「ま、今のほうが大事だわな。あんたらが決めたことならそれが正解だと思うわ。じゃあ、俺はそろそろ帰るわ。予定も聞かずに朝から騒がせて悪かったな」

「いや、楽しかったよ。ワインもありがとう。いい記念になった」

崇弘のあとに続いて、薫は深く頭を下げた。

「ありがとうございました、高野さん。あと……忘れてしまってごめんなさい」

「薫ちゃん……」

高野は少し困ったように笑い、自分の首に手をやった。

「謝ることなんかねーよ。榊はホントいい奴だから。それがわかってるから、薫ちゃんも一緒にいるんだろ？　榊のダチとしては、それで充分だ。今度、杏にも会ってやってくれ」

「はい！」

薫が力一杯頷くと、高野は何度か頷いてまたニカッと笑ってくれた。


「騒がしかっただろ？」

一時間半ほど話をして高野が帰ったあと、崇弘はそう言って薫の側に来た。グラスを洗っていた薫は、笑いながら首を横に振る。

「楽しい人ですね。高野さんって」

「ああ。どう考えても俺とは正反対の性格なんだけど、不思議とウマがあってね。あいつ、本当にいい奴だから」

そう言って彼は笑った。久しぶりに親友が会いに来てくれたことが嬉しかったようだ。

「高野さんの結婚記念日には、何かお送りしたほうがいいですね。あ、でも高野さんの結婚記念日っていつなんでしょう？　崇弘さんは覚えていますか？」

グラスについた洗剤を洗い流しながら話していると、背後から柔らかく抱きしめられる。突然のことに驚いた薫は流しにグラスを落としてしまった。グラスは割れはしなかったものも転がって、上から流れ落ちてくる水がバシャバシャと当たって跳ねる。

「た、崇弘さん？」

「……薫」

少し掠《かす》れた呼び声が、薫の耳の縁《ふち》をくすぐる。彼の金髪が頬に当たるその感触が、不思議と心臓の鼓動を速めた。水道の水がサーッと雨のような音を立てる。今日は雨だからどこにも出掛けない。もう高野は帰ったし、明後日までずっと崇弘とふたりきりだということを、薫は今更思い出した。

「薫……俺は大切なことを言っていなかったことを思い出したよ。今、言いたいんだけどいいかな？」

「大切な、こと？」

心臓がまた大きく跳ねる。でも今度はときめきからではなく、不安からだった。改まった話のようだが、彼が何を言おうとしているのかわからない。

でも聞かなければ始まらない。薫は水道の水を止めると、手を拭いて崇弘に向き直った。

崇弘は、その空のような透き通った青い瞳で薫を見つめてくる。緊張のせいか、心臓が少し痛かった。

「薫……俺と結婚してください」

突然のその一言に、薫は目を瞬《またた》いた。

頭の中に何度も何度も今の崇弘の言葉が繰り返される。言葉の意味は理解しているはずなのに、ろくな反応ができない。

薫が口をぽかんと開けていると、崇弘が照れくさそうに笑った。

「薫は俺がプロポーズした時のことも覚えてないよね。だから今、改めて言うことにするよ」

高野が今日は結婚半年記念日だと教えてくれた時に、もう一度プロポーズしたくなったのだと、崇弘は言った。

「――ずっと好きです。愛しています。何があっても離れたくないです。俺と結婚してください」

それは、彼が今の薫を女として、妻として、唯一無二の存在として、望んでいるという言葉だった。彼が記憶を失った自分を受け入れてくれていることはわかっていたけれど、こうやってプロポーズという形で改めて言葉にしてもらうと、胸にどっと熱いものが込み上げてくる。

声が詰まり、涙が自然と流れてきた。

「……う、れ……しぃ……」

こんな気持ちになるのは、もう彼を好きになってしまっているからだ。愛されたくて、求められたくて堪《たま》らなかったのだろう。

外は雨なのに、崇弘の瞳の中の自分は、青空の下で泣き笑いしているようだ。

「はい……。わたしを……崇弘さんの奥さんにしてください……」

――忘れてしまってごめんなさい。

――思い出せなくてごめんなさい。

――わたしもあなたが好きです。

他にも言いたいことはたくさんあったはずなのに、出てきたのは自分の望みだった。

彼と本当の夫婦になること。それが今の薫の望みだ。

崇弘は右手で頬を軽く撫でると、繋いだ左手を引いて歩きだした。導かれるまま薫は彼に付いていく。

崇弘の向かった先は主寝室――

開け放たれたドアの前で一旦足が止まった薫を、崇弘が振り返った。

「……駄目？」

何がなのかは言われなくてもわかる。薫は微かに首を横に振って、繋いだ手を握り返した。

（駄目じゃない。わたしは、ちゃんと崇弘さんの奥さんになりたいの）

これから先、何年も一緒にいようと言ってくれたこの人と歩いていくためにも、彼に自分のすべてを預けたい。

崇弘は表情を柔らかくすると、薫を横抱きに抱えて、優しくベッドに寝かせた。

使ってはいけないような気がしていたキングサイズのベッドは、薫を柔らかく包み込んでくれる。

雨が降っているせいか、昼間なのに外は暗く、静かだ。

「薫……」

覆い被さってきた崇弘が、そっと口付けをしてくる。頬を撫でる金髪に指を通せば、さらりとした触り心地で、思わずうっとりしてしまった。

「ん？」

「……髪、さらさらで綺麗だなって……。目も、本当に……綺麗……」

素直な感想を伝えると、彼はふんわりと微笑んで薫の手を取り、自分の頬に触れさせてきた。

「この髪の色も目の色も、本当は嫌いだったんだけど、薫が気に入ってくれるなら、いいかな。俺は心も身体も全部薫のものだよ」

ちゅっとまた唇が触れ合い、軽く吸われる。お互いに頬に手を当てて、見つめ合いながら優しいキスを繰り返す。それは秘密の儀式のようで、なんだか照れくさい。ここには自分達以外に誰もいないのに、薫は息を殺していた。

「緊張してる？」

聞かれて薫は、恥ずかしながらも頷いた。

「すごく」

「俺も同じだ。薫の初めては俺がもらったんだよ。今もね……初々《ういうい》しくて、薫の初めてをもう一度もらっている気分だ。すごく緊張してる」

蕩《とろ》けそうな声でそんなことを言われて、顔が熱くなってしまう。薫は赤くなっているであろう顔を両手で覆った。

「薫、可愛い。愛してる……ずっと触りたかった」

崇弘は優しく抱きしめて身体を重ねてくる。彼の重みが心地いい。崇弘は顔を覆う両手を鼻先で突き、何度も何度もキスしてきた。

「薫、手どけて」

強引に手を掴まれたりはしない。彼の両手は薫の背中に回っているのだから。あくまで彼は薫の気持ちを尊重してくれているのだと感じて、両手がするっとシーツに落ちた。

再び唇が合わさり、わずかな隙間から崇弘の舌が差し込まれた。くちゅくちゅと濃密な音がして身体に力が入らない。舌の付け根から先まで舐め上げられ、舌先をチロチロと動かされる。気持ちよくて目が自然と閉じた。すると余計に濡れた音が耳につく。口蓋《こうがい》を重点的に舐められて、背中がゾクッとした。自然と息が上がって、鼻にかかった声が漏れる。頬に添えられていた崇弘の手がすーっと下がっていく。首、肩、鎖骨、そして……彼の手は胸の膨らみにふんわりと乗るように触れ、ゆっくりと円を描いた。キスされながら胸を触られると、気持ちよくてますます力が抜ける。

口内に差し込まれた崇弘の舌を拙《つたな》いながらも吸ってみると、彼もまたお返しにとばかりに舌を吸う。吸って吸われてと互いに味わう行為を繰り返していくうちに、スカートの中に崇弘の手が入ってきた。思わずピクッと脚が硬直したが、唇を吸われると不思議と力が抜けてしまう。

ショーツの上からそこを触られ、いつの間にか自分の身体が濡れていることを知る。

「あ……わたし……こんな……」

「ん。濡れてるね……嬉しいよ」

こんなことが男の人を喜ばせることになるのか、薫には理解できなかったが、崇弘が喜んでいることは確かなようだ。彼は熱い身体をさらに寄せてくる。太腿《ふともも》に彼の硬く屹立《きつりつ》したものを押し充てられ、薫の身体はますます濡れた。

「薫。痛くしたりしないから安心して」

ショーツのクロッチを横にずらして、崇弘の指先が濡れた花弁に触れる。痛いことなんてまるでなかった。あふれる蜜を指先にすくい取り、彼がまだ硬い蕾《つぼみ》にそれを塗りつけてくる。くにくにと弄《いじ》られると、頭の奥まで痺《しび》れて自然と脚が開いた。

「んぅ」

「薫。大丈夫だよ。薫の身体は俺をちゃんと受け入れてるから。怖がらないで力を抜いて」

崇弘の指が蜜口にずぷっと入ってきた。崇弘の言う通り、身体が進んで彼の指を咥《くわ》えて、しゃぶっているのが自分でもわかる。蜜口がヒクヒクと動いて、まるでねだっているようだ。

探るというよりは、既に知っている道を辿《たど》るように、崇弘の指が身体の中に触れてくる。そしてゆっくりと抜き差ししながら媚肉《びにく》を掻きわけてきた。くちょ……くちょ……と恥ずかしくなるような濡れ音が、ふたりっきりの部屋に響く。

「ここ……どう？」

腹の裏に触れられた時、ビクッと身体が震えた。集中的にそこを擦《こす》られると、頭がおかしくなりそうなほどの強い快感が湧き起こってくる。自分の中に眠るもうひとりの自分が、内側から外側に向かって解き放たれようとしているみたいだ。蜜はとめどなくあふれてショーツを濡らし、スカートの中を湿《しめ》っぽくする。

気持ちよくて怖い。これから自分がどうなってしまうのかわからないのに、身体ばかりが先に気持ちよくなって、振り回される。

「あ、んぅ～あっ……こわい！　駄目ぇ……あああっ」

堪《こら》え切れずに薫は崇弘の胸に抱きついた。自分の身体をこんなふうにしているのは彼なのに、救いを求める相手もまた、彼しかいない。崇弘は薫の頭を掻き抱きながら、膣に埋めた指を二本に増やしてきた。とろみのある蜜が、ぐじゅっと卑猥《ひわい》な音を立てて膣から押し出される。スカートの中でいったいどんなことをされているのか、考えるだけでもゾクゾクした。

身体は反射的に仰《の》け反《ぞ》るけれど、崇弘に抱きしめられているからそれもわずかな動きでしかない。痙攣《けいれん》が断続的に訪れて、薫は口に溜まった唾液を嚥下《えんげ》できずに、ハァハァと肩で息をする。目の前が霞《かすみ》がかって、焦点が合わない。そんな薫を、崇弘は愛おしげに見つめてきた。

「怖くないよ。ほら、素直に好きなだけ感じてごらん？」

「でも……でもっ、わたし……」

じわっと涙が滲《にじ》む。これ以上快感を受け入れてしまうと、自分がどうなってしまうのか想像できない。もしかすると壊れてしまうかも——

崇弘が薫のまつ毛の生え際を舌先でちろちろと舐めて涙を拭《ぬぐ》う。その間も身体に埋められた二本の指は、薫の中を出たり入ったりしていた。

「大丈夫だよ……安心して……さ、気持ちよくなりなさい」

くにゅっと、親指で蕾を転がされる。生まれた甘美な刺激が全身に回るまで、一秒と掛からなかった。薫は崇弘にしがみついたまま、堪えきれずに嬌声《きょうせい》を上げた。

「はぁっ～う……アッ」

ちゃぷちゃぷ、ぐじゅぐじゅと、下肢から聞こえるこの音が、鼓膜から浸透して脳まで蕩《とろ》けさせる。肉襞《にくひだ》は自ら崇弘の指に絡まり、彼の愛撫を嬉々として受け入れ「嬉しい」「気持ちいい」と歓喜に泣く。「もっと……もっと奥まで挿《い》れて」と、身体が言っている。どろどろに濡れた蜜路《みつろ》を圧迫するように突かれると、腹の奥がジンジンと痺《しび》れて脚が勝手に開いた。熱で苦しくて堪《たま》らないのに、崇弘がくれる刺激に悦《よろこ》んでしまう。彼は薫の中から指を引き抜くと、ちゅっと頬にキスをくれた。そして、薫の上半身を起こして服を脱がしていく。

薫が今着ているシフォンのブラウスは、首の裏が小さなくるみボタンで留まっているのだが、崇弘の手に迷いはない。どちらかというと慣れた感じでボタンを外し、あっという間にブラウスを脱がしてしまった。薄いレースのキャミソールからわずかにブラジャーが透けて見える。自分で身体を支えていられずに、薫はポスンと軽い音を立ててベッドに横たわった。すると今度はスカートまで取り払われてしまう。

崇弘に肌を晒すことに今更羞恥心《しゅうちしん》が湧いてきて、薫はぎゅっと脚を縮こまらせ、身体を横に倒した。ショーツがぐっちょりと湿《しめ》っている。今しがたここに崇弘の指が埋まっていたのだ。

崇弘は脱がない。シャツのボタンさえ外さずに、きっちりとしている彼が、自分の半裸を見ている。あの青くて綺麗な瞳に自分の淫《みだ》らな姿が映っているのかと思うと、軽く目眩《めまい》がした。

「た、崇弘……さん。あ、あの……っ」

ベッドの上に座った崇弘が、指先で肩をそっとなぞってくる。身体の奥まで触られたくせに、肩に触れられただけで、「あっ」と悩ましい声が漏れてしまい、慌てて両手で口元を覆った。

「薫。可愛い」

「な、なにを……」

ひとりだけこんなに淫らになった自分は可愛くなんかない。いやらしくあそこを濡らして、火のついた身体を持て余しているのに。

そんなことを考えていると、崇弘がいきなり肩にかぶりついてきた。痛くはないが驚いてビクッと身体が強張《こわば》ってしまう。しかし彼はちゅうっとそこを吸って、さっき指先でなぞった処《ところ》に舌を這わせてきた。

「薫は可愛いよ。世界一可愛い」

自分が世界一可愛いなんてありえない。世界どころか日本中に自分より可愛い女の人がたくさんいる。そんなことはちゃんとわかっているのに、どうしてだろう。「可愛い」と崇弘に言われると、心が勝手に嬉しくなってしまう。

「可愛い可愛い、俺の奥さん。……食べてしまいたいくらい可愛いよ」

うわごとのように囁《ささや》きながら、崇弘の舌が薫の肌を這う。肩口から二の腕、肘《ひじ》、手首、手の甲、そして指先。指先が彼の唇に触れた時、あの青い瞳に強く見つめられて、息が止まるかと思った。

ゆっくりと彼の口が開いて、中指に舌が絡む。そして人差し指と一緒にねぶるようにしゃぶられた。彼の熱い口内で、ぐちゅぐちゅと卑猥《ひわい》な音を立てながら指をしゃぶられる。彼の顎《あご》が上下する度に、歯が遠慮がちに当たる度に、咀嚼《そしゃく》を連想して、自分が食べられているかのような気持ちになった。

それはとてもエロティックな光景だった。綺麗な男が自分の指を恍惚《こうこつ》の眼差しでしゃぶっているのだ。赤い舌を覗かせ、自分を味わっている。早く食べてほしかった。指だけでなく身体中、ありとあらゆる処《ところ》を彼に食べてほしくなる。

「……食べて……」

不思議と、自然にそう言葉が零《こぼ》れていた。崇弘はきらりと青い目を輝かせると、キャミソールの肩紐を落とし、右のブラカップを引き下げた。現れた乳房が下からぐっと持ち上げられる。

「ぁんっ」

思わず声が出る。崇弘が歯を立てたのがわかった。痛みの代わりに妙な被虐心が湧きでて、甘い吐息が漏れる。崇弘は左の乳房に吸い跡をつけると、右の乳首を舌先で突いてきた。優しく、そしてゆっくりと乳輪を這い回る舌に、焦《じ》れったさを通り越したもどかしさを覚える。身体が自然と揺れ、薫は子猫のように啼《な》いた。

「んーっ……」

「吸ってほしいの？」

わからない。薫は崇弘と身体を重ねた経験を覚えていないのだから、どうしてほしいのかわからない。でも身体はそれを知っていて、薫の口から催促させる。まるで内側から自分を操られているような、妙な感覚だった。

「わ……わからな……」

「ごめん。あまりにも薫が可愛くて、つい意地悪してしまったね。何も言わなくていいよ。薫がどうしたら悦《よろこ》んでくれるか、俺は全部知っているから」

崇弘はそう言うと、ぱくっと乳首を咥《くわ》えて、舌と口蓋《こうがい》で扱《しご》きながら吸ってきた。そして飴《あめ》のように左右に転がす。崇弘が自分の胸をしゃぶっているその光景から目が離せない。彼は瞼《まぶた》を柔らかく閉じ、乳房を両手で揉みながら、夢中で乳を吸っていた。

「あ……崇弘……さん」

愛おしさが込み上げてきて、ぎゅっと彼の頭を抱きしめる。すると彼は少し身体を上げて唇に口付けてくれた。キスを繰り返しながら抱き合っていると、彼の手が動いてショーツのウエスト部分から中に侵入してきた。濡れた花弁を掻き分けて、蜜路《みつろ》に指が沈んでくる。彼の指は蜜の中を泳ぐ魚のように、うねりながら奥へ奥へと入ってくるのだ。あっという間に力が抜ける。

「ん……」

「あんなに可愛く『食べて』って言われたら、男としてはおいしくいただかないとね」

崇弘は身体を起こすと、薫のショーツをじわじわと引き下げてきた。しかもじっと薫の目を見ながら、だ。乱れた自分を更に乱そうとする彼の目に全身を舐めまわされているようで、薫はゾクゾクしながら脚を寄せた。そんなにじっくりと見ないでほしい。脱がせるのなら服を脱がした時のようにサッとしてくれたらいいのに、どういうわけか彼はそうしない。

「薫。そんなにしてたら脱がせられないよ？」

「……だ、だって……」

「自分で脱ぐ？」

（で、できないよっ！　そんなのっ！）

薫はぶんぶんと首を横に振って両手で顔を覆った。自分で脱ぐほうが難易度が高い。太腿《ふともも》の間で止まっているショーツを意識すればするほど動けなくなってしまう。しかももう、肝心な処《ところ》は見えてしまっている。

薫がモジモジしながら動けないでいると、突然脚が両方とも持ち上げられて、膝が乳房に付くほど身体を折り曲げられた。

「ひゃぁあ!?」

驚いて顔から手をどけると、両膝を結ぶようにショーツが引っかかっている。そして脚の間に崇弘の顔があった。キャミソールなんて脚を上げた時にめくれて臍《へそ》まで見えてしまっている。秘められるべき処は彼の目の前であらわになっていた。

「やあぁ～っ」

悶《もだ》えて足をジタバタしたくなるが、そうすると崇弘の頭を蹴ってしまうから動けない。薫は恥ずかしい格好のまま、悲鳴を上げた。

「や、やだ！　見ないでくださいっ！」

「どうして？　こんなに濡れてるのに」

崇弘はそう言いながら、人差し指で花弁を広げてきた。彼の吐息がそこに吹きかかり、膣口がヒクヒクする。

「可愛い。ほら、見て。指がこんなに入っていくよ……」

目の前で人差し指を一本、身体の中に挿《い》れられる。ついさっきまでそこを触られていたのに、それとは全然違う感じがする。くちょくちょという粘り気のある音は、より大きく淫《みだ》らに響く。何のひっかかりもなく指の根元まで挿れられたその光景から、目を離すことができない。

「薫。そのまま見ていて……」

崇弘は薫の中を弄《いじ》りながら、赤い舌を覗かせ蕾《つぼみ》をペロペロと舐めてくる。彼の綺麗な金髪が、太腿に当たった。

「やぁ……そんなこと……ど、どうしてするんですか……？」

まるで虐《いじ》められている気分だ。好きな人に辱《はずかし》められて、泣きたくなるくらい恥ずかしいのに、抵抗できない。

「さぁ？　どうしてかな」

崇弘は笑うと、大きく口を開いて蕾にむしゃぶりついてきた。舌の柔らかく広い処で、捏《こ》ね回すように舐めてくる。しかも蜜路《みつろ》に挿れた指を抜き差ししながら、だ。

「ひゃぁあ！　ア、ああっ！　駄目ぇ……そんなにしちゃ……ぃ、い……ああっ！」

突如訪れた強い刺激は、薫の悲鳴なんてお構いなしに身体中を駆け巡る。蜜は崇弘の指に掻き回され、媚肉《びにく》へと塗り込められた。いつの間にか埋められた指は二本に増えて、腹の裏ばかりを擦《こす》る。

熱くて苦しくて、息ができない。

崇弘は蕾を舐め尽くすとちゅうっと吸いついてきた。身体の中をぐるぐると回り続けていた何か、出口を目がけて勢いよく突っ走ってくる。薫の目の奥に閃光が散った。

「ひっ……！　いやぁあああ！」

頭が真っ白になって、身体がガクガクと痙攣《けいれん》する。つま先まで震えて、身体のコントロールが利かなかった。自分がどうなってしまったのかわからない。

崇弘は薫の左太腿《ふともも》の内側にキスをすると、ゆっくりと脚をベッドの上に下ろす。薫は荒い呼吸を繰り返したまま、ぐったりとしていた。

「悦《よろこ》んでもらえたみたいで嬉しいよ、薫」

「あ……」

あれは快感の渦《うず》だったのか。崇弘の愛撫によって生み出されたそれが絶頂まで押し上げられ、一気に噴き出したのだ。

身体の奥から愛液がどろどろと零《こぼ》れてくる。サウナに入った時のように、全身の毛穴が開いて汗びっしょりだった。

崇弘は薫の腹に何度もキスをすると、自分のシャツを脱ぎだした。美しい白い肌が剝《む》き出しになり、薫の目を釘付けにする。均整のとれた肉体は彫刻のようで、デスクワークが中心の人とは思えない。

「好き」

ポツリと零れた素直な一言に、崇弘の目が優しく細まった。

「俺も好き。愛してるよ。一生離さないから――離してって言っても離してあげないから」

スラックスを脱いで裸になった崇弘が、そのまま薫の上に重なってくる。彼の体温は、火照《ほて》った薫の身体とまったく同じで、互いの境目がなくなったかのように溶け合う。彼が自分を心から愛してくれる人だと、この身体は知っているのだ。だから薫の心も一緒になって溶けていく。

コツンと額《ひたい》が重なって、口付けを交わす。舌を絡めているうちに、太腿に硬く屹立《きつりつ》したものを擦《す》り付けられた。力強い漲《みなぎ》りが薫の心臓をドキドキさせる。緊張はしていたが、怖くはなかった。

「このまま……薫の中に入っても、いい？」

崇弘が真剣な表情《かお》で言う。引き結んだ唇から、彼の緊張が伝わってくるようだ。

もしかすると彼は、薫がこの行為から途中で逃げ出してしまうかもしれないと思っていたのだろうか。そう感じたのはなんとなくだったが、あながち的はずれでもない気がした。

(わたしはずっと崇弘さんを不安にさせていたんだ)

自分のことで精一杯だったから、崇弘のことまで考える余裕がなかった。

奥さんがいきなり記憶喪失になって、自分のことをすっかり忘れてしまっていたら、不安になって当然なのに。だけどそんな状況の中、彼は薫を妻として受け入れ、励ましてくれた。なら今度は、自分が崇弘を夫として受け入れたい――

「……きて」

薫は崇弘の肩に両手を回して、彼を抱きしめた。彼は薫の手に引き寄せられるがまま、口付けてくる。唇を合わせるだけの軽いキスだったが、彼が安堵《あんど》しているのが充分伝わってきた。

膝裏が静かにすくい上げられて、脚が開く。と、蜜をたたえる熱い坩堝《るつぼ》に、彼の漲りが押し充てられた。鈴口がぬるついた愛液で滑り、何度か蕾《つぼみ》を擦《こす》る。その刺激さえも愛撫に感じるほど、薫の身体は燃え滾《たぎ》っていた。心はこれからくる未知に緊張しているというのに、身体は違う。崇弘が来るのを待ちわびているのだ。

花弁を広げて何度か上下し、やがて肉の凹《へこ》みにぴたりと嵌《はま》った漲《みなぎ》りの先端が、徐々に中に入ってくる。

想像していたような引き裂かれる痛みはまるでない。あるのは愛する男《ひと》に身体を開かれる女の悦《よろこ》びだけだ。引っかかりもなく根元までずっぷりと挿《い》れられて、薫はため息に似た吐息を漏らした。

（わたし――本当に処女じゃなかったんだ）

最初に感じたのはそんな身も蓋もないことだった。自分でも朧《おぼろ》げながらに感じていた心と身体の乖離《かいり》の正体を突き止めたような、そんな気持ちだったのかもしれない。

崇弘を迎えた肉襞《にくひだ》は、歓喜に震えて彼を包み込む。それは久しぶりに会った恋人に対する抱擁《ほうよう》に似ていた。

――好きよ、好きよ、会いたかった。と、身体が囁《ささや》く。その声は、甘美な濡れ音となって薫の耳に聞こえた。

「あぁ、薫、薫……」

蕩《とろ》けそうな甘い声で薫を呼びながら、崇弘が身体を包み込んでくる。彼は薫の乳房を掻き寄せ、幸せに満ちた表情で顔を埋めた。乳首とは違う処《ところ》でも、ちうちうと吸われると愛おしくて、薫は崇弘の金髪に指を通した。頭の丸みに沿って撫でると彼の瞼《まぶた》が降りる。そして、緩やかに腰が動きだした。激しさはない。ゆっくりゆっくりとした交合《こうごう》は、セックスを忘れた薫の心を気遣ってくれているようで、そこに彼の愛を感じる。今、自分は、初めてをもう一度体験しているのだろう。

「崇弘……さん……」

「薫。愛してる」

その愛は、記憶喪失になる前の「もうひとりの自分」に囁かれたものか、「今の自分」に囁かれたものか——きっと両方なのだろう。以前感じた嫉妬《しっと》は、やはり馬鹿げたものだったと言わざるをえない。薫が心を込めて抱きしめると、崇弘も同じように抱きしめ返してくれた。

「薫、もっと奥に入りたい」

切なく苦しそうに懇願《こんがん》してくる愛おしい男《ひと》の声を、無視できるはずがない。

「きて……もっと……奥まで……」

薫の囁きに、中にいる崇弘のものが一回り大きくなった気がした。彼の瞼が開き、上体が起きる。と、ぐっと腰を使って、崇弘のものが奥まで入り込んできた。

「あ……あぁ……！」

ズンとした衝撃に思わず仰《の》け反《ぞ》る。子宮口と鈴口が濃密なキスをする。ぐりぐりと腰を回されると、身体の奥処《おくか》をこじ開けられているかのようだ。

突き出した乳房の片方を鷲掴《わしづか》みにして、崇弘は腰を突き上げはじめた。大きなストロークを受けて、足先やもう一方の乳房が揺れる。臀部《でんぶ》がぶつかり合う音に、ぐちゅぐちゅっと身体の中を掻き混ぜる淫《みだ》らな音が混ざった。

「薫、薫……あぁ――……」

いつの間にか乳房は解放され、身体を二つに折り曲げるほど膝裏を押さえられている。彼が力強く腰を突き上げるたびに、鮮やかな快感が頭を揺さぶって、汗が噴き出た。彼の漲《みなぎ》りがみっちりと隙間なく打ち込まれる。その被虐感に酔うことを今は許されているのだ。抽送のたびに強い摩擦《まさつ》熱が生まれて快感に転じ、咄嗟《とっさ》に薫は崇弘にしがみついて啼《な》いた。

「あ！　たかひ……ああっ！　あっ、あっ……いい……ぅあ」

「薫、気持ちいい？」

「ンっ、ああ――うんっ、うん……すごい……いいの……あぁ……もぉ、どうかなっちゃぅ」

繋がった処《ところ》から白濁した愛液が滴《したた》り落ち、崇弘はそれを指で蕾《つぼみ》になすりつける。身体の中と外を同時に触られると、蜜路《みつろ》が引き締まって彼のものを締めつけた。

「薫、愛してるよ。もっと俺で気持ちよくなって、薫……」

崇弘は額《ひたい》に汗を滲《にじ》ませ、呼吸を荒くする。彼は薫の奥を突き上げながら、乳首を舐めてきた。彼は自分の快感よりも、薫をひたすらに感じさせることを優先し、手練手管《てれんてくだ》を尽くしてくる。

角度を変え、強弱をつけ、抉《えぐ》りながら腰を回し、蕾を剥《む》いて小刻みに揺らす。そこに胸への愛撫まで加われば、もう逃れられない。快感に喘《あえ》いで泣きながら涎《よだれ》を垂らし、身悶《みもだ》える薫の姿を、蕩《とろ》けそうな青い瞳がじっと見つめている。

「駄目ぇ……見ないで……見ちゃいやぁ……ああっ！　そこ、ひぃあ！」

「ここだね、わかってるよ。……もっとだね。あぁ、どう？」

気持ちいい処を繰り返して突かれ、愛液が涙のように滲み出てくる。薫はシーツを掴んで震えながら懇願《こんがん》した。

「ああっ、ゆるして……ひぃあ——もぅ、これいじょぉは……わたし……ああっ、あぅん！　うァ」

「可愛いね……」

崇弘は蕾を恥骨《ちこつ》で潰すようにして、覆い被さってきた。鎖骨から首筋を通って耳の穴に舌を這わせ、ふっと息を吹きかけてくる。そして徐《おもむろ》に口内に指を入れると、薫の舌を摘《つ》まみ出し、自分の舌を濃厚に絡めてきた。

「ンぅ……あぅ」

喉に流れ込んできた唾液に咽《む》せて、首を反《そ》らせる。だが瞬時に顎《あご》を掴まれ崇弘のほうを向かされる。彼は腰を回しながら薫の耳元で囁《ささや》いた。

「中に出すよ……いいね？」

その淫らな誘いに、いけないことをしているような感覚に囚《とら》われ、ドキッとしたのも束の間、夫婦なのに何がいけないことかと思い直す。

本当の夫婦になりたい。身も心も一つになって、より強固な絆で結ばれた夫婦に——

「……はい……」

「嬉しいよ、薫」

崇弘は薫の唇を吸いながら、激しいピストンを繰り出してきた。そこに手加減はない。奥まで真っ直ぐに突き刺され、脳髄《のうずい》が痺《しび》れる。身体が内側からぐつぐつと煮え滾《たぎ》りそうだ。薫は昇り詰めて、仰《の》け反《ぞ》った。

「くァ――」

崇弘が低く断続的に呻き、薫の奥に、更に奥にと入ってくる。これ以上は無理という処《ところ》で激しく揺さぶられ、もう目を開けていられない。

「ああっ！　た、か――」

「薫！」

子宮口に押しつけられた鈴口から、熱い射液が迸《ほとばし》る。まるで子宮に直接注がれているかのようなその勢いに押されて、薫はビクビクと全身を震わせた。

頭が真っ白になって、放心したままどっとベッドに背中をつける。と、倒れ込んできた崇弘が、きつく抱きしめてきた。そして、そのまま唇に口付けられる。まだ中に彼が入っているのに、くちゅりくちゅりと濃密な音を立ててたキスに溶かされていく自分がいる。

「薫、ごめん。激しくしすぎてしまったかな？　君があまりにも愛おしくて……。許してほしい」

唇を吸い、乳房を揉みながらの謝罪には、罪の意識などまるでない。それはただ愛の囁《ささや》きの言い換えだ。言葉は違っても、「愛している」と言われているのだと思えた。

薫が崇弘の汗ばんだ頬を撫でると、彼は乳首を舐めながら、ゆっくりと中のものを引き抜いた。くぽっと小さく音がして、とろとろとした白濁汁が流れてくる。急に恥ずかしくなり、崇弘に背を向けると、彼が後ろから抱きついてきた。腹に手を当て、首筋や肩口に何度もキスをしてくる。

「すごくよかったよ、薫」

「も、もうっ！　そんなこと言わないでくださいっ！」

薫は、真っ赤になって耳を塞いだ。

「どうして？　薫と一つになれて最高に幸せだよ」

崇弘は悪びれる素振りすら見せずに薫を抱きしめてくる。

「幸せだ、本当に……」

その噛みしめるような声に、薫は振り向いて彼の頬に触れた。

上がった彼の体温は薫のそれとやっぱり同じで、互いの境界線がなくなったように感じる。心にも温度があったなら、自分達はきっと同じ温度で想い合っていることだろう。

薫は自分から唇を寄せながら、「わたしも」と、笑った。

◆　◇　◆

崇弘は、自分の罪は許されたのだろうかと自問しながら、腕の中で眠る薫を見つめていた。

（……そんなはずないだろ）

何も知らない薫は、可愛らしい寝顔を見せている。今のこの状況は、薫が心を開いてくれた結果であって、自分の罪とは無関係だ。許されたいのなら、彼女に真実をすべて話して判断を委《ゆだ》ねる他ありはしない。そうして彼女がこの手の中から逃げてしまったとしても、崇弘にはどうすることもできないのだ。そんな覚悟もないくせに、許されたい、などと思うべきではない。

初めて薫の中に射精《だ》した。今まで薫を何度も抱いてきたが、避妊せずに身体を交えたのは初めてだ。以前の薫は常に避妊を求めていた。まだ子供は早いというのが彼女の弁だった。今の薫はそれも全部忘れて、崇弘を受け入れてくれた。

(子供ができれば、たとえ記憶が戻ったとしても、薫が自分から離れないと思っているんだろうな……俺は)

薫がすべてを忘れたことに便乗して、記憶を失う前の彼女の意思を蔑《ないがし》ろにした行為をする自分は我欲《がよく》の塊だ。

常に心のどこかで、薫の記憶が戻った時のことを考えている自分がいる。

(考えろ。今日一日、落ち度はなかったか――すべての辻褄《つじつま》は合っているか)

――嘘がばれれば、薫の記憶が戻る前にすべてが終わる。

身体を交えたあと、薫は結婚式の写真を見たがった。「もう泣かないから」と言う彼女の言葉を無下《むげ》にするような不自然な行動を取れるはずもなく、崇弘は結婚式のアルバムを彼女に見せた。

ふたりの結婚式は身内だけの小ぢんまりとしたものだった。崇弘の立場上、取引先も招いて盛大な式にすることもできたのだが、それをしなかったのは、この式自体が成り行きで、いつ中止になってもおかしくないものだったからだ。だから集合写真に写っているのは身内ばかり。そのひとりひとりの名前を教える崇弘の胸中が落ち着かなかったことを、彼女は知らない。無邪気に『全員覚えますね！』なんて言っていた。

『弟さんの奥さんはこの人ですよね？　じゃあ、高野さんの奥さんはどなたですか？』

今日高野が来たからだろうか、薫はそんなことを聞く。だが杏はこの集合写真に写っていない。

『杏は都合がつかなくて式には出席していないんだ。杏はジュエリーデザイナーで、宝石の仕入れや展示会でしょっちゅう海外に行っているから、日本にいることのほうが稀《まれ》なんだ。薫はまだ杏と会ってないよ』

『忙しい方なんですねぇ。高野さんは日本でお留守番ですか？　寂しくないんでしょうか？』

杏がいなくて寂しいと、高野の口から聞いたことはない。高野は杏を応援していて、彼女のしたいことを自由にやらせている。「俺は杏のスポンサーだから」と、清々《すがすが》しく言い切る器《うつわ》の大きな男なのだ、高野は。薫にずっと家にいてほしいからと、仕事を辞めさせた自分とは大違いだ。

杏は自由人だから、高野のような束縛しない男を好む。自分を自由にさせてくれるから、杏は高野と結婚したのだ。

『寂しくなったら、記念日にかこつけて会いに行くのかもな』

『なるほど。そうかもしれませんね』

いろんな夫婦の形がある。外から見れば歪《いびつ》でも、当人達は幸せで満足していたりするものなのだ。逆に、外から見れば幸せそうなのに、実はうまくいっていないなんてこともある。

（俺達がそうだ。幸せだったのは俺だけで……薫は……）

薫は今、本当に幸せだろうか？　自分の執着じみた感情が、彼女を幸せにできるのだろうか？

と、自問しながら崇弘は薫を抱きしめた。お揃いのパジャマを通して伝わってくるほのかな温もりと、柔らかないい匂いが安心をくれる。

情けないことに、大きなうしろめたさの裏で、この上ない至福を感じるのだ。

(大丈夫。今日、辻褄《つじつま》の合わない嘘はなかった。薫は高野に会っても、結婚式の写真を見ても、何も思い出さなかった)

ここまで来ると、薫の記憶はちょっとやそっとのことでは戻らないのではないかと思えてくる。このまま嘘が真実になればいい。幸い、薫が崇弘と離婚したがっていたことを知る人はいないはずだから。しかし、崇弘はハッとして目を開けた。

薫の弟、和志が何か知っている可能性がある。

(でもメールには特にそれらしいやり取りはなかった……)

薫の入院中、彼女のスマートフォンから日記アプリを削除した時に、ちらりと見たメールフォルダには、それらしいやり取りはなかった。

もともと和志はかなり独立心が強く、しっかりしていた。姉の薫に心配をかけるような素行不良もなかった。たまに上る彼の話題は、長期休暇や学校行事や成績といった類《たぐい》のものばかり。

薫も薫で、弟に心配をかけることを良しとしない。事故に遭《あ》ったことすら知らせようとしない彼女が、新婚家庭の不協和音《ふきょうわおん》を自分から弟に話すとは到底思えない。

でも、それは崇弘の思い込みだ。そうだったらいい、という願望が入っているとも言える。和志に電話で相談していた可能性は？　電話でなくても、先のゴールデンウィークにこの家に泊まりに来た時に話した可能性は？　和志だけじゃない。崇弘の親に相談していた可能性や、前の職場の人に話した可能性だって、まったくないとは言えないのだ。それこそ、どこの馬の骨ともわからない男にも――

考えるとキリがない。だが、いつまでも薫を人に会わせないわけにもいかないことだってわかっている。だから今日、手はじめに高野に会わせてみた。薫を高野に会わせたのは、彼女が何も思い出さないという妙な確信があったからだ。

記憶喪失になる前、薫は高野と一、二度しか会っていない。自分と一緒にいても何も思い出さなかった薫が、高野と再会した程度で何か思い出すはずがない。

だが和志は違う。薫は和志をとても可愛がっていた。両親を亡くした彼女にとって、唯一の肉親なのだ。離婚を考えていた夫《じぶん》などとは愛情の比重が違って当然だ。和志と会った時、薫の記憶はどうなるだろうか？

（結婚式の写真に写っていた和志くんを見ても思い出さなかったんだ、大丈夫だろ……たぶん）

自分にそう言い聞かせながらも、「本当に大丈夫か？」という不安は消えない。それは、和志だけは別格だと崇弘自身が理解している証拠でもあった。

長期休暇に入ると、和志は必ずこの家に泊まりに来る。和志が来ると、薫の関心が義弟に奪われるようで胸がざわつく。そのくせ義弟を無下《むげ》にはできない。むしろ、崇弘は義弟を可愛がってさえいるつもりだ。そうすれば薫が喜ぶから――

（もうすぐ夏休みなんだよなぁ。梅雨《つゆ》、明けなくていいのに……）

雨に閉じ込められるように家に籠《こ》もって、ずっと薫とふたりでいたい――。いや、少し違う。薫を家に閉じ込めて、どこにもやりたくない。こちらが本心だ。自分から離れようとする彼女をもう二度と見たくないのだ。

でも義弟は来る。それに、盆には両親の墓参りもするだろう。よっぽどの理由があれば話は別だが――

（そうだな……。そのよっぽどの理由を作ってしまおう……）

しっかりしているとはいえ、和志は遊びたい盛りの年頃だ。普段は寮で自由がない生活をしている。年齢を考えれば多少羽目を外したくもなるだろう。

崇弘は自分の指先に薫の髪を絡めながら、頭をフル回転させた。

8

「えーっ、そんなぁ～」

額《ひたい》の傷がもうすっかり目立たなくなった七月の終わり。夕飯を食べたあと、リビングのソファに座り、崇弘とテレビを観ていた薫は、スマートフォンに届いたメールを見て不満げな声を上げた。

「どうした？」

崇弘に聞かれて、メール画面ごと彼に見せる。

「和志が帰ってこないって……」

二週間後からはじまる夏休みで休寮になる間、ロボットコンテストの出場チームメンバーと一緒にリゾート施設へバイトに行くと言う。なんでも、そのリゾート施設は給料がいい上に、使っていない広い倉庫を無料で貸してくれるらしい。そこで夜はロボコンに出すロボットの調整作業をする——。つまり、メンバー全員参加の、住み込みのバイト兼合宿だ。張り切っているのがメールから伝わってくる。久しぶりに弟に会えると思っていただけに、落胆は隠せない。

すると崇弘が優しく励ましてくた。

「学生の時期は今しかないんだから楽しませてあげなよ。ご両親のお墓参りは俺達ふたりで行こう」

「はい、そうですね……」

結局、薫は和志に、事故のことも記憶喪失のことも、何も話していなかった。崇弘の支えのおかげで前向きになれた今、心配をかける必要もないだろう。記憶喪失になる前のメールやアプリでのやり取りがスマートフォンに残っていたから、それを見れば和志との会話に困ることがないのも幸いした。和志のほうも薫の記憶喪失には気付いていないようだ。それに、話すなら顔を見てからのほうが、問題ないことをアピールできるとも思っていた。

「それにしても、バイトをしながら同時に合宿もさせてくれるなんて、気前のいいリゾート施設ですね。大丈夫なのかなぁ、ソコ。変なところじゃないといいんだけど……」

「ああ。そこなら俺も知ってるよ。毎年うちの会社に、バイトや派遣の大量求人を出してくるんだ。

まとまった人数のバイトを急いで確保したい場合、そうやって特典を付けることもあるんだよ。そうするとサークル活動をしている人達がグループで働いてくれるから、採用する側としても楽なんだ。チームワークもいいしね」

「ふぅん……そうなんですねぇ」

大手人材派遣会社の社長である崇弘が知っているリゾート会社なら大丈夫か。

「バイトするのはいい経験じゃないか。和志くんはバイト初めてだっけ？　応援してやらなきゃ。小遣いは足りてるか聞いてみるといい。足りないならいくらか送ろう。せっかくの夏休みだ。友達も一緒なら遊びたいだろうし」

崇弘がなんとなく、いつも以上にハツラツとしている気がする。今日の彼はご機嫌らしい。でもむやみやたらに和志を甘やかすのは反対だ。ひと月の小遣いはちゃんと決めてあるのだからと、染み付いた貧乏性が顔を出す。

「駄目駄目！　お金がある範囲で遊べばいいんです。バイトするんだからむしろいつもよりお小遣いは多いはずです。余分に送る必要はありません！　自分で稼いだお金なら無駄使いもしないでしょうしね」

崇弘は感心したように頷くと、薫に抱きついて頬擦《ほおず》りしてきた。

「ん〜〜。俺の奥さんはしっかり者だなぁ。薫はきっといいお母さんになるだろうね」

突拍子もないことを言われて、薫はボンッと赤面した。いや、思えばそんなに突拍子もないことではないのか。崇弘は薫とする時、避妊をしない。

（夫婦だもん、いつかは赤ちゃんが……）

薫は思わず自分のお腹に手を当てた。崇弘との子供が、このお腹に来てくれる日が来るのだろうか。今のところそんな兆候はないが、いつ妊娠してもおかしくはないのだ。

そう考えると、なんだかこそばゆいのに、胸がじんわりと温かくなる。

そんな日が来たら、今以上に幸せに違いない。そう考える薫の手を崇弘が握ってきた。

「薫。お盆は俺の実家に顔出そうと思うんだけど、どう？　弟夫婦も来るよ。その時、今の薫の状態を皆に話そうか。どうかな？」

気遣わしげな彼の視線は、薫が嫌だと言えばその気持ちを受け入れてくれそうだ。

（でも、もう思い出せそうにないし。そろそろちゃんと皆さんに言わないとね……）

和志は弟だ。血の繋がりに甘えていると言えばそれまでかもしれないが、二十三歳までの記憶の中に弟の存在は強くある。でも残念ながらここ一年での出会い——崇弘の家族は、まったく覚えていない。この人達にはきちんと説明をしないと、すれ違いから大変なことになってしまうかもしれない。それは薫としても避けたいことだ。

「そうですね。皆さん、ご不快に思われるかもしれないけれど……お願いします……」

「大丈夫だよ。うちの両親も弟夫婦も皆、薫のことが大好きだから、きっと悪いように受け取ったりはしないよ。安心して」

崇弘に強く言い含められて、何度か頷く。護《まも》られている安心感が心地いい。彼が側にいてくれれば、なんでも乗り越えられる気がした。

9

八月の半ば——

「ただいま。母さん」

「いらっしゃい。よく来てくれたわね。薫さん、崇弘」

蝉時雨《せみしぐれ》の中、落ち着いた優しい声の中年女性に出迎えられた薫は、崇弘と共に彼の実家に来ていた。

榊の家は、ふたりのマンションから車で一時間半ほど行った県外の閑静な住宅街にあった。周りは新興住宅地だが、榊一家は古くからこの土地に住んでいるという。祖父母の代で建てたという築五十年超えの日本家屋は重厚感がある。

玄関先まで出迎えてくれたのは崇弘の母、優子だ。豊かな黒髪を、バレッタを使い首の後ろで一つに纏《まと》めている。六十歳だと聞いたが、年齢を知らなければ四十代に見えるだろう。正統派の美少女が、そのまま歳を重ねたような美しい人だ。が、崇弘と顔立ちはまったく似ていない。優子はクォーターだというが、見た目は日本的だ。だが、生真面目な硬い雰囲気が崇弘とよく似ていた。

「……こんにちは」

——まったく覚えていない癖に、「お久しぶりです」と言うのもなんだか変な気がして、薫は勢いよく頭を下げた。

「薫さん、事故に遭《あ》ったんですって？　崇弘から今朝メールが来て驚いていたの。大丈夫だった？」

崇弘は前もって両親に事故のことを知らせてくれていたようだ。確かに一度に全部話してしまうよりは、ワンクッション置いたほうがゆとりを持って聞いてもらえるかもしれない。

「えっと……」

身体の傷は癒《い》えているが、記憶はちっとも戻っていないので大丈夫と聞かれても、大丈夫ですと返事ができない。口籠《くちご》もる薫の前に崇弘が割って入ってきた。

「母さん。そのことについて話があるんだ。もう皆揃ってる？」

話に割り込んできた崇弘に、優子は訝《いぶか》しんだ顔を向けはしたが、スリッパを出しながら頷いた。

「ええ。さっき文弘達も来たところなのよ。マナミちゃんがちょっとぐずっちゃって、美奈子さんがあやしてるの。お昼寝の時間なのよ。そろそろ寝ると思うわ。どうしたの……？　何か大変な話？」

優子の美しい顔が曇る。途端に申し訳ない気持ちになった薫は、助けを求めるように崇弘を見上げた。彼は薫の肩を優しく抱いてくれる。そこには「任せて」と言っているような力強さがあった。

「んー。少しね。皆に聞いてほしいんだ」

優子は薫達を座卓のある和室に通すと、すぐに家族に声をかけに行ってくれた。

家の中はリフォームされているのか、外観から想像するより新しい。鴨居《かもい》が気持ち高い気もしたが、それ以外は日本的な趣《おもむ》きを残していた。床の間には立派な水墨画が描かれた掛け軸が飾られ、花も活《い》けられている。箪笥《たんす》の上にある日本人形は相当な年代物だったし、この部屋に来るまでに見えた庭も手入れの行き届いた日本庭園だった。ボロアパート育ちの薫には敷居が高い。

（崇弘さんのお父さんってイギリスの人なんだよね。どんな人だろう……緊張するなぁ……）

母親の優子はかなり真面目な人に見えたし、父親も同じようなタイプの人かもしれない。

崇弘と並んで座って待っていると、優子とよく似たしょうゆ顔の正統派美形男性が入ってきた。結婚式の写真で見たから知っている。崇弘の弟の文弘だ。崇弘と顔立ちはまったく似ていないから、初見でふたりが兄弟だとわかる人はそうそういないだろう。

文弘の後ろに続くのは、ゆったりとしたワンピースを着た若い女性だ。こちらは文弘の妻の美奈子だろう。結婚式の写真で見た時よりも全体的にふっくらとしているのは出産の影響かもしれない。彼女の腕には可愛らしい赤ちゃんが眠っていた。

「やぁ、兄さん。お義姉《ねえ》さん。久しぶり。この間はマナミにお祝いをありがとう」

崇弘の横にあぐらをかいて座った文弘は、親しげに話しかけてくる。崇弘より三つ四つ年下だろうか。だが薫より年上であることには変わりない。自分より年上の男の人に「おねえさん」と言われてなんだか面食らうが、崇弘と結婚した薫は文弘にとって義理の姉になるので仕方ない。

すぐさま崇弘が文弘に応対する。

「皆、元気そうでなによりだ。お姫様は寝たのかい？　やけにおとなしいじゃないか」

「さっきやっと寝たよ。この家には久しぶりに来たから落ち着かなかったみたいで、だいぶ泣いていた。じーじとばーばのことも、あんまり覚えてないみたいだしさ。いつもは俺が抱いても寝るんだけど、今日はママの抱っこじゃないと駄目なんだとさ」

たぶん、マナミの気持ちが一番よくわかるのは自分ではないかと薫は思った。ここは知らない人ばかりなのに、相手は自分を知っているのだ。急に距離を詰められると、余計に緊張する。薫が崇弘の腕の中が一番安心できるように。マナミにとって母親の腕の中が一番安心するのだろう。

マナミは安心しきった顔で、すやすやと眠っていた。栗色の巻き毛がちょんと頭にのっていて愛らしさを強調している。

(赤ちゃん可愛い……いいな……)

薫がマナミを見ていたからだろう。美奈子が「今日も暑いですねぇ」とにこやかに話しかけてくれる。薫は気後れしながらも、「そうですね」と、ぎこちない笑顔で頭を下げた。

そしてあまり間をあけずに、今度は背が高く色白の初老男性が入ってきた。歳は優子よりも少し上だろうか。墨色の着流しを着たその人の瞳が空のように青い。髪は白銀だが、元は金髪だとわかる。間違いなく、崇弘の父、アーネストだった。

(わ……渋い……かっこいい……)

顔立ちも体格も崇弘とそっくりなのに、崇弘にはない渋さがある。それは年齢のせいかもしれないが、着物の影響もあるだろう。着慣れているのか、よく似合っている。

崇弘から聞いていたが、アーネストが日本大好きというのは本当のようだ。妙な話だが、日本人より日本人らしい。

(こ、この人が……崇弘さんの……お父さん……)

薫が緊張しきった眼差しで見つめていると、アーネストは心配そうに眉を寄せた。

「久しぶりだね。さっき母さんから聞いたけど、何？　崇弘。話があるって？」

引っ掛かりもない流暢《りゅうちょう》な日本語で、アーネストが話しかけてくる。その青い瞳は、長男夫婦が持ってきた話が、いい話か悪い話か、見定めようとしているようだ。

いきなり本題に切り込まれたことに戸惑って、薫は崇弘を見た。その横で、弟夫婦が「どうかしたの？」と純粋な興味を示している。優子はというと、口には出さないものの、心底不安そうな表情で、じっと薫を見つめてくる。

この人達が自分の記憶喪失を知ったあと、どんな反応をするのかと考えた薫は、急に怖くなってきた。

（……息子のことを忘れた嫁なんていらないって言われたら……わたし……どうしたら……）

細かく震えだした手を、崇弘がそっと握ってくれた。それは言葉はなくても、「大丈夫」と、薫の気持ちを支えてくれる。薫は緊張しきったまま、崇弘の手を握り返した。

「実は――」

崇弘は薫の身に起こったことを話しはじめた。

五月の終わりに事故に遭《あ》ったこと、ちょうど一年前からの記憶が失《な》くなってしまったこと、崇弘との結婚生活も何も覚えていないこと、この二ヶ月余り思い出そうとしても無理だったこと――

高野に話した時よりも、幾分か丁寧に、そしてゆっくりと話してくれている。

「――そういうわけで、薫は今も記憶喪失のままなんだけど、やっぱりお互い惹かれることは変わりなくてさ。俺達はこれまで通り夫婦としてやっていこうと思う。だから俺がいないところで薫が困っていたら助けてやってほしいんだ。よろしくお願いします」

「み、皆さんのことを思い出せず申し訳ありません。でもわたし、崇弘さんが好きで……やっぱり一緒にいたいんです。もう一度、わたしに皆さんのことを教えてください。お願いします」

ふたり揃って深々と頭を下げると、辺りがシンと静まり返る。

一拍の間を置いて誰かが鼻をすする音がした。顔を上げると、優子がさめざめと泣いているではないか。

「薫さんは記憶を失くしても、私達の崇弘をまた好きになってくれたのね……。ありがとう……本当にありがとう……。それだけ崇弘を想ってくれていたってことよね……」

まさかお礼を言われるとは思っていなかった。不快に思われることはあっても、お礼を言われるようなことではないはずだ。

薫が言葉に詰まっていると、優子の隣にいたアーネストが柔らかく笑っていた。

「謝ることじゃないよ、薫さん。僕らは崇弘の奥さんはあなたしかいないと思ってる。崇弘はあなたにずいぶんと支えられていた。——崇弘。今度はおまえが薫さんを支える番だ。僕らはなんでも手助けするから。困った時は遠慮なく言いなさい」

優子とアーネストだけじゃない。文弘も美奈子も薫を非難したりはしなかった。それどころか、崇弘に向かって「しっかり支えてやりなよ」と激励している。

「あ……」

言葉の代わりに涙が流れてきて、頬を伝う。全部忘れてしまった自分を、この人達は怒らずに受け入れてくれた。崇弘の家族に、崇弘と一緒にいることを許してもらえたのだ。

結婚を祝福してもらった時の喜びは忘れてしまったけれど、この喜びはきっとそれに近いような気がする。

「あ、ありがと……ございます……本当に……わたし……」

感極まった薫が泣きながら声を震わせると、「大丈夫だったろう？」と、隣で崇弘が優しく微笑んでくれた。

この場に皆がいなかったなら、薫はきっと彼の胸に飛び込んでいたことだろう。

榊の家に、自分の確かな居場所があることを知って、薫は幸せな気持ちで泣き笑いしていた。

10

「薫。そのまま腰を落としてごらんよ」

崇弘の誘いに、薫は顔を赤らめて首を横に振った。あらわになった乳房が微かに揺れる。

見事に割れた崇弘の腹筋に軽く手を添えた薫は、全裸で彼の身体の上に跨《また》がされていた。

「だ、駄目……入っちゃう……から……」

枕元のスタンドの灯りが、崇弘の顔をはっきりと映しだす。

扇情的《せんじょう》な青い瞳に見上げられ、いたたまれなくなった薫は、ボソボソと小さな声で言い訳をした。

だが、ついさっきまで彼の指で熱烈な愛撫を受けていた身体は違うらしい。その証拠に、蜜口からはとろとろとした愛液が滴《したた》り落ちそうだ。

「ぬるぬるだもんね」

崇弘は薫の言葉をいいように解釈したらしく、自分の屹立《きつりつ》したものに手を添えて、ぬるついた蜜口を焦らすように上下になぞってくる。たっぷりと濡れた花弁は、崇弘の肉茎《にくけい》を舐め、内部へと誘《いざな》う。しかしそこをするりと躱《かわ》され、ぬるついた鈴口で蕾《つぼみ》を擦《こす》られる。

薫の唇からは、悶《もだ》えるような呻き声が漏れていた。

「苦しいだろ？　楽にしてあげるから、腰を落として」

「でも……でも……」

今、腰を落としたら、本当に奥まで入ってしまう。愛する崇弘の上に跨《また》がって、自分から彼を中に迎えるなんて、そんな淫《みだ》らなこと——できない。

事故から半年が経った。盆を過ぎてからはとても早くて、今はもう十一月。

相変わらず記憶はちっとも戻らないが、再スタートさせた崇弘との夫婦関係は良好の一言だった。彼の家族の理解が得られたおかげで精神的な負担もないため、ベッドの中で崇弘に翻弄《ほんろう》されることを除けば、薫は穏やかな日々を送っている。

崇弘はほとんど毎日のように薫を求めてくる。薫としては寄り添って眠るだけでも幸せな気持ちになれるのだが、彼はそういうわけにはいかないらしい。記憶喪失になって寝室を別にした反動、というのが彼の弁だ。

（でも、こんなに毎日えっちなことされたらわたし……）

　この半年近くの間で、自分の身体が別物になった気がする。崇弘に触れられるだけで、ドキドキするのは相変わらずだが、身体が疼《うず》いて、気が付けば濡れているのだ。前の夜に散々抱いてもらい、あふれるほど中に精を注がれたにもかかわらず、朝になって「おはよう」と、優しくキスをされると、瞬《また》く間に身体は蕩《とろ》け、自分でも呆れるくらいにびしょびしょになってしまう。

　今だってそうだ。蜜口は物欲しげにヒクついている。本当は挿《い》れてほしいのだ。ただ、自分からそれができないだけ。崇弘が挿れてくれれば、薫の身体はきっと悦《よろこ》んで応えてしまうだろう。

「た、崇弘……さん……」

　薫が切ない眼差しで見つめると、崇弘が喉を鳴らすのがわかった。

「薫……そんな目されたら、俺が我慢できなくなるってわかっててやってるんだろ？」

「えっ？」

　意図してやったわけではなかった薫が狼狽《ろうばい》すると、崇弘はふっと笑って上体を起こした。そして首筋に顔を埋めてくる。

「もう……俺の奥さんは本当に可愛い――」

　甘い囁《ささや》きと共に、蜜口に充てがわれていた屹立《きつりつ》がずぶっと埋没するように入ってきた。

「っ！」

　先に充分に愛撫されていたおかげで一気に根元まで入った。おまけに力が抜けて腰が落ちると、自重《じじゅう》で奥まで貫く形になってしまい、薫は倒れ込むように崇弘に抱きついた。

「薫は自分で挿れるんじゃなくて、俺に挿れられたかったんだろ？」

「そ、そんなこと……」

咄嗟《とっさ》に否定しようとしたけれど、図星なだけにそれ以上の言葉が出ない。頬を赤らめて視線を逸らす薫の腰がぐっと掴まれた。恥骨《ちこつ》で蕾《つぼみ》が擦《こす》れ、中は埋められたもので掻き回され、薫は快楽に堕《お》ちた。逃げることも、自分で動くことも許されない。崇弘の手で前後に左右に、果ては上下に動かされ、肉襞《にくひだ》を扱《しご》かれる。

薫にできたのは、崇弘にしがみついて嬌声《きょうせい》を上げることと、ぐちょぐちょといういやらしい音を立てることだけだ。

「ンッ……あはぁう……あ……あぁ……崇弘さん……」

「ほら、薫。こうやって自分で腰を動かすんだよ。自分の気持ちいい処《ところ》に充てるんだ。ああ……腰が動いてきたね。上手だ」

腰が勝手に動きはじめたことを指摘されて、身体の奥から愛液が垂れてくる。

「や、やだ……見ないで……」

「どうして？　俺は薫が気持ちよさそうにしている顔を見るのが好きなのに。すごく可愛い。いい子だね……もっと腰を振ってごらん。奥まで入るよ」

こんなに恥ずかしいのに、彼と一つになれると心はやっぱり嬉しくて、ちょっぴり悔しい。

（わたしは、崇弘さんには敵《かな》わないんだろうなぁ……）

目も、言葉も、態度も、彼のすべてが自分に向いているから——愛されているとわかるから、恥ずかしくても最後には気持ちのすべてが悦《よろこ》びに変わって受け入れてしまうのだ。

薫は夢中で腰を振った。崇弘の硬いものが身体の内側の気持ちいい処《ところ》を散々突いて掻き回す。それと同時に親指で蕾《つぼみ》をリズミカルに刺激され、否応なしに絶頂へと追い上げられる。豊かな乳房が上下に揺れた。

乱れる自分を、崇弘があの綺麗な目で見ていると思うとゾクゾクする。

「好き……」

「本当？　嬉しいよ。俺も薫が好きだ。世界で一番愛してる」

崇弘は揺れる乳房をすくい、その先を舐めしゃぶりながら薫の腰を縦横無尽に揺さぶってくる。自分のペースではなく彼のペースで突き上げられ、快感から逃げられない。そのうち意識がふわふわして、ぐらりと薫の上体が倒れた。

しかし彼の腕に支えられて、額《ひたい》を打つなんてことはない。そっとキングサイズのベッドにうつ伏せに寝かせられた薫は、身体から抜けたものを求めて振り返った。

「たか——」

「俺が欲しい？」

誘うような低い声で、愛する夫に囁《ささや》かれたら、欲しくないなんて強がれる妻はこの世にいないと思う。薫はシーツに顔を埋めて、小さく頷いた。

「俺は薫だけのものだよ」

崇弘は薫の腰を少し持ち上げ、後ろから薫の中に入ってきた。彼に自分のすべてを曝《さら》け出す動物的な体位に羞恥心《しゅうちしん》を感じたのも束の間。浅く深く媚肉《びにく》を丹念に掻き回され、薫は乱された。

一年分の記憶が失《な》くなったなんて嘘のようだ。こんなに満たされて、失ったもの以上のものをもらって、愛されて、自分の気持ちも受け入れてもらえる。

「あぁ……気持ちいい……幸せ……」

「嬉しいよ、薫。薫の幸せが俺の幸せで、生きる喜びだから……。いつでも俺を欲しがって……これからもずっと、俺に薫を満たす役目をさせてほしい……。さ——いかせてあげるよ」

甘い囁きと共に、激しい抽送の音が響く。身体ごとめちゃくちゃに揺さぶられて、奥を重点的に突き上げられる。逃げないように腰を掴んでいた崇弘の手は、いつの間にか蕾を弄《いじ》り回している。ぐちゃぐちゃになった中と外を同時に犯されて、身体を支えていられなくなった薫はベッドに倒れこんだ。しかし、崇弘は薫の背中にのし掛かり、腰を打ちながら蕾を弄り、同時に乳房まで揉みしだいてきた。肉襞《にくひだ》が熱く硬い漲《みなぎ》りで容赦なく擦《こす》り回される。自分のすべてを知り尽くしている男がくれる休む間もない快楽に、薫は涎《よだれ》を垂らして溺れていく。

「ひぅ……ああ！　ぅんッ、ぃい……やぁあああんっ！　いく、いく、いっちゃう！」

「いいんだよ、そのまま好きにいって……可愛い薫をちゃんと見てるからね」

崇弘の優しい声に導かれて、薫は獣のように後ろから貫かれたまま絶頂を迎えた。

崇弘が薫の肩口に歯を立てた。

「ああ、薫……俺の薫。愛してるよ」

甘く痺《しび》れるような愛咬《あいこう》に、薫は感じ入った声を上げる。

奥には愛情の塊を注がれていた。


深夜――喉の渇きを感じた薫は、ベッドの上で薄ぼんやりと目を開けた。

崇弘と身体を交え、そのままシャワーも浴びずに眠ってしまった覚えがある。その割には身体はこざっぱりとしていて、いつものパジャマの上着を着ていた。どうやら崇弘が身体を綺麗に拭いて、パジャマを着せてくれたようだ。こういう気遣いはやっぱり嬉しい。だが隣に寝ているはずの彼の姿がない。

(あれ、崇弘さん、どこ……?)

薫はそっとベッドから下りた。この主寝室にはバスルームもトイレもあるが、そこに彼の気配はない。廊下へと続くドアをゆっくりと開ければ、リビングから明かりが漏れていた。

(崇弘さん。眠れなかったのかな)

それとも自分と同じように喉が渇いて起きたのだろうか。

廊下に出た薫がリビングに向かおうとした時、ピリリリリッと聞き覚えのある高い電子音が鳴った。崇弘のスマートフォンの着信音だ。思わず薫の足が止まる。こんな時間に電話がかかってくることに秘密めいたものを感じ、息が詰まった。

崇弘に仕事の電話はよくかかってくるが、半年近く彼と一緒にいて、深夜に電話がきたことは一度もないはずだ。薫がまったく気が付いていなかったのなら話は別だが——

「——もしもし？　高野……、あのさぁ、今、夜中の二時なんだけど……」

高野の名前が出て、一瞬の間にホッとして力が抜ける。ぼそぼそっとした崇弘の声が、実に迷惑そうだ。

高野のことだ、また思いつきで電話をかけてきたに違いない。胸のざわつきが一気に消えた。

（ふふ、高野さんったら）

盗み聞きするつもりなんかさらさらなかったのだが、薫はなんとなく、その場から動けずにいた。

「ふーん。イスタンブール。ああ、ジュエリーショーか。へぇ……杏のところも出してるのか。そりゃすごい。でも高野、〝時差〟っていう言葉知ってる？　トルコと日本の時差は六時間あるんだよ。日本に電話する時には時差を気にしてくれないかな。俺？　まぁ、起きてたけど……」

どうやら高野は妻の杏が出展するジュエリーショーのために、トルコのイスタンブールに一緒に行っているようだ。現地で何か素敵なことでもあって、崇弘に思わず電話してきたというところだろうか。実に高野らしい。崇弘は苦笑いしながらも、電話を切ることなく高野の話を聞いている。なんだかんだ言って、高野はとても大切な友達なのだろう。薫は微笑ましい気持ちになりながら、リビングに入っていこうか、それとも寝室に戻ろうか迷っていた。その時、崇弘の声色が少し変わった。

「え、薫？　ああ……うん、記憶はまだ。……そうだね、もう半年、かな。うん」

自分の名前が出てきて、思わずドキッとした。

「ありがとう、大丈夫だよ……。俺の両親と弟にも話したし。記憶？　いいよ、戻らなくて」

それは薫に言ってくれた言葉とまったく同じだった。だが崇弘があまりにも力ない声だから、薫は急に不安に駆られた。

「今、薫とすごくいい関係なんだ。高野には言ってなかったけどさ……記憶喪失になる直前の薫は、俺と離婚したがってたんだよ。だからさ、俺は今すごく幸せだ。薫を今度こそ大切にしたい」

「……っ！」

喉の奥で声が上がりそうになるのを、薫は口に手を当てて必死で堪《こら》えた。

（今の……なに？　離婚？　わたしが離婚したがっていた？）

まだリビングで崇弘の声は続いている。だが、さっき聞こえた話が衝撃的すぎて、これ以上の情報を耳が拒絶しているのか内容が理解できない。

薫はよろよろと寝室に戻って、ベッドに入った。リビングに向かった痕跡《こんせき》を消すように布団を身体にかける。体温がすーっと下がっていく気がして、寒くもないのに身体が小さく震えた。

（離婚なんて……どうして）

自分は幸せな結婚生活を送っていたと信じていたのに、実はそうではなかったのだろうか。崇弘の家族はあんなにいい人達で、温かく薫を受け入れてくれた。あの時の反応を思い返してみても、親戚付き合いのトラブルがあったようには思えない。

（もしかして、わたしと、崇弘さんの間に何かがあったの……？）

薫が交通事故に遭《あ》って、一番心配してくれたのは崇弘だ。そんな彼との間に何があったのかまったく想像がつかない。軽い喧嘩くらいで自分が離婚したいだなんて言うとは思えないのだが――

（崇弘さんは聞いても教えてくれないだろうなぁ……）

隠そうとしている相手から直接聞き出すのは無理に思える。薫はギュッと目を閉じた。

ついさっきまで幸せだった。もう失った記憶のことは諦めよう、前を向いてこれからたくさん思い出を作っていけばそれでいいじゃないか――。やっとそんなふうに考えられるようになっていたというのに。

他の人から「あなた達は離婚間近だったのよ」と聞かされたなら、きっと信じなかった。崇弘にまず確認して、彼からの否定の言葉をもらおうとしただろう。でも薫が聞いたのは、他の誰でもない崇弘の言葉だ。誰に真実を確認すればいいというのか。

繋いでいた崇弘の手が急に振りほどかれた気がして、胸の奥がズキズキと痛んだ。

（どうしよう。どうしたらいいの……？）

考えが纏《まと》まらない。眠ろうと思っても眠れない。そして崇弘も、寝室には戻ってこなかった。


翌日。普段通り朝の七時に薫がリビングに顔を出すと、キッチンで崇弘が鼻歌まじりに朝食を作っていた。

いつもなら幸せに感じるその光景に、足が止まる。彼が何を考えているのかがわからないのだ。

離婚の話が出ていたなら、夫婦仲は冷えきっていたのかもしれない。だけど彼からそんな気配は微《み》塵《じん》もない。

近付けずに立ちすくんでいると、崇弘が振り返った。窓から差し込む朝日を受けて、彼の金髪が煌《きら》めいている。

「薫。おはようー」

「お、おはようございます。すみません、作ってもらっちゃって……早いんですね」

表情筋がぎこちなくならないように気を付けながら、薫は崇弘に微笑む。彼はフライパンから目玉焼きを皿に移しつつ、にこやかに頷いた。

「うん。実は昨日の夜、高野から電話があってね。薫を起こしちゃ悪いからリビングで話してたんだけど、今イスタンブールにいるんだって。でも電話かけてきたの夜中の二時だよ。高野らしいと言えばらしいんだけど、おかげで目が冴《さ》えちゃってさ。そのままリビングでワインを飲んでたんだ」

だからずっと起きていたんだよと彼は言う。

リビングのローテーブルには飲みかけのワインがグラスと共に置いてある。昨日の夜、崇弘が飲んだのだろう。でも彼の言葉が、わずかに真実とズレていることに気が付いた薫は、小さく目を見開いた。

（え……、崇弘さんは高野さんから電話がかかってくる前からリビングにいたよね？）

崇弘の言い方では、まるで高野からの電話が彼を起こしたように聞こえる。

事実の中にさり気なくまぜ込まれたわずかなズレを、嘘と断ずるには言葉が強すぎるかもしれない。だが言葉足らずを装ってこれを繰り返していけば、真実は巧みに隠れていくのではないだろうか。

　昨日の夜、目が覚めなかったなら——自分はきっとこの嘘を見抜けなかった。完全に信じていただろう。そのことに気が付いた時、薫の背中にゾクッとしたものが走った。

（……崇弘さん、わたしに教えてくれた思い出は、全部本当ですか？）

「薫？」

　崇弘が不思議そうな顔でこちらを見つめている。自分が無言になっていたことに気が付いた薫は苦笑いを浮かべながら、彼を手伝うべく食器棚からカップを二つ出してコーヒーを淹《い》れた。

「イ、イスタンブールですか？　そんなところにいるなんて、びっくりしちゃって。ご旅行ですか？」

「いや、ジュエリーショーがあって杏が作品を出しているらしいよ。それで今回は高野も一緒に行ったんだって」

「ジュエリーショーですか。素敵ですね。高野さんらしいんだけど、でも時差はちょっと考えてほしいですね」

　今、自分は無難な会話が続けられているだろうか？　さも初めて聞いたかのように振る舞いながら、薫の頭はめまぐるしく別のことを考えている。

　この人は、美しい笑顔の下で、自分に嘘をついているのだろうか？　もしかしてこの笑顔も嘘なのだろうか？　もしかして何もかも全部嘘なんじゃ……

薫はこの時初めて、崇弘に対して疑いを抱いた。

11

薫が崇弘の嘘に気が付いてから一週間が経った。だが彼の嘘に気が付いたからといって、直接問い質《ただ》すことなどできるはずがない。彼は巧みに真実を隠そうとしているのだ。そんな人に、一年分の記憶を失っている自分が真っ向勝負を挑んだところで、太刀打《たちう》ちできるとは到底思えない。忘れてしまったのをいいことに、崇弘に都合のいい真実を植え付けられるのがオチだ。いや、もうすでにそうなっているのかもしれない。

そしてもう一つ気が付いたことがある。崇弘が夜、あまり寝ていないのだ。毎日ではないが、深夜に起き出してリビングに行くことがある。仕事をしているのかとも思ったが、大抵翌日には空のワインボトルがゴミ箱に捨ててあるので、飲んでいるのだろう。かといえば、薫の髪をずっと撫でている夜もある。その優しい手つきは薫を心から大切にしてくれている人のものだ。自分が愛されているのは実感できていた。だからこそ余計に不信感が募《つの》る。

(本当のことが知りたい)

封じ込めたはずの欲求が、以前よりも力を増して薫の中に生まれた。

ただ問題は、真実をどうやって知るかだ。

崇弘に聞くのは論外で、彼の家族に聞くのもまた同じこと。身内は身内の味方をするだろう。高野は先日の電話まで何も知らなかったようだし、そもそも薫は彼の連絡先を知らない。

だが薫にはたったひとりの可愛い弟がいる。

(和志に聞けば何かわかるかも……。メールの送信履歴には何も残ってなかったけれど、もしかしたら電話とかで、離婚したいって相談していたかもしれない)

加えて前々から思っていたことなのだが、出会って半年で入籍するというのは、どう考えても自分がやりそうなことではない。薫は今まで堅実に生きてきたつもりだ。こんな突拍子もない選択をするような性格ではない。

(でも結婚には勢いも必要だって言うし……この人しかいないって思っちゃったらわたし……結婚する、のかなあ?)

愛し愛されて結婚したはいいものの、交際期間が短すぎてお互いのことをろくに知らなかったがために、結婚生活がうまくいかず、後悔して離婚したいと考えるようになった――というのが、一番ありそうな気がした。

感情の細かい機微《きび》は、和志の知るところではないだろうが、少なくともその時の状況というものは第三者視点でもわかるはずだ。

自分が結婚に至った経緯や、結婚生活を聞くなんて、いくら和志でも変に思うだろう。まともに取り合ってもらうためには、和志に事故に遭《あ》って記憶喪失になったことを話さなくてはならない。それは彼を動揺させることになるだろうが、もう内緒にしておける状態ではない気がする。できれば電話ではなく、直接会って話をしたい。

問題はそのタイミングだ。会いに行こうにも和志が通う高専はここから遠い。日帰りで行けないこともないが、ゆっくり話がしたい。そうなるとどうしても泊まりになってしまう。薫がひとりで買い物に行くことすら嫌がる崇弘が、泊まりがけで和志のところに行くことを許してくれるとは思えない。むしろ、自分も一緒に行くと言いだしそうだ。それでは困る。崇弘が薫のひとり歩きを嫌がるのは、薫が車に撥《は》ねられたからだというのはわかっているのだが、ここまでくるとさすがに閉じ込められているかのように錯覚してしまう。

あとひと月もすれば冬休みがやってくる。和志に会うのはそれまで待つしかないのか——

(ああ……でも夏休みみたいに、バイトや合宿でこっちに帰ってこないなんてこともありえるのか。冬休みにはちゃんと帰ってきてって、今からでも和志にメール送っておこうかな)

薫がそんなことを考えつつ夕飯を作っていると、玄関のドアが開く音がした。崇弘が帰ってきたのだ。ひとりで過ごしている時間は、家事をしながらずっと考え事をしていたせいか、時間が経つのが異様に早く感じる。

「お帰りなさい、崇弘さん」

薫が出迎えに玄関に向かうと、崇弘は珍しくその美しい顔に困ったような表情を浮かべていた。

「ただいま、薫……」

どことなく声もしぼんでいる。薫は、鞄を受け取りながら彼を見上げた。

「どうかしたんですか?」

「それがねぇ……。来週、イギリスに出張しなきゃならなくなった。去年から進めていた、イギリスでの日系人材派遣会社設立の目処《めど》が立ってね。さすがに人任せにはできないこともあって、ちょっと五日くらい行ってくるよ」

（出張……）

この時薫は、チャンスだと思った。

崇弘が留守の間に、和志に会いに行けばいいのだ。黙っていればきっとわからない。

「はぁ……なんかすごいんですねぇ……」

感心した返事をしながら、薫の頭はめまぐるしく回転していた。

和志のところに行く旅費はどうしようか。働いていた時に使っていた銀行のクレジットカードが財布に入っていたはずだ。残高がどれぐらいなのかはわからないが、自分の性格からして、残高ゼロの口座のカードを後生大事に持ち歩くとも思えないから、そこそこ纏《まと》まったお金が入っているのだろう。明日崇弘が仕事に行っている間にでもATMでチェックしよう。崇弘はどんなに早くても十七時半までは帰ってこない。日中なら大丈夫だ。彼が出勤してからパッと行ってサッと帰ってくれば――

「薫に寂しい思いをさせてしまうのが、俺は一番辛いよ」

玄関先で抱きつかれる。考えを中断させられた薫は戸惑いながらも崇弘に身を任せた。

薫は彼の嘘に気が付いてからも、彼を拒絶したことは一度もなかった。それは、彼が自分を大切にしてくれていることだけは本当だとわかっていたからだ。

『記憶を失う直前の薫が離婚したがっていた』という崇弘の言葉を信じるなら、同じように、『今は薫と良い関係であり、今度こそ大切にしたい』と言ってくれた言葉も信じるべきだろう。

「た、崇弘さん、こんなところで――」

「だって薫、俺がいないと寂しいだろ？」

当たり前のように言われて、薫の胸は罪悪感で痛んだ。

今の薫は、寂しいだなんてこれっぽっちも思っていなかった。崇弘の留守中に弟に会いに行く段取りばかり考えていたのだ。そんな自分が人でなしに思えてくる。

薫が黙っていると、崇弘はふっと笑って背中に回した両手に力を込めてきた。

「嘘。寂しいのは俺のほう。薫と離れたくない。俺がいない間に薫がどこかへ行ってしまうような気がして……」

(!!)

心の中を見透かされた気がして、薫は言葉も出ずに崇弘を見上げた。だが彼は薫の首筋に額《ひたい》を押し当てて、目を合わそうとはしない。それはわざとというよりは、甘えているような仕草だ。彼は何も気付いていない。ただ出張で数日離れることを嘆いているのだ。ここで変に動揺しているほうがおかしい。薫は努めて平静を装い、彼の金髪を撫でた。

「……変な崇弘さん……。わたしがどこにも行くわけないのに」

「ん。そうなんだけどね。俺はね、できることなら二十四時間薫と一緒にいたいんだよ。ねぇ、出張の日までいっぱい薫を抱いていていい？」

ちうちうと首筋を吸いながら囁《ささや》かれて、心とは裏腹に身体が敏感に反応する。薫はそのまま彼を自分のほうへと抱き寄せた。

「崇弘さん……好き……」

好きなのだ、彼が。だから余計に知りたくなる。前は自分のことが知りたかった。今は彼との過去に何があったのかが知りたい。問題があったのならそれを取り除きたいし、過《あやま》ちがあったのならそれを繰り返さないようにしたい。

（崇弘さんが隠すなら、わたしは自分で調べる……！）

薫の決意をよそに、崇弘は夜の誘いの了承を得たとばかりに喜んで、ちゅっと頬に口付けてきた。

12

一週間後の火曜日。崇弘が出張に行く日がやって来た。

ビシッとスーツを着こんだ崇弘は、大きなスーツケースを持って玄関に向かいながら、薫にメモを渡してくる。

「薫。もしも何かあったら、母さんに連絡すれば来てくれるから。これ、実家の電話番号と母さんの携帯番号ね。水道、電気、ガスに不調が出たら連絡するところも書いてある。あと、このマンションの管理会社の連絡先は一番下にあるからね。それから俺の会社の電話番号はこれ。第一秘書は一緒にイギリスに連れて行くけど、第二秘書は日本にいるから。ないと思うけれど、もしも俺と連絡が取れなくなったらそこに電話して」

薫が記憶喪失になって初の海外出張ということで、以前にも増して心配性が悪化したのか、崇弘は念入りに注意事項を並べる。自分がすぐに戻ってこられる場所にいないという状態だから万全を期したいのかもしれないが、これは万全すぎるだろう。

「毎日連絡するよ。でも現地にいる時間を最短に設定してるから、限界までスケジュールを入れてるんだ。だから電話よりメールのほうが確実かもしれない」

「大丈夫ですよ、崇弘さん。私から連絡することはないと思います。崇弘さんの都合のいい時に電話でもメールでもしてくだされば、それで……」

薫が笑いながら言うが崇弘は浮かない顔のままだ。薫が自分からは連絡しないと言ったのが気に入らなかったのかもしれない。

「寂しくないの？　俺がいなくて。泣いたりしない？　はぁ、最近の薫は聞き分けがよすぎるよ。退院したばかりの頃はあんなに甘えてくれたのに」

「そ、それは……」

あの時は自分がここにいてもいいのか不安になったからで、今は違う。そういう不安はない。今ある不安は、あの時とは種類が違うのだ。

薫は軽く俯《うつむ》いた。

「寂しいですけれど……。わたし、お仕事の邪魔にはなりたくありませんから……」

「薫！」

崇弘にいきなり抱きつかれて面喰らう。彼はスリスリと頬を合わせて、薫を強く抱きしめてきた。

「すぐに帰ってくるから待っていて。お土産《みやげ》たくさん買ってくるよ。何がいいかな？」

「お土産より、崇弘さんが無事に帰ってきてくださったほうが嬉しいです」

「俺の奥さんは可愛いこと言ってくれるね」

少し、彼の機嫌がよくなった気がする。今が頃合いかと、薫はおどけた調子で言ってみた。

「崇弘さんがいない間、ずっとひとりでは息が詰まってしまいそうなので、買い物とか、ひとりで外に出てもいいでしょう？」

「う～ん、まぁ、遠くに行かないなら……」

彼は渋い顔をしたものの、五日も外に出ないのはさすがに無理があると思ったのか、一応は許してくれた。

「でもね、本当に車には気を付けるんだよ。薫が飛び出さなくても、向こうから突っ込んでくることだってあるんだから。用事がすんだらすぐに帰ってきて。心配だなぁ……できるならどこにも行かないでほしいよ」

崇弘には、薫が車に撥《は》ねられたことが余程強烈に残っているのか、子供に言い聞かせるようなことを言う。しかし、車に撥ねられたことは紛《まぎ》れもない事実なので、薫はおとなしく頷いた。

「はい。めいいっぱい気を付けますから。私は大丈夫ですよ。私は飛行機のほうが心配です」

「薫。車の事故と飛行機の事故では、断然車のほうが多いんだからね」

崇弘はまだ何か言おうとしていたようだが、そろそろタクシーが迎えに来る時間だ。薫は彼を見送るために、一緒に外に出た。エレベーターで一階に降りて、待っていたタクシーの運転手に荷物を預ける。そうして後部座席に乗り込んだ崇弘は未《いま》だに浮かない表情のままだ。

（そんなに心配しなくても大丈夫なんだけどなぁ……）

薫は苦笑いしながらも、軽く手を振ってみせた。

「いってらっしゃい」

「……ん。行ってくるよ」

後部座席のドアが閉まり、崇弘を乗せたタクシーが出発する。薫はタクシーが見えなくなるまで、見送っていた。

13

『今からそっちに行きます。テスト頑張ってね』

金曜日の早朝、和志にメールを送り、薫は小ぶりのボストンバッグを片手に駅へと向かった。

予想通り、財布に入っていた銀行のクレジットカードの口座には、纏《まと》まったお金が入っていた。そのお金を使って、薫は弟に会いに行こうとしているところだ。

イギリスへ行った崇弘が帰ってくるのは明日の土曜日の夕方だ。

本当なら、和志に会いに行くのは、崇弘が帰ってくる直前ではなく、出発した直後がよかった。だが、崇弘の出張前日から、和志は後期中間試験期間に入っており、それが全五日間あるのだ。だから和志は今日の最終試験が終わってから、薫が泊まる予定のホテルまで来てくれることになっていた。

崇弘が帰ってくるのは明日の夕方だ。和志のところまで片道三時間はかかるが、昼には帰ってこられる。崇弘の帰宅には間に合うはずだ。

崇弘は不規則ではあったがマメにメールをくれた。電話はロンドンに着いた時に一度だけだ。相当忙しいのだろう。けれどもメールの文面はいつも薫を気遣うものばかりだ。

（わたしが今しようとしていることは……崇弘さんへの裏切りなのかなぁ……？　それこそ、『離婚だ』って言われちゃうのかなぁ……）

電車をホームで待ちながら、ふとそんなことを考える。

崇弘の嘘を暴《あば》くことは、過去を知ることに繋がる。もしかすると記憶も戻るかもしれない。そしてその過去は、崇弘が必死に隠そうとしているものなのだ。考えようによっては、薫の記憶喪失は彼にとって都合がよかったのかもしれない。だから、薫に「記憶が戻らなくてもいい」と言ったのだとすれば――

（あれは優しさからの言葉じゃなかったのかな……）

悲しいことだが、そうなってしまう。

だとしても離婚なんかしたくない。もうあの人を愛してしまった。嘘をつかれていることに気が付いた今も、薫のその気持ちは変わっていない。甘いかもしれないが、彼には嘘をつくだけの深い理由があったのだろう、と思うだけだ。なら、無理に過去を暴《あば》いたりせず、気付かないふりをしていればきっと平和だ。崇弘は変わらず薫を愛してくれるだろう。でもそうやって、嘘の上に積み上げた愛は脆《もろ》い気がする。いつかふたりの生活を揺るがせ、取り返しのつかない事態を招くのではないだろうか？

それに自分の中に眠るもうひとりの自分が言うのだ。「真実から目をそらすな」と。

その言葉に逆らえそうもない自分がいる。

薫は意を決して、ホームに滑り込んできた電車に乗り込んだ。

「和志！」

ホテルのロビー階にある喫茶店でコーヒーを飲んでいた薫は、約束していた十六時から十五分ほど遅れて入ってきた弟の姿を見つけて手を振った。

「姉ちゃん～。はー、ごめんねー遅くなって。一旦寮に戻って着替えてたら、ロボコンのチームリーダーに捕まっちゃってさ」

「ううん、いいのよ。忙しいのにわたしのほうこそ呼び出してごめんね」

久しぶりに会った和志は、薫の記憶にある十六歳の頃よりも、少し精悍《せいかん》さが増した気がする。背も伸びたようだ。けれども思春期特有の未完成さが残っていて、妙な安心感を覚える。

童顔とタレ目の弟は、健康的に日焼けした顔で屈託なく笑った。

「珍しいね。姉ちゃんがこっちに来てくれるって。何かあったの？」

テーブルを挟んで向かいの席に座った和志は、お冷をごくごくと喉に流し込んで聞いてくる。いきなりの切り出しに、まずは彼の近況を聞いてから、などと考えていた薫は苦笑いした。

「和志……いきなりだね……。今日のテストはどうだったの？　学校はどう？　ロボコンに出すロボットは順調？」

「全部問題ないから安心して。それより姉ちゃんの話を聞くよ。あのおっさんからまた何か言われたの？」

「……おっさん？」

薫の問いかけを一刀両断にして、和志はまっすぐに視線をこちらに向け、強い口調で話を促《うなが》してくる。けれども彼の言う「おっさん」が誰なのかわからずに、薫は自然と眉を寄せた。

それが弟の目には、姉が不機嫌になったと見えたらしく、取り繕《つくろ》うようにメニューを取った。

「麗《うるわ》しの金髪碧眼《へきがん》のお義兄《にい》サマだよ」

投げやりなその口調に、和志が崇弘を嫌っているのがありありとわかる。崇弘が和志を気遣ってくれているのを知っているだけに、薫には弟のその態度が恩知らずに見えて、胸の中に苦いものが広がった。だが薫の知っている弟は、理由なく人を批判するような子ではない。

薫は言葉を選びながら、和志に問い掛けた。

「ねぇ……和志はその……崇弘さんのこと、嫌いなの？」

「何度も言ってるじゃん。僕はあの人大嫌いなんだって。姉ちゃんのことなんだと思ってるんだよ！　失礼にもほどがあるだろ。僕はね、今でも姉ちゃんとあの人の結婚には反対だから」

「……」

言葉に詰まった薫は、視線をテーブルに落として激しく動揺していた。榊の家の人たちは全員、薫と崇弘の結婚を祝福してくれていたのに、自分の弟はそうではなかったのか。それは崇弘から聞いていない。

「……どうして反対なの？」

聞かねばならないことだった。弟が反対する結婚を自分がした――。弟が崇弘のどこを気に入らなかったのか、それすら薫にはわからない。薫の目に崇弘は非の打ち所がない人に見える。自分には見えていない崇弘の何かが、弟には見えているのだろうか。

「どうして崇弘さんを嫌うの？　教えて」

「あのね、姉ちゃん。あの人に何て言われて結婚したか忘れたの？　姉ちゃんは納得してても、僕は納得してないからね。ていうか何しに来たのさ。何か話があったんでしょ？」

和志は店員を呼び止めると、サンドイッチを注文した。そしてプイッとそっぽを向き、目も合わせてくれない。余程、崇弘のことが気に入らないらしい。でも、和志は薫が崇弘との結婚に踏み切った理由を知っているようだ。

（聞かなきゃ、ちゃんと……）

「……忘れちゃったの、わたし……」

薫が話しだすと、和志の視線が戻ってきた。眉間に皺《しわ》を寄せ、乾いた笑いを浮かべる。

「は？　ちょっと何言ってるのかわかんないんですけど」

「そうだよね」と苦い笑いを浮かべた薫は、この半年の間に自分の身に起きたことをゆっくりと話した。いつもは崇弘が人に説明してくれていた事情だが、自分で説明するとそこに感情が入ってくる。

事故に遭《あ》い、一年分の記憶が失《な》くなったこと。不安だったこと。怖かったこと。どうしていいかわからなくなったこと。そんな時ずっと側にいて支えてくれたのは他の誰でもない崇弘だということ。また彼のことを好きになったこと——包み隠さず全てを話す。

「崇弘さんとの出会いも、交際も、結婚生活も……何もかも全部忘れてしまって、本当に申し訳ないと思ってる。崇弘さんは気にする必要はないって言って、ずっと優しくしてくれるんだけど、わたしは自分がどんな結婚生活を送っていたのかちゃんと知りたいの。ねぇ、和志……わたしはどうして崇弘さんと結婚したの？　どんな結婚生活だったの？　幸せだったのかな？　お願い、教えて」

懇願《こんがん》するように見つめると、和志は両手で頭を抱えて小声で唸った。

「マジかよ……姉ちゃんまで車に撥《は》ねられたとか……ほんっと勘弁してくれよ……」

突然の話に和志もずいぶんと混乱しているようだ。車の事故で、薫達の両親は亡くなった。自分が事故に遭ったことまで話さないほうがよかったかもしれない。

（どうしよう、嫌なことを思い出させてしまったみたい……）

薫が後悔していると、和志がゆらりと頭を上げた。

「姉ちゃん。姉ちゃんと榊さんの結婚は契約結婚なんだよ。姉ちゃんが榊さんの専属家政婦になる代わりに、榊さんが俺の学費を持つっていう、契約」

和志の言葉に、薫は目を見開いて硬直した。自分達の結婚生活に何らかのトラブルがあったのかもしれないと予想してはいたが、結婚自体は愛し愛されてしたものだとばかり思っていた。まさか契約結婚だなんて、そんなこと微塵《みじん》も考えていなかったのだ。

ショックを受けて何も言えない薫に、和志は当時のやり取りを教えてくれた。

「榊さんは独身主義で、親から仕事ばかりしないで、いい加減に結婚しろって言われてたんだって。そんで、とりあえずの結婚相手に榊さんが選んだのが、その時にハウスキーピングの業者として出入りしてた姉ちゃん」

当時を思い出したのか、和志は更にイラついたような口調で語ってきた。

「ふたりは付き合ってもなかったし、僕はそんな結婚、絶対にやめたほうがいいって言ったんだけど、姉ちゃんは榊さんのことがずっと好きだったからって結婚するって……。もしも榊さんに本命ができたら離婚する、自分は一時《いっとき》でも側にいられるならそれでいい、とまで言うし……。僕には榊さんが姉ちゃんの気持ちを利用するクズにしか見えない。大っ嫌いだ……」

「……」

言葉が出なかった。和志の怒りは相当なものだ。

彼は鞄から薫名義の通帳を出すと、広げて見せてきた。見覚えのない通帳だ。薫が働いていた時の給与口座とは違う。そこには、崇弘の名前で毎月二十万円ずつ、きっちりと振り込まれていた。しかしそのお金は、一度も引き落とされることなく、貯まっていっている。しかも薫が記憶喪失になってからも入金は続いている。

「これ。榊さんから姉ちゃんへの給料。名目は僕への学費や寮費や小遣いってことになってるけど」

崇弘と結婚している間は月々お金が振り込まれ、薫は衣食住を保証、和志は大学進学を望めばその費用も出してもらえる――という契約なのだと和志は言った。

「うちは確かに貧乏だけど、借金はないんだし、こんな金要らないじゃん。僕は奨学金もらってるし、寮費は姉ちゃんが貯めてくれていた別口座から払ってるんだから、贅沢《ぜいたく》しなきゃやっていける。でも姉ちゃんはこれを受け取ることにしたんだ。榊さんがそれで満足するから。でも僕には絶対に手を付けるなって言ってた。離婚になったらこの金を榊さんに返すって。金目当てで結婚したって思われたくないってね」

薫が保管しておくと、使っていないのが崇弘にバレるかもしれないから、和志に通帳が預けられたらしい。和志は薫に言われた通り、この口座のお金は一切使わずにいたのだそうだ。和志は進学せずに就職する予定だから、大学の費用も要らないことになる。ただ仮に進学して崇弘の援助を受けたとしても、就職したあとできっちりと返済するつもりだったらしい。

つまり薫は、ただ崇弘の希望を叶えるためだけに彼と結婚したことになる。それが自分の望みだったのか。

「姉ちゃんが急に来るって言うから離婚の準備かと思って、ここに来る前に通帳記入してきたんだ」

そう言われ、薫は過去の自分が離婚前提で結婚していたことを改めて突き付けられた気がした。

「わ、わたしは……幸せだったの……？」

辛《かろ》うじて出た問いかけに、和志は面白くなさそうに首を横に振った。

「言いたかないけど、長期休暇に泊まりに行った時には、姉ちゃんはいつも幸せそうだった。なんだかんだで榊さんは姉ちゃんに甘かったし、姉ちゃんは榊さんの側にいられるだけで幸せだって言ってさ。心配してるこっちが馬鹿らしくなるくらいラブラブだったよ。でもそれって、僕の前だけだったかもしれないし、実際のところはわかんない。でもさ、姉ちゃん。忘れるってことは、そんだけ榊さんとの生活が辛かったってことかもしんないじゃん。人間の脳って、嫌なことは思い出せなくなったりするって言うし」

崇弘とのことを忘れているのが自分の意思によるものかもしれない——。その可能性を指摘されて、薫は『離婚したがっていた』と言った崇弘の言葉を思い出した。

（聞かなきゃよかった）

薫は今頃になって、自分が和志に答えを求めた本当の理由がわかった。

欲しい答えはもう決まっていたのだ。自分が聞いた「離婚」なんて単語は聞き間違えで、崇弘が教えてくれた幸せな結婚が本当のことだと信じていたかった。だから信じるために疑惑を払拭しようとしていたのだ。それが全部裏目に出てしまった今の状況に涙が出てくる。

さめざめと涙する薫を前にして、和志が焦った声を上げた。

「ね、姉ちゃん!?　泣かないで……ごめん……ごめんって。僕が言いすぎたから……」

「違うの。ごめんね、和志まで巻き込んで。わたし、何やってたんだろうね……」

付き合ってもいないのにプロポーズされて結婚するなんて馬鹿げている。やめたほうがいいと言った和志のほうがまともだ。もしも逆の立場なら、自分も同じように言うだろう。けれども当時の薫は、弟の反対を押し切ってまで崇弘と結婚する道を選んだのか——

(それだけ好きだったんだろうな……)

崇弘のことだ、結婚の申し出を断れば、きっとハウスキーピングの契約も打ち切る。そうなってはもう自分と彼との接点はない。

——彼の側にいるためには結婚するしかない。たとえ彼に本当は愛されていなかったとしても。

両親がこの世を去ってから、恋とは無縁の生活を送っていた自分が、どうしても手に入れたかった恋なのだろう。

自分が急な結婚をした理由を知り、一つのしこりが取れて、また別のしこりが生まれるのを感じる。薫は指先で涙を拭《ぬぐ》って、「はぁ」とため息をついた。

「ありがとう。話を聞けてよかったよ」

「姉ちゃん……榊さんと何かあったの？　マジで離婚するつもり？」

和志の心配そうな眼差しを受けて、薫は軽く首を横に振った。

「……わからない」

「僕は離婚してもいいと思ってるよ。もしも僕の進学のために――とか考えてるんだったらそれだけはやめて。自分の幸せを考えてよ。姉ちゃんが思ってるほど、僕は子供じゃないから」

返事ができない。考えが纏《まと》まっていないのだ。薫が黙っている間に、和志が注文したサンドイッチが運ばれてきた。

「食べなさい」と視線で促《うなが》すと、和志は躊躇《ためら》いながらもサンドイッチを口に運んだ。だが視線は薫の様子を窺《うかが》っている。

「姉ちゃん……今日、僕も一緒にホテルに泊まろうか？　ひとりにならないほうがいいんじゃない？」

「ううん、いい、大丈夫」

和志が気遣ってくれているのはわかるのだが、むしろ薫はひとりになりたかった。

和志は崇弘を嫌っているようだが、話に嘘はない。それは長年彼の姉をしてきた薫の直感だった。

契約結婚だということを、優しい崇弘は記憶喪失になった薫に言えなかったのかもしれない。

（わたしは崇弘さんに愛されてなかったの……？）

契約結婚云々や、崇弘の嘘よりも、自分は彼に愛されて結婚したわけではないという事実が薫を落胆させる。

（今は？　崇弘さん……今はわたしをどう思ってる？）

そこからの薫の記憶は曖昧《あいまい》だ。ホテルにひとりで一泊したはずなのだが、よく覚えていない。ただ帰巣本能《きそうほんのう》はあるようで、翌昼には帰路につく電車に乗っていた。

日曜日の十三時を回ろうかという頃、帰宅した薫は、考えの纏まらない頭を抱えたまま、ふらふらとマンションのエレベーターに乗り込んだ。

和志からあれだけのことを聞いたのに、薫の記憶はちっとも戻っていない。結婚までの経緯が衝撃的すぎて、真実に一歩近付いた喜びよりも、頭が休息を求めている感じだ。

(崇弘さんが帰ってくるまで少し休もう……)

今後の方針を決めることさえ、脳が放棄《ほうき》している気がする。カードキーで玄関の鍵を開けると、片方ひっくり返った男物の革靴があって目を見張った。

崇弘の靴だ。彼の帰宅は今日の夕方のはずだったのに――

「薫⁉」

玄関に駆け込んできた崇弘は、ネクタイなしのスーツ姿で、ついさっき帰ってきたという感じだ。青い顔をして薫の肩を両手で抱くと、そのままズルズルと床に膝をついた。

「……よかった、帰ってきてくれた。何度もメールしたけど返事はないし、電話も繋がらないし。日本に残した秘書に家の様子を見てもらったら、誰もいないみたいだって聞いて。俺はもう、薫が帰ってこないのかと――」

動揺を隠さない崇弘の姿を見ていると、胸が張り裂けそうなほど痛くなる。自分が彼にこんなことをさせているのだと思うと、罪悪感は何倍にも膨らんで薫を苛《さいな》んだ。

昨日、和志と会ってから、薫は一度もスマートフォンを見ていなかった。見る余裕がなかったのだ。

薫と連絡がつかなくなったことを心配して、崇弘は帰国を早めてくれたに違いない。

「ごめんなさい……心配かけて」

「いいんだ。薫が無事ならそれでいい。買い物に出て、まさか事故に遭《あ》ったんじゃないかって気が気じゃなかった。最悪なことばかり考えてた」

崇弘は薫の存在を確かめるように、脚に抱きついてくる。彼は薫がボストンバッグを持っていて、とても買い物に行く荷物ではないことには一切触れない。見えていないのか、見ないふりをしているのか——彼の手が細かく震えているから、なんとなく後者な気がした。

(崇弘さんに本当のことを言ってほしいなら、わたしも崇弘さんに本当のことを言わなくちゃ……)

話し合わなくてはならない。話し合いたい。向かい合いたい。彼はひとり嘘の世界にいる。

だから薫はそっと彼の頭を撫でた。細く絹のような金髪に指を通す。何度も何度もそれを繰り返した。

「ごめんなさい。昨日から和志に会いに行っていたんです。それでいろいろ聞いて——」

「何を聞いた⁉」

ガバッと顔《かお》を上げた崇弘は、青い目を見開いている。

こんな表情は、今まで見たこともない。気圧《けお》されるが、しかし、ここで黙っていては何も進まない。それにもう嘘は嫌だ。

「わたし達は……契約結婚だったと——」

「なん……だよ、それ……」

一瞬、呆然とした崇弘だったが、勢いよく立ち上がると、薫をきつく抱きしめてきた。

「薫。契約結婚だなんてあるはずないだろう！　何を言ってるんだ」

彼は否定するが、薫には信じられない。嘘の綻《ほころ》びはまだあるのだから。

「離婚の話も出ていたんですよね……？　これは崇弘さんが、高野さんに電話で話しているのを、わたしがこの耳で聞きました」

崇弘は白い顔を更に白くして、薫を見つめてきた。

「俺は別れない。絶対に離婚なんかしない！」

今度は、否定されなかった。けれども「別れない」という彼の言葉に安堵《あんど》する自分がいる。薫は彼の頬に手を伸ばすと、ゆっくりと触れた。崇弘には珍しい無精髭《ぶしょうひげ》が手のひらを擦《こす》る。彼の目が不安に揺れていた。

「わたしも別れません。崇弘さんと別れたくありません。だから本当のことを教えてください。もう、嘘はつかないで」

「……」

もう、和志に聞いてある程度のことは知っているけれど、崇弘の口から直接聞きたい。薫の確かな意志を乗せた言葉に、崇弘は俯《うつむ》いた。

「……中、入ろう。玄関先でする話じゃないから……」

そう言って背を向ける彼の足取りが重い。

（もしかして、話してくれる気になったのかな……？）

薫は緊張から速まる鼓動を抱えて、彼の後を追ってリビングに入った。

L字ソファに並んで腰を下ろし、崇弘を見つめる。けれども視線が合わない。ジャケットを脱いだ彼は、青い目をずっと床に向けている。

薫は黙っていた。話を促《うなが》すこともできるが、それをしない。崇弘の頭の中はきっと目まぐるしく回転していることだろう。

（もしもまた嘘をつかれたら、わたし、崇弘さんとやっていく自信がない……）

彼の嘘は、記憶喪失になってしまった自分のためについてくれた優しい嘘だと思いたいのだ。もう知ってしまっている薫につく嘘は、優しい嘘にはならない。

（お願い、崇弘さんっ……！）

祈る気持ちで彼の手を握ると、崇弘はハッとしたように顔を上げた。

「……薫は何か思い出したのか？」

「思い出してないから、知りたいんです」

「そっか。でも、もう、ある程度は知っている……と。はぁ」

崇弘は乗せた薫の手を握り返してきた。

「嘘は……ついた。でも勘違いしないでほしいのは、全部が全部嘘じゃないってこと。まず俺は薫が好きだ。愛してる。薫が俺のすべてだ」

「これが大前提だよ」と言われて、薫の胸は安堵《あんど》に包まれた。やっぱりこの人は優しい人だと確信する。理由があるのだ。理由なく嘘をつく人じゃない。

薫が少し頬を緩めると、崇弘も少し眉間から力を抜いた。

「薫に会いたいがためにハウスキーピングの定期利用契約をしたのは本当。でも契約結婚っていうのはさっぱりわからない……」

薫は頷いて彼の話を促した。

「俺は一生結婚する気はなかったんだ」

独身主義だったことは前にも聞いことがある。

「でもそうすると仕事しかやることないし、仕事にのめり込んで、生活が酷《ひど》かったのは前にも話したよね？　原因は女性不信もあるんだけど、プラス、高野から会社を引き継いだプレッシャーもあったんだと思う。一時期は親が心配するくらいだったんだ」

崇弘の両親は子供や家庭を一番に考える人達だ。崇弘が仕事に心血を注ぐ姿が危うく見えたのかもしれない。

崇弘も自分がよくない状態にあることは理解していて、生活の改善にハウスキーピングを入れたのだと言った。

「薫に週一でご飯の作り置きをしてもらってるから、食べないわけにはいかない。作ってくれた人は薫だし、捨てたくないし、家に帰るようになって、だんだんと生活のリズムがマシになってきたんだ。そしたら薫がちょうど家に来ている時に、俺の親が見合い話を持って来たんだよ。俺に必要なのは家庭だって言ってね。でも、もうその時俺は、薫に惹かれていたから、咄嗟《とっさ》に『この人と結婚を前提にお付き合いしてる』って――」

「言っちゃったんですか？」

驚いた薫の声に、崇弘は申し訳なさそうに頷いた。だが彼の両親が来たという時、薫は仕事中だから制服を着ていたはずだ。

そこを薫が聞くと、崇弘は、夕方だったから「仕事帰りに制服のまま俺の家に寄ってご飯を作ってくれる優しい彼女」と解釈されたようだ、と言った。

（確かに……スーパーに買い物に行って直接ご家庭に運ぶから、時間帯によってはそう見えるかも）

会社の車で移動していたのだが、部屋に上がる時に車が見えるわけでもなし、制服も、見ようによっては事務職っぽいものではあった。仕事での訪問だと言わなければわからないかもしれない。

「引くに引けなくなった俺は、両親が帰ったあとで薫に頼んだんだ。『彼女のフリをしてください』って。それでＯＫをもらって、お付き合いの真似事《まねごと》をしてた。俺はどんどん薫を好きになっていった。両親と一緒に結婚式場の下見をしに行ったら、話の流れで申し込みになっちゃって、結局、薫に彼女のフリを頼みながら、挙げるはずもない式を三ヶ月かかって準備したよ。もう直前になって、薫と別れて式場はキャンセルするしかないって思ってたんだけど、俺のほうが耐えられなくなったんだ。俺は結婚式の直前、薫にプロポーズしたよ。もちろん、本気で。ずっと一緒にいてほしかったから。薫はその場でＯＫして、結婚してくれたんだけど……そうか、今になってわかったよ。俺の本気のプロポーズは、薫には、今度は妻のフリをしてほしいというふうに聞こえたんだろうね。和志くんが言った『契約結婚』だなんて、俺は一度も言ってないし、考えてもいなかったから」

崇弘の話を聞いて、薫の胸はどくっと跳ねた。

和志は言った。『姉ちゃんは榊さんのことがずっと好きだった』と。

薫は崇弘が好きだから、彼の望みを叶えていたのだ。とはいえ崇弘のプロポーズを本気に受け止められなかったのは、なんとなくわかる。

——こんな素敵な人が、本気でわたしなんかを選ぶはずがない。この人は今、困っているの。だからこんなことを言っているだけ。

過去の自分の声が聞こえてくるようだ。その上、彼女のフリを頼まれていたなら、尚更真剣には受け止められなかったことだろう。でも薫は崇弘が好きだったから、結婚したのだ。

いつか離婚する日がくると覚悟しながら……

「俺は舞い上がったよ。彼女のフリをしているうちに、薫の気持ちが動いてくれたんだって思った。だから俺は、自分達は好き合って結婚したんだと信じてた。薫が『離婚したい』って言うまでは」

崇弘は一度言葉を切って、深いため息をついた。それは自分を責めているような暗いため息で、薫は自然と眉が寄った。

「違う」と言いたかった。和志の話では、薫もまた、崇弘のことが好きだったのだから。

（でも、わたしは崇弘さんに自分から『離婚』を申し出たの……？　どうして？）

和志も離婚自体の話は聞いていないと言っていたから、余計にわからない。

「薫が事故に遭《あ》った日のことだよ。海外出張から帰ってきたら、薫にいきなり『離婚してくださ い』って言われたんだ。『こんな結婚は間違っていた』とも。俺は意味がわからなくて、混乱してた。そうしたら薫は、結婚指輪を置いて家から出ていったんだ。慌ててあとを追ったら、薫は車に撥《は》ねられた――」

病院で、『CTを撮る時に外した』と聞いた結婚指輪は、薫が自分自身で外したものだったのか。

考えてみれば、頭のCTを撮るのに、手の指輪があろうがなかろうが関係ない。

『彼女のフリをしてくれたのがきっかけで結婚した』だなんて、崇弘は記憶喪失になった薫には言えなかったのだ。そんなきっかけ、あの時の自分が受け入れられたかと言えば無理だったと思う。きっと怪しんで、崇弘と距離を取ろうとしただろう。

仲がいい夫婦だと聞いたから、薫は崇弘の側にいたし、彼を受け入れた。そこに愛があったと信じたからこそ、記憶がない今でも彼の側にいる。

細かくつかれていた嘘のすべては、薫が崇弘から離れないようにするためだったのだろう。そんな嘘をついてまで、この人は自分を手放したくなかったのだと思うと、薫の胸に何かが込み上げてきた。

「俺は薫が離婚したがっていた理由を知らない。だから、薫には他に男がいたのかと邪推《じゃすい》したくらいなんだけど。ね、本当のところはどうなの？　和志くんから聞いてない？」

だから記憶が戻らないように、細心の注意を払っていたのだと自虐的《じぎゃくてき》な笑みで言われて、薫は動揺しながらも激しく首を左右に振った。

「そんなことあるわけないです！　他の男の人なんて‼　わたしはずっと崇弘さんが好きで――」

「和志くんがそう言ってたの？」

薫は頷いて、和志に聞いたことを全部話した。

確かに崇弘の予想通り、薫は結婚について完全に誤解していたようだ。それは過去の薫の行動が、如実に物語っている。ただ、誤解しても仕方がない土壌《どじょう》があったことは先の崇弘の話で理解できた。むしろ、崇弘が好きだったから、彼の頼みを受け入れてきたのだ。そして、お金目当てで結婚するわけではないことを証明したくて、受け取ったお金に手を付けていなかった。でも、今一番大切なのは過去の自分の気持ちではない。

薫は崇弘の手を握ったまま、ゆっくりと今の気持ちを打ち明けた。

「わたしは当時の気持ちを何も覚えていないけれど……でも、わたしは今も崇弘さんが好き。わたしはまた、崇弘さんを好きになったの」

離婚なんかしたくない。嘘をつかれていたとしても、それが自分を想ってのことなら――全部、受け入れられる。

「薫！」

ぐっと崇弘に腕を引き寄せられ、抱きしめられる。その力の強さに息をするのも忘れた。頬に触れた崇弘の胸は熱く、鼓動も速い。

「俺は嘘をついていたのに、薫は許してくれるの？」

「はい……。でももう、こんな嘘はつかないでくださいね。次に嘘ついたら、わたし、怒って出ていっちゃいますよ」

薫がほのかに笑いながら顔を上げると、ホッとしたのか崇弘の目が細まった。その表情《かお》には、憑《つ》き物が落ちたような清々《すがすが》しさがある。

「もう嘘はつかないよ。薫を失いたくないからね……」

掠《かす》れ声で口付けられ、自然と応える。口内に入ってきたものに舌の表面が擦《こす》れ合う。とろみを帯びた唾液を伴う粘膜《ねんまく》の摩擦《まさつ》に、身体の深い処《ところ》がズクズクと疼《うず》いてくる。薫は無意識に崇弘のシャツを掴んで、自分のほうに引き寄せた。

途端にキスが深くなり、崇弘の身体が覆い被さってくる。彼は薫の膝を跨《また》いで、薫の背中をソファの背凭《せもた》れに押し付けた。

「したい。許してくれるなら、俺を薫の中に入れて」

「そ、そんな……ここで？　寝室に――」

「うん。ここで今すぐがいい。薫に愛されたい」

耳元の囁《ささや》きは、懇願《こんがん》の体《てい》をなしていながら、薫を誘惑している。

嫌だなんて言えない。もう、薫は彼を許してしまっている。彼を愛しているのだ。彼の望みを受け入れ、彼が幸せそうにしているのを見ると、今度は薫のほうが幸せな気持ちになってくる。それはきっと、記憶を失う前も同じだったはずだ。忘れてしまった想いだが、事情を知ればなんとなく想像がつく。

崇弘に彼女のフリをしてほしいと頼まれた時の自分は――本当は嬉しかったのではないだろうか。

好きな人に頼ってもらえたこと。好きな人の役に立てること――そのすべてが嬉しくて堪《たま》らなかったに違いない。だから断らなかったのだ。

今もそうだ。彼がこんなにも性急に自分を求めてくるのは、安心したいからなのだろう。許されていることを、わがままを叶えてもらうことで、強く実感したくて堪らないのだ。

薫は崇弘の金髪を撫でながら静かに頷いた。

「いいですよ……」

応えると、崇弘は薫を抱きしめ、唇の位置を徐々に下げてきた。耳元から首筋、鎖骨を流れるように愛撫し、ブラウスの前ボタンを片手で器用に外してくる。そして、膨らみが作る谷間に鼻を埋めつつ、乳房を揉んでくるのだ。

(可愛い人……)

自分に甘えてくれるこの人が本当に可愛らしくて、全部包み込んであげたくなる。記憶を失って、彼に護《まも》られていた時のように、今度は自分が彼を護りたい。安心をあげたい。

薫がゆっくりと金髪を梳《す》くと、崇弘は肩紐のずれたキャミソールとブラのカップを同時に引き下げ、零《こぼ》れた乳房にかぶり付いてきた。右の乳房を揉みながら、左の乳房を甘噛みしてくる。しかも、肝心の乳首には唇が掠《かす》めるだけで、まるで焦らされているかのようだ。

乳首が硬くしこってくる。それを見た崇弘が、ようやく乳首に吸い付いてきた。じゅっと唾液を啜りながら吸われるその行為に、身体全体が敏感に反応してしまう。

「んっ」

思わず官能の声が漏れた。崇弘の手が、スカートをたくし上げてくる。あらわになった膝を彼が抱え、ソファの座面に肩幅に開いた両の足裏を乗せられる。秘められているべき処《ところ》が見えてしまったことに、薫は真っ赤になって顔を両手で覆った。

「薫、自分でストッキングを脱いで？　今俺がすると破ってしまいそうだから」

息を荒くした崇弘が乳首を吸いながら、ストッキング越しにショーツのクロッチを中指で擦《こす》ってくる。確実に蕾《つぼみ》を刺激してくる動きに、彼に慣らされた身体は耐えられない。

薫は顔を真っ赤にしたまま、わずかにお尻を浮かせ、ぎこちない動きでストッキングを脱ぐ。と、膝下まで下げたところで一旦手が止まった。

崇弘が自分をじっと見ているのだ。その強い眼差しに脱がされているような気がしてくる。

薫は恥じらいながら、ストッキングを脱ぎ落とした。そのあとは、とても崇弘の目を見ることができなかった。脚を下ろすこともできず、三角座りのまま動けない。すると、彼の手がスーッと太《ふと》腿《もも》を割った。その手はクロッチ越しに薫の蕾に触れてくる。床に膝を付いた崇弘が、ソファの上の薫を乱すのだ。露出した乳房は彼の口に、濡れた秘裂は彼の指先に、それぞれ触ってもらう。身体は火照《ほて》り、息は上がって、力が抜ける。薫はソファの背凭《せもた》れにぐったりと身体を預けていた。

「薫、もう……もう、我慢できない」

崇弘は押し殺した声で囁《ささや》くと、クロッチを脇にずらして、中に指を一本差し込んできた。ぬるっと湧き出ている愛液を二、三度掻き回しながら、反対の手では急《せ》いたように自分のベルトのバックルを外す。

いつもなら丁寧な指使いで、極限まで薫を高めてくれる人が、今は欲望を隠さない。荒々しく猛《たけ》るものが蜜口に充てがわれ、そのまま焦らすこともなく押し入ってきた。

「っあぁ！」

何日かぶりの交合《こうごう》に媚肉《びにく》が驚いている。そんな薫の身体を服従させるように、彼は荒々しく腰を使ってきた。上から体重を乗せ、早いペースで子宮口を連続して突き上げてくる。

「あぅ……たか、ひ……う……」

片方の乳房が鷲掴《わしづか》みにされ、指が食い込む痛みに眉が寄る。普段は自らの快感をそっちのけにして薫を甘く溶かすことを優先してくれる彼が、今は違う。かと言えば自分の快感のためだけにしているわけでもない。

崇弘は、自分を薫に刻み付けようとしているようだった。

「ん……うっ……」

めちゃくちゃに揺さぶられながら、崇弘の頬に手を添える。彼は歯をくいしばると、いきなり薫の首筋に噛み付いてきた。肉に歯が沈むのを甘んじて受け入れつつ、崇弘の頭を撫でる。

こんなに離したくないと想うほど、自分を愛してくれているのか。

なんでも器用にそつなくこなせそうな彼なのに、恋愛だけは不器用だったのかもしれない。一番不安だった時に支え続けてくれたこの人が、今自分に甘え、安らぎを求めてくれているのだ。

腰を回しながら前後させ、奥を突かれる。どんなに荒くされても、心を許した男がすることなら、女の身体は自然にほぐれて受け入れてしまうのだろう。薫の愛路《なか》がそれを如実に物語っている。

「崇弘さん……大好きよ」

小さな声で打ち明けると、薫を噛んでいた崇弘の力が弱くなった。彼は不安そうに青い瞳を揺らして、薫を見つめてくる。そっと微笑んで髪を梳《す》けば、ホッとしたのか目を閉じ、噛み跡に額《ひたい》を押し充ててきた。

「ごめん……このまま中に出したい」

切なく押し殺した声に、懇願《こんがん》の色がまじる。そんな彼が愛おしかった。

「謝らないで。わたしは、崇弘さんの奥さんだから……全部崇弘さんのだから……崇弘さんの思うようにしていいの」

愛する人に寄り添いたいと思うのは当然のことだ。確かにこの交わりは、愛を分かち合い、互いを確かめ合ういつもの交わりとは違ったかもしれない。けれど、彼の心を楽にするためにこの身を差し出せたことが純粋に嬉しい。

「大丈夫。わたしは……崇弘さんが大好きだよ」

「薫！」

崇弘は両手を薫の背中に回すと、力一杯抱きしめてきた。抱きしめられるだけで、奥に彼が入ってきて一つに繋がっていることを実感できる。奥深い処《ところ》を彼はひたすらに突いてきた。痛みはない。崇弘に求められているという事実が薫を快感に溶かしていた。

「でる、っ！」

崇弘の低い声と共に、身体の奥に熱水が迸《ほとばし》ったのがわかった。ぐっと一気に引き抜かれ、その圧のまま放たれたものが体外にあふれ出る。ショーツに染み込むそれを、薫がどうにもできないでいると、いきなり崇弘の手によって身体を抱え上げられた。そして、向かい合ったままソファに座った崇弘の上に跨《また》がされる形になる。

「ごめんね、薫。俺ばかり満足して……今度は薫を気持ちよくさせたい」

そう言った彼の手が、ぐちょぐちょに濡れた蕾《つぼみ》を直接弄《いじ》り回す。唐突に快感の中に放り込まれた薫は、困惑しながら身を震わせた。

「わ、わたしはいいのに……こんな……ンっ……」

「駄目だよ。薫が気持ちよくなってる顔が見たいんだ……。見せてくれるだろ？　俺しか知らない薫の顔」

耳の中に息を吹き込むように囁《ささや》かれ、蕾を弄るのと同時に乳房まで揉まれ、身体だけでなく脳が蕩《とろ》けそうになってしまう。薫の反応を崇弘が見過ごすわけもなく、中に指を二本挿《い》れられ、腹の裏にある好《い》い処を集中して擦《こす》られる。薫の身体を知り尽くした崇弘だからこそ、的確で迷いがない。指を出し入れしながら、親指の腹で蕾を押し潰される。注がれたものが掻き回され、ショーツでは吸いきれずに太腿《ふともも》を伝っても、彼は止めてはくれない。彼のズボンの上には、薫が垂らした蜜が散っていた。

「あ……あァ……崇弘さん……駄目ぇ……そんなに弄ったら、垂れちゃう……垂れちゃうから……お願い……これ以上は……」

「いいよ、そんなの気にしないで。あぁ、俺で感じてくれているんだね、目が潤んでる。すごく可愛いよ。さぁ、俺にキスして」

薫は恥じらいながらも自分から顔を寄せ、崇弘の唇に唇で触れた。

「舌出して」

ぴちゃぴちゃと舌を舐め合う。その間ずっと彼の指は蜜路《みつろ》を掻き回し、いやらしく出し入れし、三本目の指まで挿《い》れて薫を昂《たか》ぶらせる。もうショーツは垂れた精液でぐちょぐちょだ。腰が震えて、この膝立ちの体勢をキープできない。

「これからも愛していい？　俺の側にいてくれる？」

この問いにイエス以外の答えがあるはずがない。頷くと、崇弘は薫の髪を避け、首筋に残った噛み跡を丁寧に舐めてきた。

「噛んでごめん。……痛かったよね」

「……へ、ぃき……」

「優しいね……。そんなに優しくされたら、また甘えたくなるよ」

いきなり指が引き抜かれ、ぐちょぐちょに濡れた蜜路に崇弘のものが入ってきた。

「あぁっ！」

崇弘の手によって腰を上下左右に揺らされ、とろとろになった肉襞《にくひだ》が歓喜に泣く。薫は彼の首にしがみついた。でも崇弘は薫を揺さぶるのを止めてはくれない。それどころか、下から突き上げるような動きまで加えてきた。感じすぎて苦しい。でも止めてもらえない。崇弘は薫の顔を恍惚《こうこつ》の笑みで見つめながら、腰を揺する。

「ああ、薫。もう中がすごいことになってるよ。自分でわかるね？」

「あぁっ！　ンつ！　こんな……っ！　はげしぃ」

悲鳴を上げる薫の乳房が、崇弘の鼻先でぶるんぶるんと重たく揺れる。すかさず彼は乳首にむしゃぶりついてきた。それだけでものすごい刺激なのに、崇弘は敏感な下の蕾《つぼみ》まで弄《いじ》り回してくる。器用に包皮を剥《む》き、親指で舐めるように左右に揺らすのだ。

「ああ――！」

ばっと瞼《まぶた》の裏に閃光が走り、一瞬の痙攣《けいれん》ののちに身体が弛緩《しかん》する。

崇弘は絶頂を極めた薫を抱きしめたまま、自分の身体をゆっくりとソファに倒した。繋がった状態に動けずにいると、崇弘の手が背中を何度も擦《こす》ってくれる。

「薫……愛してるよ」

「……うん」

そう答えるのがやっとだった。また崇弘の腰の動きが再開し、薫を悦《よろこ》びに啼《な》かせたから。

◆　◇　◆

――嘘がばれた。

あんなに必死になって隠そうとした嘘がばれた。なのに崇弘の気持ちは晴れやかだった。

場所をベッドに移して再び愛し合い、崇弘は薫にまた謝った。

日記アプリを消したことも、初デートの場所がリニューアルしていたことを実は知っていたことも白状した。それから、夏休み前に和志の学校に団体のバイトの求人を出して、彼を遠ざけようとしたことも――。薫は苦笑いしながら、全てを許してくれた。

ただ、わからないのは、記憶を失う直前の薫がどうして急に離婚を言い出したか、だ。

和志の話では、薫は彼女のフリを頼む前から崇弘を想ってくれていたようなのに。

『思い出せないけど、好きだから辛くなったのかもしれないですね……』

ベッドで薫を腕に抱いて話している時に、ふと彼女がそう零《こぼ》した。

元々薫は、崇弘が自分に対して愛や恋という感情を持っているはずがないと思い込んでいたようだから、それも考えられる。確かにかつての崇弘は、普段から「好き」だの「愛してる」だのとスラスラ言うタイプではなかった。

崇弘にしてみれば、プロポーズをした時に真剣に伝えたつもりの気持ちが一切伝わっていなかったわけだから、ショックは計り知れない。だが、そもそもの始まりは崇弘が彼女に恋人のフリを頼んだことだ。あの時、もっと素直になれていればよかった――そう悔いると、薫は微笑んでくれた。

『いいじゃないですか。時間はかかったかもしれないけど、仲直りしたんだから……それに、今は崇弘さん、いっぱい好きって言ってくれるから嬉しいです』

そうか。これが雨降って地固まるというやつなのか。

自分達は心から本当の夫婦になれたのだと思うと、すべての出来事を「よかった」と受け入れられる。

この日崇弘は、薫が事故に遭《あ》ってから初めて、悪夢に苛《さいな》まれることなく、ぐっすりと眠ったのだった。

14

崇弘の嘘がわかってから一ヶ月が経ち、十二月になった。

「あ、薫。言うのを忘れていたかもしれないけど、今日の帰りは普段より一時間くらい遅くなるよ」

朝食を食べ終わった崇弘が、ふと思い出したようにそんなことを言う。食後のコーヒーを用意していた薫は、食器棚からカップを二つ取りながら振り返った。

「あら、そのことでしたら聞いていましたよ。高野さんとお会いになるんでしょう？」

実父の死後、実家の和菓子屋を継いだ高野だが、妻の杏が海外を飛び回っている影響もあって、家業の海外進出を考えているらしい。崇弘が経営する人材派遣会社が、最近海外支社を設立したので、参考までに話を聞きたいと頼まれた、と聞いていた。

「そうなんだ。高野としては『和カフェ』をやりたいみたいなんだ。外食産業は門外漢だけど、イギリスなら多少立地のアドバイスもできると思うしね。ちょっと会ってくるよ」

「わかりました」

最初にこの話を聞いた時、薫はうちに高野を招いたらどうか——と提案したのだが、崇弘は仕事の話だからとそれをやんわりと断った。

嘘がわかってから、崇弘はいいほうに変わった。

仕事は家ではしない方針にしたようで、今では彼の秘書から来る電話も本当に最低限だ。代わりに、少し出勤時間は早くなった。九時前には家を出る。だから買い物は薫がひとりで行っている。

心配性は相変わらずだが、お互いがお互いを慈《いつく》しんでいることがわかり、心にゆとりと自信が芽生えたのだろう。彼の束縛じみた面が減った感じがする。おかげで薫がひとりで行動することも増えてきた。

相変わらず薫の記憶は戻らないが、それでもこんなに愛してもらえて、自分も彼を愛している。記憶を失《な》くしたからこそ、本当の夫婦になれたのだとも考えられるようになった。

「お夕飯はアジフライにしようかなって思っているんですけど、いいですか？」

「もちろん。俺は薫の手料理ならなんでも好きだから」

そんな何気ない会話をくすぐったく思いながらも、それが幸せで満たされている自分を感じる。

コーヒーを飲み終えると、崇弘は身支度を整え出勤して行った。

ここからは薫ひとりの時間だ。掃除をして、洗濯をして、買い物に行って、夕飯の下ごしらえをしながら、自分の昼食を軽くとる。それから普段ならお菓子を焼いたり、図書館へ行ったりするのだが、今日は違った。

（街にお買い物に行こーっと！）

実はあと一週間で、崇弘との結婚一周年記念日なのだ。しかも崇弘の誕生日と結婚記念日、そして薫の誕生日と、三日続けて祝い事が続く。

ケーキは崇弘の誕生日に焼くつもりだ。だけどそれだけでなく、何かプレゼントがしたい。

（何を買おうかなぁ～。ネクタイは……無難すぎるかなぁ？　崇弘さんいっぱい持ってるし……っていうか去年のわたしは崇弘さんの誕生日に何を贈ったんだろう？）

聞いてみたいが、そうすると誕生日の準備をしていることがバレてしまう。薫は内緒で準備を進めたかったのだ。

崇弘はいつも「薫と一緒にいられるだけで幸せ」と言ってくれるから、彼が欲しがるものがよくわからない。ただ、彼がワインが好きなのは知っている。しかし、ワインは高野が結婚半年記念日にプレゼントしてくれた。二番煎《せん》じのようで、あまり気乗りがしない。無論、崇弘は気にしないだろうが。

（そうだ！　ワインをおいしく飲むためのグッズとかどうだろう？）

それなら普段から使ってもらえるかもしれない。そう思い、薫は早速着替えて意気揚々と街に繰り出したのだった。

（……う～ん）

百貨店に来た薫は、運良く開催していたワインフェアの会場で頭を悩ませていた。

クリスマスシーズンのため、店内には巨大なツリーがあった。二階からは星のオブジェが垂れ下がり、その中をサンタクロースのバルーンが飛んでいる。こういった雰囲気はこの百貨店に限った話ではなく、街全体が浮かれている感じだ。

もちろん、ワインフェアも大盛況。クリスマスに向けて、ディナーを彩《いろど》るワインが所狭しと並んでいる。おつまみのチーズや豆類の試食もあり、多くの人が足を止めていた。

毎年恒例のクリスマス・ソングがかかる中で、薫はさっきから『水も氷も使わず、たった五分で急速冷蔵！』とキャッチコピーが付いているワインクーラーを見ているのだが、これがどのくらいすごいものなのかがよくわからない。

（これ、あったら便利なのかな？）

崇弘はもう既にワインセラーを持っている。ワインには詳しくない薫だが、それがワインに最適な温度を保つ機械だということぐらい承知している。だから、更にワインクーラーまで必要なのかわからないのだ。特に崇弘はうんちくを垂れながら飲むタイプではないので、薫も知識がなくさっぱりである。

（でも、必要なものなら崇弘さんは既に持っているんじゃ……？）

使っているのを見たことがないだけで、その可能性は充分にある。このワインクーラーの隣にはソムリエナイフやワインオープナーが並べてあるが、崇弘はソムリエナイフも持っている。

ワインをおいしく飲むためのグッズをプレゼントしよう！　という着眼点はよかった気がしたの

だが、なんだか難しく思えてきた。

考えてみれば、記憶喪失になる前から彼氏のひとりもいなかった薫である。特別な人に特別なプレゼントを渡した経験がない。せいぜい弟の和志に手作りケーキを振舞っていたくらいだ。

（どうしよう。失敗したくないし。もっと調べてからのほうがいいかも……）

「何かお探しですか？」

悩んでいた薫に、女性の店員が話しかけてきた。あまりにも長い時間、商品の前にいたからだろう。

「えっと、ワイン好きの主人に……その、プレゼントをしたいんですが……でも、どれも家にあるような気がして迷ってしまって……」

記憶喪失になってから見知らぬ人に、崇弘のことを「主人」と言う機会がなかったために、少しこそばゆい思いがよぎる。

「そうなんですね。ワインではなく、グッズでお探しですか？」

「はい。ワインはもうお友達からも頂いたので……」

薫が答えると、店員は少し考えて「お誕生日のプレゼントですか？」と聞いてきた。

「あ、えっと、誕生日と結婚記念日と両方で――」

「わぁ！　おめでとうございます！　結婚何年目でいらっしゃるんですか？」

「まだ一年目で……」

薫は更に、自分の夫はワインセラーも持っていて、大抵のグッズは揃っていることを話した。それでプレゼントの品を迷っていることも。

「夕飯にワインを飲む人なのでいつも使ってもらえるものがいいなって思ったんですが、なかなか難しいですね」

「一つお勧めしたいお品があることにはあるんですが」

店員は「もしかしたらお持ちかもしれませんけれど……」と言いながら、薫をグラスコーナーに案内してきた。

「こちらのペアグラスはいかがでしょうか？」

差し出されたのは、脚《ステム》のないクリスタル製のグラスだった。ワイングラスと言えば、細長い脚と、チューリップのようなボウルが特徴だが、見事にボウルの部分しかない。

「ヨーロッパの名門メーカーのワイングラスです。こちらのワイングラスはワインの個性を引き出す素晴らしいお品で、世界中のワイン愛好家に認められています。最近は脚なしのものも増えてきて、扱いやすいと人気なんですよ。それにこれはペアグラスですし、結婚記念日の贈り物にもピッタリだと思います」

カジュアルなシーンにどうかと勧められて、薫はまじまじとそのグラスを見つめた。

崇弘はボウルの部分が大きかったり小さかったりと、いろんな形のグラスを持っているが、そのすべてに脚が付いている。洗う時、あの脚が微妙に扱いにくく感じていたので、それで覚えていたのだ。

（ペアグラス……素敵かも！）

あまりアルコールが好きではない薫だが、このペアグラスで毎年崇弘と乾杯できたらと想像すると、頬がにやけてくる。

「いいですね、これ。こういうのは主人は持っていないです。これください！」

即決した薫に、店員は嬉しそうに頷いてくれた。

「ありがとうございます。プレゼント用の包装をいたしますね」

「よろしくお願いします」

多少値段はしたが、薫の蓄えで充分に買える範囲だ。それに、記念すべき結婚一周年。そして、今の薫にとっては初めて一緒に過ごす崇弘の誕生日なのだ。特別なものを用意したい。グラスのように形に残るものなら、きっと見るたびに今日の日のことを思い出すだろう。

綺麗にラッピングされたペアグラスを受け取った薫は、家に帰ろうと百貨店を出た。

時計を見ると、十六時を回っている。思ったよりも買い物に時間がかかったようだ。ここからだと家まで電車で三十分はかかる。

頬を撫でる風が冷たくて、コートの襟《えり》を思わず押さえた。

(ううう～寒いっ！　でもいいものが買えてよかった～。今日は崇弘さんは遅いって言ってたから、崇弘さんの帰宅前には帰れるはず。お夕飯の下ごしらえはもう終わってるし、大丈夫だよね。それより、これをどこに隠しておこうかなぁ～)

崇弘の誕生日当日まで、このペアグラスの隠し場所を考えながら、有名ブランドや小洒落《こじゃれ》たブティックが立ち並ぶ道を駅へ向かって歩く。ただでさえお洒落《しゃれ》な町並みが、クリスマス色を纏《まと》うと、賑《にぎ》やかさが増す気がする。街に溢れ出したカップル達からは、愛と聖夜への期待が駄々漏れで、独身時代の自分なら絶対に近寄らない場所だろう。

そんなことを薫が考えていると、視界の端に見慣れた金髪がチラついた。

（あれ？　今の――）

崇弘だったような気がしたのだが。

歩調を緩めた薫が、道行く人を眺めていると、道路を挟んだ向かいに綺麗な男の人が歩いていた。

やはり崇弘だ。隙なく着こなしたスーツ姿で、ゆったりと歩いている。そんな彼を多くの女性が、恋人連れにもかかわらず視線で追っていた。その中のひとりに自分がなっていることを感じながらも、薫の心にはどこか優越感があった。

――あの人はわたしの旦那様なのよ。あの人はわたしをすごく愛してくれているの。

この街にいる人の誰もが知らないことだろうが、自分はあの人の妻なのだ。そんな誇らしい気持ちだ。

（崇弘さん、会社に戻るのかな？　それとも高野さんと待ち合わせなのかな？）

時間を考えれば後者かもしれない。

買ったばかりのワイングラスを手に持っていなかったら、彼に声を掛けただろう。しかしプレゼントを内緒にしておきたかった薫は、そうしなかった。

信号を待ちながら、建物の中に入っていく崇弘を眺める。

建物に入ったことで一旦見えなくなった崇弘の姿だったが、予想外にまたすぐ見ることができた。

彼は建物内の一階にあるカフェに入ったのだ。

カフェは道路側を全面ガラス張りで、外から店内がよく見える。

崇弘は窓際のカウンター席に近付くと、そこで飲み物を飲んでいた若い女性の肩を叩いた。

（えっ……？）

薫の目が大きく開く。崇弘は親しげに女性と笑い合い、彼女の髪に指を差し込み、くしゃくしゃっと撫でた。

綺麗な女性だった。

薫とそう歳は変わらないように見えるその人は、洗練されたグレーのパンツスーツを着て、髪は前下りのショートボブ。ナチュラルメイクだが、唇を濃く塗ったポイントメイクは挑戦的で、自信あふれるビジネスウーマンの気配を漂《ただよ》わせている。なのに、崇弘を前に笑うその姿は、子供っぽいというか無邪気だ。

崇弘も崇弘で、その女性に気を許しているのが一目瞭然《いちもくりょうぜん》といった優しい眼差しをしている。

店内に高野の姿はない。今日は高野と会うことになっているのではなかったのか。

（誰？　その女の人……）

ふたりの話し声は当然のことながら聞こえない。だが、女性が鞄からシルバーのリボンが掛かった白く細長い箱を出して崇弘に渡したのを見て、薫はそれが彼への誕生日プレゼントだと思った。

薫に崇弘とその女性との繋がりを感じさせたのは、女の勘というべきものだろうか。

そして顔を輝かせて喜ぶ崇弘を見て、ガツンと頭に強い痛みが走ったのだ。

「ッ!!」

目のすぐ上を押さえ、鋭く眉を寄せる。

鈍器で殴られているかのような痛みが絶え間なく襲ってきて、脈が一気に速くなった。

呼吸が苦しくなって胸を掻きむしりたくなる。頭の痛みがひどい。今すぐカフェに駆け込んで、崇弘に問い詰めたいのに、脚が動かないのだ。それどころか、油断するとその場に座り込んでしまいそうになる。

「う……っ」

薫は咄嗟《とっさ》に手を上げた。通りかかったタクシーが止まり、ドアが開く。

倒れ込むように後部座席に乗り込むと、掠《かす》れた声で家の住所を告げた。身体全体に力が入り、紙袋を持つ手は手のひらに爪が食い込んでいる。

「お客さん、大丈夫？　顔色悪いよ。具合悪いなら病院のほうが……」

運転者が気を使ってそう言ってくれるが、薫は力なく首を横に振った。

「いいんです。家に帰りたい、ので……」

「……そう？」

運転者は心配そうではあったが、それ以上のことは言わずに車を発進させてくれた。

タクシーが崇弘達がいるカフェの前を通る。窓に凭《もた》れかかった薫が視線をやると、崇弘が女性と共に立ち上がるところだった。そして、ふたりはウエイターに一言二言話して、連れ立って歩いて行く。

行き先は見なかった。そのカフェがホテルに併設されているものだと気が付いたから。これ以上、ふたりの姿を見ることを脳が拒否していた。

（ねぇ、崇弘さん……その女の人、誰？　今日は、高野さんと会うんじゃなかったの？）

自分はまた、崇弘に嘘をつかれたのだろうか？

そうは思いたくないけれど、たった今、自分の目で見たものがある。あれは紛《まぎ》れもない真実だ。あの場に高野はいなかった。崇弘は女性と会っていた。しかも、ふたりはとても親しげだった。崇弘の笑顔は、自分にだけ向けられるものだと思っていたのに、彼はあの女性からのプレゼントを本当に嬉しそうに受け取っていたのだ。

プレゼントが特別なのではなく、あの女性が特別なのだろう。あの女性がくれたものだから、崇弘はあんなに嬉しそうにしていたに違いない。

そう思うと胸が痛くなって、頭痛が増す。

タクシーは、電車で移動する時の倍の時間をかけて家に到着した。カードで料金を払いヨロヨロとタクシーを降りる。心配した運転手が手を貸してエレベーターに乗せてくれた。

「お客さん。我慢しすぎないほうがいい。駄目だと思ったら救急車を呼ぶんだよ」

そこまで言ってくれる運転手にぎこちなく笑みを返して、薫は二階に上がった。

まだ倒れちゃいけない。まだ倒れちゃいけない。そう何度も自分に言い聞かせ、半ば意地になったように足を踏ん張る。自分にこんなプライドがあるとは思わなかった。

カードキーで玄関を開け、なんとか室内に入った薫は覚束《おぼつか》ない足取りでリビングに向かった。玄関の鍵を締めたか、もう覚えていない。崇弘は、当然のことながらまだ帰宅していなかった。今もあの女の人と一緒にいるのだろうか？

痛む頭を抱えて、どっと床に倒れ込む。コートを脱ぐ力もない。ペアグラスの入った紙袋も持ったまま、薫はぐったりと目を閉じた。でも瞼《まぶた》の裏にはあの見知らぬ女性と一緒にいる崇弘の姿が焼き付いている。

（……あの人、前にどこかで……）

薫は一瞬脳裏に何かが過《よぎ》った気がして、近くにあったソファに頭を凭《もた》れさせたままぼんやりと目を開けた。あの女性は知らないはずだ。そう思う傍《かたわ》らで、記憶の奥底を探ろうとしている自分がいる。

いつ見た？　会ったんじゃない、見たんだ。話したこともない。でも確かに――……

ゆらりと上体を起こした薫は、床に座り込んだまま息を潜《ひそ》めた。一度は思い出すことを諦めた記憶の中に、あの女性がいる気がしたのだ。いや、気がした、ではない。間違いなく、いる。

理由はわからないがその確信があった。

あの女性が自分の記憶の中にいる。そう思うと、今までびくともしなかった記憶の扉が、まるで鍵があいたように自然に開いていく。あふれ出た記憶に触れた途端、雷が走ったように頭に激痛が走った。

「あ……！」

突然ブラックアウトしたように視界が真っ暗になって、薫の全身から力が抜けた。自分ではどうすることもできない。あんなに力いっぱい握りしめていたペアグラスの入った紙袋が、するりと手の中から抜け落ちる。

「うそつき……」

小さな声を残し、薫はフローリングの床に後ろから倒れた。

『崇弘さん。今までありがとうございました』

覚悟を決めて、三日間の出張から帰ってきたばかりの崇弘に向かってゆっくりと頭を下げる。

もっとも、その出張だってどこまで本当かわからない。なぜなら、日本には夕方帰ってくると言っていた彼は、実は昼にはもう日本にいて、若い女性と仲睦《なかむつ》まじく腕を組み、ジュエリーショップに入っていったのだから――

薫は偶然、その姿を目撃してしまった。

店内に入った崇弘は、念入りにショーケースを眺め、選んだ指輪の一つを手に取り、自分で彼女の左手にそれを付けたのだ。

思えば出張に行く前の崇弘は、頻繁《ひんぱん》にメールのやり取りをしていて、どこか落ち着かない様子だった。女性の声で彼に電話がかかってきたこともあった。コソコソと電話する彼を見て、聞いてはいけない仕事絡みの話なのだとその時は思っていたけれど、本当はあの人からだったからとすれば辻褄《つじつま》は合う。

その女性と一緒にいる時の崇弘は、自分と一緒にいる時よりも明らかにリラックスしていた。きっとあれが、彼の素《す》の表情なのだ。

帰国して真っ先に会いに行くほどの女性だ。特別な関係だということくらいすぐにわかる。家で待っている仮初《かりそ》めの妻のよりも、彼女はもっともっと大切な人――

『薫？　いきなり何？』

崇弘は事態が呑み込めていないようでキョトンとしている。だが、薫がにこりとも笑っていないのを見て、青い瞳を小刻みに揺らして眉を寄せた。

『最初から……間違っていたんです。こんな結婚……。離婚してください』

そうだ。最初から間違っていたのだ。

出会ったばかりの頃は、素敵な人だと思いはしたものの、それだけだった。でも、崇弘がハウスキーピングの定期利用サービスを利用した時から徐々にその気持ちが変わっていったのだ。

彼はダブルワークで働く薫をいつも気遣ってくれた。仕事で家を訪れた薫に、「少し休憩しようよ」だなんて言って、お茶を出してくれたこともあった。でも、疲れているのは彼自身だとすぐに気が付いた。彼は四六時中仕事の書類やパソコンとにらめっこをしている。かといえば次は電話――。家が休まる場所ではないのが一目瞭然《いちもくりょうぜん》で、仕事に追われている彼が可哀想だった。

疲れている崇弘がなんとなく放っておけなくて、彼が風邪をひいた日には勤務日でなくても様子を見に行ったりもした。初めは同情だったのかもしれない。それなのに、この人に会いたいと思うようになったのはいつの頃からだろう？　恋する余裕なんてなかった薫が、自分でも気が付かないうちに恋に落ちていた。

でも、自分の気持ちに気が付いたからといって、何をできるわけでもない。気持ちを伝えるなんて大それたこと、考えもしなかった。相手は仕事上の客でしかない。そんな人に、自分の恋心を打ち明けてなんになるのか。会社にクレームでも行こうものなら大事《おおごと》だ。だから、ただこれ以上育たないように抱え込んでいただけの気持ちだったのに、彼からの頼みでその関係性はあっけなく変わった。

『見合いとかいらないから！　言ってなかったけど俺、この人と結婚を前提に付き合ってる。結婚するなら家庭的な人がいいってずっと思ってた。彼女はそういう人だから……！』

食事の作り置きを用意するために買い物袋を持ってやってきた薫を玄関先で出迎えた彼は、開口一番にそう言ったのだ。しかも、彼の両親の目の前で。

薫が来る前に、彼ら家族の間でどんなやり取りがあったのかは、あとから聞いた。

そろそろ家庭を持つようにと、見合いを持ってきた両親を説き伏せるために、崇弘が咄嗟《とっさ》に嘘をついてしまったことも――

『ごめん、幸村さん、迷惑を掛けて。……でも、もしも幸村さんさえよかったら、彼女のフリをしてくれないか？』

薫の返事は決まっていた。好きな人が自分を頼ってくれる。好きな人の助けになれる。そして、少しでも彼に近づけるなら――。迷う理由なんてなかった。

結婚を前提にした彼女のフリは、彼の両親を信頼させるために式場の予約にまで及んだ。

崇弘は引くに引けなくなったのか、わざわざプロポーズまでしてくれ、和志の学費の面倒を買って出てくれた。代わりに要求されたのは仕事を辞めることだ。そのことにだけ、多少迷いはしたが、自分はまだ若い。いつか崇弘と別れることになっても、新しい仕事を見つけてなんとかやっていくことができるだろう。でも、崇弘との生活は今しかない。選ぶなら断然、彼との生活だった。

弟の和志は結婚に大反対だったが、薫は我《が》を通した。初めての我儘《わがまま》だったかもしれない。それに、自分の気持ちを隠し通す自信があったとも言える。

彼女のフリから、妻のフリへ——そうして身体を交えることも、薫にとっては喜びでしかなかったのだ。

好きな人が自分を抱いてくれる。キスをしてくれる。それは信じられないほど幸せで、尊《とうと》い時間だった。ただ、避妊だけは頼んだ。いつか来る終わりのために。

崇弘は薫を大事にしてくれた。愛の言葉は特別なかったけれど、それこそ自分が彼の本当の妻になったのかと錯覚するほどに、だ。けれども現実はちゃんとわかっている。自分は崇弘に頼まれて、彼の妻をしているだけ。これは契約結婚だ。その証拠に、彼は毎月欠かさずお金を振り込んでくれる。和志の学費には多いその振り込み額の理由を、薫は崇弘に聞かなかった。聞けなかったのだ。

もしも、このお金は身体を交えることに対しての報酬だと言われたら——自分は家政婦でもなんでもなく、娼婦じゃないか。

だけどやっぱり、お金で繋がった関係なんて、初めから間違っていたのだ——

結婚式で交換した指輪を引き抜き、ダイニングテーブルの上に置いた。

『ちょ、ちょっと待――』

『崇弘さんは家政婦が欲しかっただけ……別にわたしを本気で好きなわけじゃない。そんなことはわかってたのに――。これ以上わたし……崇弘さんの家政婦にはなれないです。ごめんなさい、離婚してくださいっ！』

隠れてコソコソと会うような仲の女性がいるのなら、どうしてそう言ってくれなかったのか。帰ってくる時間を誤魔化してまで、彼はあの女性に会いたかったのだと思うと、嫉妬《しっと》で頭がおかしくなりそうだった。

仮初《かりそ》めの妻のくせに、彼を束縛しようとしている自分がいる。もうこの恋心を隠し通す自信なんてなかった。彼を本気で愛してしまったからこそ、お金の関係で身体を交えることに耐えられなかった。そして、いつ彼に別れを切り出されるかと怯える日にも――

鞄を持って出ていこうとすると、急に崇弘が追いかけてきた。

『薫！』

立ち止まらず、そのまま玄関を飛び出す。エレベーターを待つ時間ももどかしくて、階段を駆け下りた。

どこへ行こうかなんて考えていなかった。もう離婚の意思は伝えた。とにかく今はひとりになりたかったのだ。

離婚届なら記入したものをあとで送ればいい。崇弘からもらったお金は一円も手を付けていない。それを全部返して、もう彼のことも、この間違った結婚生活のことも全部忘れてしまおう。いや、忘れるべきだ。忘れなくてはならない。彼とは別の道を歩くために――

崇弘の声を振りきって、玄関ホールから飛び出した時、暗闇の中で巨大な二つの光が近づいてきた。同時に、甲高いブレーキ音が響き渡って、それが車だと気付く。薫は自分を呼ぶ愛しい人を、咄嗟《とっさ》に振り返った。

『来ないで！』

追いかけてきた崇弘の足が、自分の叫び声に反応してグッと踏みとどまったのを見て安堵《あんど》する。

あの人が無事なら、それでよかったのだ。

「薫！　薫！　どうしてこんな……薫ッ!!」

すぐ側で悲鳴に似た声で呼ばれて、薫はぼんやりと目を開けた。目の焦点が合わず、視界に入るものすべての輪郭が二重、三重に見える。

「薫？」

何度かゆっくりと瞬《まばた》きをしていると、弱いながらも不快な頭痛を感じて、額《ひたい》に手を当てる。と、ギュッと身体を抱きしめられた。下肢はフローリングに投げ出したままだったが、上体は抱き起こされている。

「薫、俺がわかる？」

覗き込んでくる青い瞳は、間違いなく崇弘のものだ。薫は軽く頷いて、自力で身体を起こした。

帰宅して間もないのか、崇弘はコートを羽織ったスーツ姿のままだ。薫も同じで、一瞬、時間の経過がわからなくなる。彼が予定通りに帰ってきたなら、今は十八時くらいか。最低でも一時間は意識を飛ばしていたことになる。

ソファの座面に凭《もた》れながら頭を押さえていると、彼が肩に手をかけてきた。

「薫、コートを脱ごう。いつ帰ってきたんだ？　俺が帰ってきた時にはもう倒れていたんだよ。ベッドに横になったほうが――」

「触らないで」

サッと身を引くと、崇弘がキョトンとして動きを止める。薫も薫で、自分の口から出てきた冷たい声に驚いていた。無駄に広いリビングで、コートを着たままの大人が、ふたり揃って床に座り込んでいる様は、傍《はた》から見ればさぞかし滑稽《こっけい》な状態に違いない。でも薫は両手で頭を押さえたままその場から動かなかった。

「……薫、顔色が悪い。頭が痛いのか？　病院に行こうか？」

動揺しているのか、震えた声で崇弘が話しかけてくる。自分が拒絶された事実を打ち消すように、再び伸びてきた彼の手を、薫はパシンと払いのけた。

「薫……？」

崇弘が愕然《がくぜん》とした様子で大きく目を見開く。薫は彼を睨みつけた。

「嘘つき」

言わなければならないことは他にあったはずなのに、出てきたのは彼を詰《なじ》る一言だった。

崇弘はというと、息を止めたように微動だにしない。否定も肯定もしない彼を見ていると、頭痛が酷《ひど》くなった気がした。

「崇弘さんは嘘ばっかり……」

（駄目。こんな言い方、駄目なのに……）

こんな責め口調ではなく、もっと落ち着いて、冷静に話をしないといけないとわかっているのに、頭痛がそうさせてくれない。言葉や声、態度の端々に鋭い棘《とげ》が隠れている。でもその棘は、わたしをこれ以上傷つけないでと、薫が自分自身を護《まも》るために作り出したものだ。

今日薫がカフェで見た女性は、記憶を失う前に崇弘と連れ立ってジュエリーショップに入っていった女性と同じ人だ。

あまりにもショックだった。今日も、記憶を失う前も、崇弘はあの女性と隠れて会っていた。記憶喪失になった自分に、彼は多くの嘘をついた。話し合い、本当のことを全部教えてくれたと思っていたけれど、そうではなかったのだ。

——崇弘は肝心なところで、まだ嘘をついている。

彼は薫を愛してなどいない。この結婚は間違っている。

「全部思い出しました。離婚してください」

「薫」

頭を押さえたままゆらりと立ち上がると、崇弘がパッと腕を掴んできた。

「離して！」

振りほどこうと腕に力を込めるが、崇弘は離さない。逃げようとする薫を、彼は強引にソファに引き倒した。ソファの上に置かれていた紙袋が床に落ちて、ゴトリと重たい音を立てる。その一方で、崇弘に押し倒され、体重を掛けて動きを封じられた薫はなす術《すべ》もない。

「いやっ、離して！　触らないで!!」

泣きながら叫ぶと、崇弘がギュッと抱きしめてきた。

「薫、落ち着いて。大丈夫だから……」

何が大丈夫なのか。他の女を触った手で触られたくない。薫は両足をばたつかせ、必死になってもがいた。だが、崇弘の力は弱まらない。それどころかより強く、薫を抱きしめてくる。

「うう……う……」

抵抗を止めると、崇弘は何度も頬を撫でて涙を拭《ぬぐ》ってきた。

「ごめん、薫。強引にしたりして。どこも打ったりしてないか？　あのままだと薫がまた外に飛び出して行く気がしたんだ。もう君を事故になんか遭《あ》わせたくない。もう少し落ち着こう。大丈夫だから……」

そう言う彼自身も、まだ動揺しているのだろう。身体越しに伝わってくる脈が速い。

急に記憶が戻ったことによってパニックを起こした薫が、記憶喪失になる直前と同じ行動をしようとしていると思ったのかもしれない。それは薫自身も否定できなかった。

冷静であろうとしていたはずなのに、とても冷静にはなれなかった。前の記憶に引きずられたのか、この場から逃げようとしていたのだ。逃げても何も解決しないことなんかわかりきっているのに。

「うぅ……ひっう……ううぅ……」

再び泣きだした薫の頭を、崇弘がゆっくりと撫でてきた。指に絡めるように髪を梳《す》くその手つきは、いつも通り優しい。でもこの手が他の女性の髪を撫でていたのを見ただけに、胸がズキズキと痛くなる。

「崇弘さんは、どうして……好きでもないわたしと結婚したんですか？」

「薫？」

不意に尋ねると、崇弘が身体の上で身じろぎした。上体を起こした崇弘が、要領を得ないとばかりに眉を寄せる。薫の頬を、また涙が伝った。

誰よりも愛している彼の特別になりたい自分がいる。なのに彼はその自分に嘘をついて、他の女性と会っていたのだ。この事実が薫を苦しめている。

頭が痛くて、胸も痛くて、息が詰まる。

この激しく燃える感情はなんだろう？　薫を混乱させ、内側から引っ掻き回して燃やし尽くそうとする。醜《みにく》く、浅ましい感情――

こんなになるまでこの人を愛してしまった自分に気付かされて、涙があふれて止まらない。

「薫、何を言ってるんだ？　結婚したのは、薫のことが好きだからだよ」

顔を覗き込みながら、崇弘は子供に言い聞かせるように、ゆっくりと話しかけてくる。でも彼の形のいい唇から紡がれる言葉が、薫にはすべて嘘に聞こえた。

以前彼は、この結婚は契約結婚ではないと言ったが、それは違う。薫と崇弘の間には金銭のやり取りがある。これを契約結婚と言わず何と言うのか。

「もう嘘はつかないでいいんですよ。わたし、見たので……。今日、崇弘さんが女の人と一緒にいるの。あの人と、前も会ってましたよね……。その……ジュエリーショップにいたのも見たんです。もう、長いんですか、あの人と……。好きなんですか？」

言ってしまった。もう後戻りはできない。彼がどんな返事をするか怖い。

もしも、あの人のことが好きなのだと崇弘が言ったら？　その時自分はどうすればいいのだろうか。こんなに崇弘のことを好きになってしまった心を抱えた状態で、別の人を想う彼の側にいるなんて辛すぎる。

「見ていたんだね……ごめん。薫を悲しませるつもりじゃなかったんだ。本当にごめん」

謝られて、薫は更に涙を零《こぼ》した。

(やっぱり崇弘さんはあの人が好きなんだ)

だが崇弘は、泣きじゃくる薫を抱きしめようとしてくる。

「離して……触らないで……」

身を捩《よじ》りながら弱々しい声で拒絶する薫を、彼はぎゅっと抱きしめてきた。

「薫。浮気とかじゃないから、安心して。俺が愛してるのは薫だけだよ」

「うそ……」

「嘘じゃない。他の女なんていらない。薫さえいてくれたらそれでいいんだ。だから俺の話を聞いて。俺から離れようとしないでくれないか」

崇弘は薫の上から退《ど》くとソファに座り、薫を引き起こしてきた。彼の隣に座り、涙を拭《ぬぐ》ってなんとか気持ちを落ち着ける。

崇弘は「何か飲む?」と聞いてくれたが、薫はそれを断った。早く崇弘の話が聞きたかった。

薫の呼吸が整うのを待ってから、崇弘が話しだした。

「あの子はね、杏だよ。俺の従妹《いとこ》。高野の奥さんの」

「……」

薫は自分の耳を疑った。高野杏。何度か話に出てきて、その存在は知ってはいたものの、一度も会ったことのない人だ。

「……杏、さん?　本当に……?」

「薫には、今までたくさん嘘をついてきたから信じられない気持ちもわかるけど、本当だから。高野に聞いてもらってもいいし、俺の実家に聞いてもいい。高野との結婚式の写真がたぶん実家にあるよ」

そこまで言うからには本当なのだろう。安堵《あんど》する気持ちの傍《かたわ》らで、キッと唇を引き結ぶ。

「……でも、嘘ついた……」

ボソッと零《こぼ》せば、彼は困り顔で頭を掻く。嘘をついた自覚は大いにあるらしい。

杏と会うなら、薫にそう言えばよかったのだ。やましいことがないなら、隠す必要なんてないはずだ。隠すということ自体が、やましさの表れではないのか。

「ごめん。でも、今日は高野も一緒だったんだ。あのカフェの上はホテルなんだけど、高野は部屋にいたんだよ。高野がイギリスに和カフェを出したいのも本当だし、その相談を受けていたのも本当。カフェで待ち合わせをしていたんだ。ただ、俺が杏に個人的な頼みごとをしていただけで――」

「何？　頼みごとって」

問い質《ただ》すと、彼は観念したようにコートを脱ぎ、その内ポケットから細長い白い箱を取り出した。シルバーのリボンが掛かったそれは、崇弘がカフェで杏から受け取っていたものだ。

彼はリボンを解いて箱を開けた。

中に入っていたのは、赤い薔薇《ばら》をモチーフにした可愛らしいペンダントだった。花びらや葉っぱの一枚一枚が、まるでステンドグラスのような透明感で、美しいグラデーションを織りなしている。そしてモチーフとチェーンの繋ぎ目には、細かなダイヤモンドがちりばめられていた。

「これを……杏はジュエリーデザイナーだから、作ってもらってたんだ。珍しいだろう？　プリカジュールっていう技法なんだって。薫は薔薇が好きだから、結婚一周年と薫の誕生日プレゼントに、枯れない薔薇をあげたかったんだ」

崇弘は「前に薫が見たのは、杏にこのペンダントの制作を依頼した時だと思う」と言った。この薔薇のペンダントの制作料金は、杏が欲しいジュエリーを崇弘が買ってプレゼントすることで相殺されたのだそうだ。だからあの時、ふたりはジュエリーショップに入っていったのか。

「俺にはずっと薫だけだよ。どんな嘘をついても手に入れたかった女《ひと》が薫だ。それだけは信じてほしい」

杏にとってジュエリーは仕事の資料だから、一般的な女性へのプレゼントとは意味が違うと言う。崇弘に真摯《しんし》な眼差しで見つめられて、薫は胸が苦しくなった。一度は止まったはずの涙が、またあふれてくる。

「……ほんとうに……？　ほんとうにわたしだけ……？　わたしのこと、すき……？」

「好きだよ。誰よりも愛してる。俺は薫がいないと生きていけないよ……」

慣れ親しんだ温もりに囲まれ、続いていた頭痛が消え去っていく。一気に力が抜けると、涙で濡れるまつ毛に崇弘の唇が触れた。

あの時の自分に教えてあげたかった。

他の女性と一緒にいた崇弘を見て不安になって怯えていたあの時の自分に、崇弘に愛されているのだと。大丈夫なんだと。

女性が杏だと知っていたら——いや、少しでも愛されている自覚があったなら——たとえこの結婚が間違ったものでも、離婚しようだなんて思わなかったかもしれない。

「わたしも……プレゼント買ったんです……」

足元に落ちていた紙袋に、よたよたと手を伸ばそうとする。だが力が抜けたままの薫には届かない。代わりに崇弘が取ってくれた。

「これを……俺に？」

「もうすぐ結婚記念日と、崇弘さんの誕生日だから……」

一緒に乾杯したかったのだと言うと、箱を開けた崇弘の表情が一気に緩んだ。

「ワイングラスだ。ありがとう、薫」

彼はローテーブルにグラスを並べ、自分が用意したペンダントを箱ごと差し出してきた。

「薫。これ、受け取ってくれる？　嫌な思いをさせたから駄目かな？」

「ううん。そんなことないです。すごく嬉しい。ずっと前から考えてくれていたんですね……わたしのために……」

受け取って、その繊細な装飾がされた薔薇《ばら》を見つめる。亡き母親の薔薇を枯らしてしまったことがあるから、自分で育てることはもうしないと心に決めていた。そんな薫のために、崇弘は半年以上前からこのプレゼントを考えてくれていたのか。ずっと自分が彼に想われていた証《あかし》だ。

崇弘は箱からペンダントを取り出すと、薫を急《せ》かした。

「薫。コートを脱いで後ろを向いて。付けてあげたい」

言われた通りにすると、ペンダントが薫の首に掛けられた。

赤い薔薇が、まるでキスマークのように白い肌に乗る。

「すごくよく似合ってるよ」

「ありがとうございます。……嬉しい」

薫がペンダントに手を添えると、崇弘が抱きしめてきた。

「薫が離婚したいって言ったのは、俺が杏といるところを見たから、なのかな？　全部思い出したなら話してくれないか。俺はまだあの日のことがわからないんだ」

聞かれて薫は、複雑な思いで頷いた。

「きっかけは、そう。でもずっと不安だったんです。わたしは奥さんのフリをしているだけだからって。……お、お金もらってたから。わたしは……わたしは……」

「お金？　和志くんの学費のこと？　それで契約結婚だなんて思ってしまったのか？」

「だって、学費より多いお金をもらってたから……」

和志は奨学金で学費は免除されているし、寮だけなら月々一万と少ししかかからない。なのに崇弘は二十万円も毎月振り込んでくれていたのだ。それは崇弘の妻を演じる報酬ではないのか。そして身体を交えることへの――

薫が思っていたことを打ち明けると、崇弘が大きなため息をついた。

「薫、それは和志くんの学費と小遣い、それから薫への小遣いなんだけど。うまく伝わってなかったのかな」

「えっ」

「薫だってほしいものがあるだろう？　あれは生活費とは別に、薫が好きにできるお金だよ。薫には俺の希望で仕事を辞めてもらったんだ。そのぶん家のことをしてもらってる。だから本来外で働いていたら受け取るはずだった給料の代わりに、これぐらいは――」

崇弘は自分で言いながら、ハッとしたように口を押さえた。

「給料の代わり……。俺、前もこう言った？」

「うん……」

崇弘は、薫が仕事で赴《おもむ》いたよその家庭で家事をすることを嫌がった。自分の側にいることを熱望していたのだ。

　仕事を辞めた薫が不自由しないように、小遣いとして月々お金を振り込んでいたのだが、それがかえってこの結婚が契約的《ビジネス》なものという印象を薫に与えてしまったのだ。

「ごめん、薫。俺が誤解を招くような言い方を……」

「ううん……もういいの。そんなんじゃないってもうわかったから……。わたしも、ごめんなさい……ちゃんと確かめればよかったのに……不安で……わたし……」

　始まりが彼女のフリだったとはいえ、自分の感じた違和感や不安を崇弘に伝えなかったのは薫だ。不安の種をまいたのは崇弘かもしれないが、育てたのは間違いなく薫なのだ。

　彼のことを好きになりすぎて、聞くのが怖かった。もしも身体を交えることへの報酬だと言われたら、悲しくて消えてしまいたくなるだろうから。そうやって、自分が突き放されることだけを恐れていたのだ。

（崇弘さんはそんな人じゃないのに……わたしは自分のことばかり考えて……）

　最後には捨てられるかもしれない不安に耐えきれず、自分から離婚を切り出して逃げようとした。そして更には崇弘のことも、彼との結婚生活のことも全部記憶の底に封じて、忘れ去ろうとしたのだ。

　事故に遭《あ》ったのは偶然でも、記憶喪失になったのは自分の意思だったのかもしれない。

「ごめんなさい……ごめんなさい……わたしっ……！」

「謝らないで。悪いのは俺だから。薫を不安にさせた俺を許してほしい。これからはもうこんな思いはさせないから」

崇弘はそう言うと突然立ち上がり、薫を横抱きに抱え上げた。

「きゃぁ!?」

驚いて、思わず崇弘の胸にしがみつく。彼は愛おしげに目を細めて、額《ひたい》に頬擦《ほおず》りをしてきた。

「薫にはちゃんと知って、実感してもらわなきゃ。俺がどれだけ薫を愛しているかってことをね」

彼はそう言うと、そのまま主寝室へと薫を運ぶ。ベッドに寝かせられたところで、ようやく実感の意味を察知した薫がサッと頬を赤らめる。すると、床に跪《ひざまず》いた彼が少し笑った。

「身体は大丈夫？　もう頭痛は取れた？」

「それは……もう平気……です……」

「無理をさせたいわけじゃないけれど……薫がほしい」

好きな人に求められて、嫌と言える薫ではない。それに、彼に触れてもらいたい自分がいる。

薫は、自分の顔が熱くなるのを感じながらも頷いた。すると、一秒も間を置かずに崇弘が重なるように抱きついてきた。

崇弘の重みと匂い、そして優しいぬくもりが、身体にじわじわと浸透してくる。薫は思わず崇弘の背中に両手を回した。

自然に唇が重なって、舌が絡まる。口内で響く音を受けて、身体から力が抜けていく。舌の裏側から表面までまんべんなく触れられ、薫はぶるっと震えた。

優しいキスを一つもらうだけで、こんなに満たされた気持ちになるなんて思わなかった。鼻から抜けるような甘い声が漏れ、ギュッと崇弘のジャケットを掴む。すると、彼の手が腰の側面から徐々に上がり、ニットのワンピース越しに胸の膨らみを丸く撫でてきた。

「んっ」

微かな喘《あえ》ぎと共に唇が離れ、大きく開いた丸襟《えり》から覗く鎖骨を舐め上げられる。薫が少し背中を反《そ》らせると、崇弘は首にかかったペンダントのチェーンを人差し指に引っ掛けた。

「知ってる？　ネックレスやペンダントって首輪なんだって。相手を束縛したい心理から贈ることがあるらしいね」

それはなんとなく聞いたことがある。少し頷くと、崇弘はチェーンを弄《いじ》りながら言葉を続けた。

「薫が喜ぶ顔が見たかったんだ。でも今こうやってペンダントを付けている薫を見て、自分が贈ったものが薫を飾っているっていう事実に満足している自分がいる。薫はものじゃないのに、そんなことはわかってるのに、薫は俺の女《もの》だって。まるでマーキングみたいに……なんか、うん、首輪ってのが、言い得て妙だなって。……俺、何言ってるんだろうね？」

自身の束縛に何か思うところがあったのか、崇弘は隠すように首筋に顔を埋めてくる。

でも、このペンダントをくれた崇弘の気持ちはなんとなくわかる気がする。相手に常に自分を感じていてもらいたいのだ。そして身につけるものの場合、他者への牽制《けんせい》の意味もあるのだろう。そうした意味ではペンダントは首輪だ。ペンダントだけでなく、プレゼント自体が相手に自分を植えつける行為かもしれない。

「今更だけど、俺、かなり独占欲が強いほうだと思う。薫に離婚したいって言われて、今だいぶ気が立ってるから、ごめん。今夜は離してあげられないよ」

強く抱きしめられ、お腹の底がゾクゾクしてくる。崇弘の独占欲を向けられることに対して、興奮している自分を認めなくてはいけない。

崇弘が独占欲が強いなら、自分だってそうだ。彼の関心が自分以外の女に向くことが許せない。

他の女の人とふたりで会わないで。他の女の人を触らないで。他の女の人を見ないで。そんな感情の全ては、「わたしだけを愛して」の一言に集約されてしまう。なんて傲慢《ごうまん》な感情なんだろう。

崇弘を自分だけの男《もの》にしたいのだ。でももう、取り繕《つくろ》うのは止めよう。こんな感情さえも、彼は喜んでくれそうな気がする。薫が「俺の女《もの》だ」と言われて喜んでいるように。

「離さないで。わたしだけを愛して……。崇弘さんはわたしの旦那様なの……他の女の人と会っちゃ嫌……」

「うん。もうしないよ。絶対にしないから。薫の嫌がることはしない」

崇弘は囁《ささや》くように言いながら、唇を合わせてきた。下唇を食《は》み、開いた口内に彼の舌が滑り込んでくる。口蓋《こうがい》を一通りなぞられたお返しにと、今度は薫から舌を差し込む。彼にしてもらったのと同じに舌先で口蓋をなぞると、崇弘がわずかに身じろぎして、喉を鳴らした。

「あまり、挑発しないでくれ。止まれなくなるから」

「止まる必要……ある？」

見上げつつ崇弘の頬に手を添えると、彼の青い瞳が扇情《せんじょう》的に揺らめいた。

「ない、ね」

再び口付けを交わしながら、崇弘がニットワンピースの裾をたくし上げてくる。太股どころかショーツまで見えても不思議と恥ずかしいとは思わなかった。それどころか、彼に触れられることへの悦《よろこ》びが一気にあふれてきて、薫を内側から満たす。

薫はとろんとした眼差しで、子供のようにバンザイをした。ニットワンピースとキャミソールが同時に脱がされる。崇弘はブラ越しに乳房に頬擦《ほおず》りすると、背中のホックを片手で器用に外し、ストッキングとショーツを一緒に引き下げた。

ベッドの上に、贈られたばかりのペンダント一つだけを身につけた薫が全裸で横たわる。

未《いま》だにスーツのジャケットすら脱いでいなかった崇弘は、あらわになった薫の横腹に指を這わせつつ、反対の手でネクタイを解いた。

「なんだか変な気分だ」

「？」

視線で続きを促《うなが》す。すると彼は、ジャケットを脱ぎ、ワイシャツのボタンを外しながら言葉を続けた。

「自分でもわからない。わからないけど、変な興奮の仕方をしてる気がする」

そう言って彼は、薫の胸元を飾るペンダントを避けて、乳首を柔らかく摘《つ》まんできた。

「んっ」

まるでスイッチを入れられたかのように、甘やかな声が漏れた。崇弘はそのまま乳首を捏《こ》ね回し、悶《もだ》える薫を見つめてくる。その目が静かに欲情していた。

彼は覆い被さるように乳房に唇を寄せ、揉みしだきながらペロペロと肌を舐めてきた。乳首、乳房に限らず、彼の舌と手が首筋や耳裏、肩口や脇に至るまで、上半身を中心に這う。強い刺激とは言えないが、それは確実に薫の身体を熱くしていく。薫は眉を寄せて熱の籠《こ》もった息を吐いた。

「はぁはぁ、んっ……ぁ駄目、ぁん……シャワー浴びて、なぃ……はぁはぁ……」

「今からシャワー？　無理だよ。止まれないって言ったろ？」

崇弘は薫の太股の内側を撫で上げると、じゅっと乳首を口に含んできた。

「んっあ」

彼の熱い口内で舌が円を描き、微弱な吸引とともに唇が離れる。とろとろとした唾液を纏《まと》った乳首は、開けっ放しのカーテンから差し込む街明かりを受けて、ツンと上を向いていた。

「シャワーは諦めてよ。もうこんなになってるし」

つーっと脚の間を撫で上げられ、彼の指先が薫の身体からあふれた濡液《ぬれえき》をすくい取る。口ではお行儀のいいことを言いながら、その実、身体は今すぐにでも抱いてほしいと蕩《とろ》けているのだ。そんな事実を突きつけられ、今更ながらに恥ずかしさが湧き出てくる。薫は身体を横に倒し枕に顔を埋めた。

「嘘つき……わたしの嫌がることはしないって言ったのに」

苦し紛《まぎ》れに罵《ののし》れば、崇弘が肩口をなめながら少し笑った気配がする。

「なら今から一緒に浴びる？」

思いもよらない提案をされて、薫は慌てて首を横に振った。。

「や……ひ、ひとりで……」

「ひとりは駄目」

「い、いじわるです」

「あれ、怒った？　じゃあ、尚更尽くして許してもらわないとね」

崇弘は後ろから薫の耳をしゃぶると、そのまま淫溝《いんこう》に沿って中指を上下させてきた。湿《しめ》った花弁はいとも簡単に左右に開かれ、密の滴《したた》る源泉があらわになる。とぷんと中指が沈められ、薫は眉を寄せて悶えた。

「んぅ……」

苦しくはなかった。毎日のように崇弘を受け入れてきた身体だ。触れられればあっという間に溶けて、彼を誘う。もう、そんな身体にされてしまっているのだ。

崇弘は薫を背中側から包み込むように抱きながら、密口にもう一本の指を差し込んできた。そしてゆったりと出し入れしてくる。彼が指を動かすたびに、くちょくちょといやらしい音が響いた。明らかにいつもより濡れている。それは自分でも恥ずかしいくらいに、よくわかった。

「もうこんなに濡れてる……すごい」

「あっ……ンッ……ぁ……」

濡れた媚肉《びにく》を一通り撫で回した崇弘は、ゆっくりと指を引き抜いた。そして、その指にこびりついた愛液を敏感な蕾《つぼみ》になすりつけてくる。軽く触れられただけなのに、腰がピリピリと痺《しび》れた。

崇弘は髪に鼻先を埋め、すんすんと鼻を鳴らす。シャワーを浴びていない体臭を嗅がれることに抵抗を感じて身体を丸くすると、後ろから彼が追ってきた。

「どうして逃げる？」

「匂い……か、嗅がないで、くださぃ……」

「なんで？　いい匂いだよ。すごく安心する匂い」

匂いを嗅ぎながら親指と人差し指で摘《つ》まむように丁寧に蕾《つぼみ》を愛撫され、薫は目を閉じて感じ入った声を漏らした。

「ンッ……あ……ぁう……」

腰が甘く痺《しび》れる。密口からとろとろと愛液があふれてくるのを止められない。薫はビクビクと震えながら、蕾を弄《いじ》る彼の手を太股で挟んだ。

「薫。それじゃあ触れない。脚開いて」

「だ、だって……」

（これ以上、触られちゃったら、それだけでもう……）

感じすぎておかしくなってしまう。

恥ずかしくなって枕を掴み顔を隠すと、崇弘は身体を起こしグイッと膝を割った。

「あっ、ゃ！」

驚いた薫は強引に開かされた脚を閉じようとしたが、崇弘が陣取っていて閉じられない。仰向けにさせられ秘部を晒す。一気に顔に熱が上がった。

「だ、駄目……」

「どうして？　俺達は夫婦だ。駄目なことなんて何一つないだろ？」

彼はそう言うが、自分は全裸で愛液を滴《したた》らせ、身体を火照《ほて》らせているのに、崇弘は違う。シャツのボタンをいくつか外してはいるが、それだけだ。乱れきった自分が恥ずかしい。彼も自分と同じになってくれたらいいのに。

薫は崇弘の袖口をきゅっと掴んだ。

「た、崇弘さんも……脱いで……」

「もう欲しくなったの？」

濡れた蕾を人差し指で左右に揺らし、流し目で挑発されながらも、薫はぐっと唇を引き結んだ。自分から欲しがるなんてできなかった。そんなふしだらなこと――

それに自分から欲しいだなんて言わなくても、崇弘はいつもちゃんとくれていた。それで薫は満足していたのだ。今日だって、そうしてくれるはず。

薫が淡い期待を抱いていると、崇弘はにっこりと微笑んで顔を近付けてきた。綺麗な青い瞳、そしてサラサラの金髪が距離を詰めてくる。もう唇が触れそうな距離だ。

(あ……キス、してもらえるのかな……？)

そうしてほしいと願いながら目を閉じると、蕾を柔らかなタッチで触っていた彼の指先がつるんとすべり、すぐ下で濡れていた蜜口に指が二本、ずっぷりと入ってきた。

「あっ！」

キスされるとばかり思っていた薫は、突然の刺激に驚いて目を見開く。と、続け様《ざま》に唇が塞がれた。お腹の裏の肉襞《にくひだ》をまんべんなくねっとりと掻き回すように擦《こす》られて、息が上がる。赤く熟《う》れた媚肉《びにく》がぽってりと膨らみ、新たな愛液がとろりとあふれてきた。

「んっく……あふ……ぁ」

舌を吸われながら、蜜口に挿《い》れられた指がぐちょぐちょと音を立て、薫を翻弄《ほんろう》する。そして、奥の深さを確かめるように根元まで指を咥《くわ》えさせられた薫は、つま先をキュッと丸めて崇弘にしがみついた。彼の男らしく節くれ立った関節が、肉襞に引っかかる。しかも、奥処《おくか》に潜《ひそ》む快感のポイントを、繊細な動きで刺激してくるのだ。腰が勝手に揺らめいて、涙が出てきた。

「ひぅ……あ、駄目……そんなにしちゃ……あっあふ……あふれちゃう……ぁあ」

「このまま指でいく?」

唇を舐めながら囁《ささや》かれ、頭がくらくらしてきた。

(もぉ……ぁ……いく……いく……いっちゃう……)

崇弘はいつも、薫を一度は指で追い上げてから、漲《みなぎ》りを挿れてくれる。既に彼のものが欲しくなってきた薫は、こくこくと頷いて、波濤《はとう》の訪れに身を任せた。

「あぁ……ぁんっ!」

ギュッと蜜口が締まり、腰が浮く。崇弘は四本の指で薫の下腹部を軽く押し、親指で蕾《つぼみ》を捏《こ》ね回しつつ、中に埋めた指を出し入れした。下腹部を押されているせいで、いつも以上に膣が擦られてしまう。身体が燃えそうなほど熱くて堪《たま》らない。反《そ》らせた顔を枕に押し付けながら、薫は一気に達してしまった。

「上手にいったね。すごく可愛い」

指を抜いた崇弘が、ぐちょぐちょになった蕾を撫でながら褒めてくれる。中と外と同時に弄《いじ》られて達してしまい、身体にうまく力が入らない。

目を閉じた薫がぐったりしていると、崇弘が両手で花弁を割り広げた。

「あぁ、もう、こんなに濡らして……垂れてるよ」

フッと息が吹きかけられ思わず目を開けると、たった今、指が入っていた処《ところ》を崇弘が舐めようとしているところだった。

「だっ、駄目ぇ！　──はうっん！」

抵抗の声と同時にそこにむしゃぶりつかれ、ビクッと腰が跳ね上がる。崇弘は薫の腰を両手でがっしりと固定すると、顔を左右に揺らしながら蜜口に唇を押し充ててきた。

「アァッ！」

尖らせた舌を膣に挿れられ、目眩《めまい》がする。あふれた愛液までじゅるじゅると啜られてしまった。

逃げようにも腰を掴まれて逃げられない。脚を閉じようとしても、間を彼が陣取っているからそれもできない。そんな身動きの取れない薫の蕾を、彼は舌先で器用に転がし、包皮を剥《む》いてしまった。

しかもそのまま吸い付いてくる。

「はうっ！　駄目ぇ……そんなとこ舐めちゃやあ……ぁん……駄目ぇ……駄目……はあんっ」

一番敏感な処を唇で食《は》まれ、舌の柔らかな部分で舐め回される。悔しいことにそれは極上の快感で、どんなにやめてと懇願《こんがん》しても大して嫌がっていないのが丸わかりだ。その証拠に、膣からは新しい愛液があふれている。

崇弘は愛液を舐め啜りながら、囁《ささや》いてきた。

「薫、ここがすごいことになっちゃったね。そろそろ挿《い》れられたくなってきた？」

そんなことを聞かれて頷けるわけがない。薫ばかりが、息を乱し、身体を火照《ほて》らせ、発情している。なのに崇弘は着衣すら乱さずにいる。

自分ばかりが求めているなんて嫌だ。顔を紅潮させながら唇を引き結ぶと、ずぶっと指が挿れられた。

「あ！」

「その表情《かお》、欲しいのに我慢してる感じがすごく可愛い。ね、薫。もっと俺を欲しがってみて」

指を抜き差ししながら蕾《つぼみ》を舐め転がされる。一度絶頂を得たばかりの身体は敏感で、しかも崇弘の指使いは薫を知り尽くしたものだ。強すぎる快感から逃げようとしても逃げられない。あとからあとから追いかけてくるようだ。

「もぉ、駄目……あっ……んっ、ん～っ、ん～っ！」

薫が耐えきれずに仰《の》け反《ぞ》ると、蕾を舐めていた唇が離れ、突き出した乳房に舌が這った。久しぶりの胸への刺激が、脳内を真っ白に染め上げる。

身体のコントロールが失われ、媚肉《びにく》が勝手に痙攣《けいれん》しはじめる。身体中を快感が支配していた。ガクガクと震える身体を崇弘が優しく抱きしめてくれる。

「薫。大好き……」

耳元で囁かれた睦言が、ぷつんと我慢の糸を切る。薫は喉の奥で細い嬌声《きょうせい》を上げると、どっとベッドに沈んだ。ずるっと中から指が引き抜かれ、さらさらとした愛液が流れ出てくる。肩ではぁはぁと荒い息を吐きながら、自分が身体を置いているシーツがぐっしょりと濡れていることに気付いた。シーツだけではなく、全身から汗が噴き出て、太腿《ふともも》の内側はすっかりべとついている。これが汗ではなく、愛液だと気付いた薫は、顔を両手で覆った。

「欲しくなってくれた？」

耳の縁《ふち》を舌でなぞりながら、崇弘が囁く。何についての問いかけかなんてわかりきっていたけれど、薫は答えることができなかった。こんなになっている自分が恥ずかしい。

「もっと指でしたほうがいい？」

予想外のことを言われて、薫は慌てて顔から手をどけると首を横に振った。

達しすぎて苦しいくらいなのに、これ以上指でされたら快感に呑まれておかしくなってしまう。

「も、もうこれ以上は――」

「じゃあ、俺を欲しがってくれる？」

崇弘が頬と頬を重ねるようにぴったりと寄り添ってくる。指でされる前に服を脱いでくれるように頼んだのに、彼は未《いま》だに脱いでいない。けれども絡まってくる脚の間に、硬く隆起したものがあって、自然と喉が鳴った。

この人は求められたいのだ。薫に尽くすことで自分の愛を伝えて、薫に求められることで自分が愛されていることを実感したいのだろう。

（わたしと、同じだ……）

薫にもそんな感情がある。彼を受け入れることで自分の愛を伝えて、彼に求められることで自分が愛されていることを実感したい。

もらってばかりの愛を少しでも返したくて、薫は崇弘を抱きしめた。

「わたしはずっと崇弘さんが欲しいです……崇弘さんに愛されたい」

「愛してるよ。俺は薫が全部欲しい。心も身体も全部」

互いに互いを抱きしめ合って、舌を絡めたキスに興じる。まだ身体は繋がっていないのに、キスだけで心臓が早鐘を打った。

「すき……すき……大好き……お願い、愛してください」

うわ言のように漏らせば、崇弘が身体を起こして唇が離れる。もっとキスしていたくて小さく喘《あえ》ぐと、濡れた唇を親指で触れられた。

「大丈夫。脱ぐだけだから。ちょっと待ってて」

「……ん」

素直に頷いて崇弘を見上げる。シャツを脱いで現れた上半身に、思わずうっとりと目を細めた。無駄がない洗練された裸体に、逞《たくま》しさと性を感じる。彼がベルトのバックルを外す仕草に身体を疼《うず》かせているなんて知られたくない。

薫がそっと視線を外すと、ズボンを蹴って脱いだ崇弘が頬に手を添えてきた。

「どうして目を逸らすの？」

「……は、恥ずかしくて……」

何度身体を交えても、やっぱり一定の恥ずかしさというものはあって、特に薫の場合は彼の裸を見ると目が泳ぐ。自分の裸を見られるよりも、心臓がバクバクしてしまうのだ。

崇弘は少し笑うと、薫の横に身体を倒し、ちゅっと頬にキスをしてきた。

「薫は世界一可愛い俺の奥さんだよ。一緒にいてくれてありがとう。これからもずっと一緒にいて」

彼の言葉になぜだか急に涙が出てきて、声が詰まる。

記憶喪失になったことも、彼を信じられずに勝手に自分を追い詰めて別れたがったことも、もっと責められてもよさそうなのに、彼はそうしない。

今とこれからを共に歩めるならそれでいいと、包み込んでくれるのだ。

彼の腕の中で護《まも》られる心地よさを知ってしまった今、薫はもう自分から逃げようなんて思わない。

「わたしも、側にいたい……崇弘さんの側にいたい……ずっと一緒にいたいよ」

思い返せば自分が願ってきたことはそれだけだった気がする。そこに欲が出てきた。愛されたくて、触れてもらいたくて、彼を永遠に自分だけのものにしたくて堪《たま》らなくなってしまったのだ——

(独占欲が強いのはわたしもだ)

薫が崇弘に抱きつくと、彼も同じように抱きしめてくれた。

「入っていい？」

キスをしながら聞かれて、返事の代わりに自然と脚が開く。崇弘ももうそれ以上は聞かなかった。

脚を抱えて角度を合わせるだけで、ずずっと深い処《ところ》まで彼が入ってくる。

満たされる快感と安堵《あんど》が一気に押し寄せてきて、甘い声が漏れる。

少し腰を揺すってもらうだけでぴったりと身体が馴染む。それはまるで、初めから自分達が対《つい》になるように造られていたのではないかと錯覚するくらいだ。いや、錯覚ではなく、そうであったらいい。崇弘のために自分が造られて、自分のために崇弘が造られた——そう思いたい。

互いを満たせる相手を探すために、人は皆生きているのだとしたら、彼に出会えた自分は幸せだ。

(崇弘さんも、そう思ってくれていたらいいな……)

唇を合わせながらゆっくりと崇弘が動く。彼の動きはいつも以上に薫の身体を気遣ったもので、激しさはない。どうかすると焦《じ》れったくもある。でもそのペースが、語り合い、見つめ合うにはちょうどいい。

「大丈夫？　平気？」

「うん……大丈夫。気持ちいい」

「俺も……」

深い処を上下に擦《こす》りながら崇弘は薫の乳房を掴み、首筋を舐めてきた。薫も彼の髪を撫でて、自分のほうへと引き寄せる。

くちょくちょと鳴る音も控えめで、身体の中にいる彼の存在をより強く感じることができる。

絶頂を愉しむのではなく、交わりそのものを堪能する行為は、上質な食事に似ていた。目で愉しみ、舌で味わい、自分の内側に取り込む。それは、空腹を満たすためだけのジャンクフードとはだいぶ違う。好きなものをより丁寧に調理して食べるのだ。

「ん……あ……好き」

「俺も好きだ。薫と離れたくない。お願いだからもう、離婚するだなんて言わないでくれ」

「うん……うん……」

崇弘はゆっくりと腰を打ちながら、乳房を掻き寄せ、唇で食《は》んできた。少し体勢が変わって、突き上げられる位置が深くなる。いつもと違う処を突かれた気がして、ぶるっと身体が震えた。

「ここがいいの？」

媚肉《びにく》のひくつきを感じたのか、崇弘が聞いてくる。薫は悩ましく腰をくねらせながら頷いた。

「なんか……ここ……んっく……いつもと違う……」

「本当だね。奥が震えてる。気持ちいい。少し強くするね」

頷くと、崇弘は一度乳首を舌で愛撫してから、強く腰を使ってきた。鎖骨の上でペンダントが微かな音を立てて跳ねる。

「んぅ！」

全身を振るわせるような快感に、押し殺した声が漏れる。薫は自分の内側に潜《ひそ》んだ何かに翻弄《ほんろう》されたように、ピンと脚を伸ばして仰《の》け反《ぞ》った。

「ああっ――――!!」

絶叫といっていいほどの声が飛び出て、心拍数が跳ね上がる。自分の身体中どうなったのかまるでわからない。夢中で崇弘にしがみつき、がくがくと腰が震えた。

「引き込まれる、ああっ、薫、薫……うっ」

媚肉《びにく》が一斉に崇弘のものに絡み付き、扱《しご》くように引き締まる。

崇弘が額《ひたい》に汗を浮かせ、噛みつくようにキスしてきた。

上からも下からも崇弘が身体の中に入ってくる。抽送がいきなり速まって、子宮がガツガツと突き上げられた。彼が本能で腰を振っているのがわかる。こんなに求められているのだと思うと、嬉しくて涙が出てきた。

「あっ、あっ、あぁっ！」

意識が途切れそうになった時、薫は自分の中に熱い飛沫が注がれるのを感じた。

胸に頭を凭《もた》れさせた崇弘が、肩で息をしながら手を握ってくる。

目を閉じて、握りあった手のぬくもりを離さないように指を絡めた。

「すごく幸せ」

「薫がそう言ってくれることが俺の幸せだよ。もう二度と薫を悲しませたりしないから……」

その言葉に織り込まれた愛を感じて薫が目を開ければ、綺麗な青い瞳が一途に見つめてくれている。

こんなに優しく愛してくれる人に出会えた喜びを噛みしめていると、彼が額を合わせてきた。

「愛してる」

「わたしも……」

もしも再び記憶を失うことがあっても、自分はまた崇弘に恋をする気がする。いや、崇弘がこの恋を何度でも思い出させてくれるだろう。

自然に唇が重なって、薫は自分と崇弘の体温が同じになり、一つに溶け合っていくのを感じた。

15

翌朝、いつもより早い時間に目覚めた薫は、着替えてキッチンにいた。だし巻き玉子を焼きながら、油断すると緩んでしまいそうになる口元を引き締める。

シャワーを浴びたのに、まだ崇弘との交わりの名残を感じる。彼に触れられた処《ところ》がまだ熱いくらいだ。

「おはよう、薫」

焼き上がっただし巻き玉子を、まな板の上で一口大に切り分けていると、背後から崇弘の声がする。それと同時に、ギュッと抱きしめられた。

起き抜けの彼の声は少し掠《かす》れていて、普段より色気がある気がする。

「おはようございます……崇弘さん……」

夜を思わせる匂いがするのは、彼がまだパジャマのままだからだろう。崇弘は、薫の首筋に自分の額をそっと置いた。

「早いね。起きたら薫がいなかったから探した」

囁《ささや》きと共に、纏《まと》わりついてくる彼の腕の力が強くなる。

薫は少しだけ微笑んで、首に回された彼の腕をポンポンと優しく叩いた。

「ここにいますよ」

そうだ。ここにいる。

崇弘の側が自分の居場所なのだ。もう、どこにも行かない。逃げたりしない。

（ずっと崇弘さんと一緒にいたいな）

薫が首だけで振り返ると、なぜだか崇弘がじっとこちらを見ていた。瞬《まばた》き一つせずに、食い入るように見つめてくる。

薫は、はにかみながら自分の胸元を指差した。そこには昨日、彼からもらった薔薇《ばら》のペンダントがある。

崇弘が自分のことを考えて用意してくれたこのペンダントを、薫はとても気に入っていた。彼から想われている証《あかし》だ。外したくなくて、昨日もらった時からずっと身に着けている。

「あの……これ……本当にありがとうございます」

改めてお礼を言うと、崇弘は薫から手を離し、自分の心臓辺りのパジャマをギュッと握りしめた。

どうしたのだろう？　苦しいのだろうか？　心配になって身体ごと崇弘に向き直る。彼は薫から視線を逸らさずに、ぽーっとした調子だ。

「よく似合ってるよ、それ。本当に可愛い」

ペンダントのことを言われているのだとわかって薫が微笑むと、彼は胸元を握りしめていた手を解いて頬に触れてきた。指先で円を描くようにゆっくりと撫でられる。いつの間にか薫は、崇弘の腕の中に囲われていた。

「た、崇弘さん？」

呼びかけた次の瞬間には、薫の唇は彼のそれに塞がれていた。

舌は柔らかく絡まってくるのに、腰に回る彼の手にはだんだんと力が入っていく。彼の身体が熱くなりはじめていることに気が付いた薫は、慌てて身を捩《よじ》った。

「た、崇弘さん。朝です」

「うん。知ってる。でもね、薫がすごく可愛いから」

胸がときめいて苦しいのだと甘い声で囁かれて、かあっと頬に朱が走った。

「もう結婚してるのに、自分の奥さんにまた恋をしたんだって言ったら、薫は笑う？」

顔を覗き込んでくる崇弘に、薫は小さく首を横に振った。

自分も同じ気持ちだ。

記憶を失《な》くしていた時のことは全部覚えている。あの時の自分は、確かに彼に二度目の恋をした。

そして昨日も――わだかまりが解け、互いの想いが通じ合った時、また彼に恋をした。

自分は一生の間に、何度彼に恋をするのだろう？

（きっと、これからもずっと……わたしは崇弘さんに恋してる気がする……）

愛おしい人をそっと見上げると、彼は突然薫を横抱きに抱え上げてきた。そしてそのまま、主寝室へ行こうとするではないか。

「た、崇弘さんっ！」

今日は休みではないのにと、焦った声を上げる薫に向かって、崇弘は悠然と微笑んでくる。

「いいだろ？　薫。俺達は夫婦なんだから」

そう言われてしまえば、薫は駄目とは言えない。あっと言う間にベッドに寝かされてしまった。

自分を熱く見下ろしてくる崇弘の重みが心地いい。引き寄せられるように自然と唇が合わさった。

「愛してるよ、薫」

結婚しても、この恋は終わらない。

溺愛デイズ
dekiai days
漫画 ひのもとめぐる
Meguru Hinomoto
原作 槙原まき
Maki Makihara
大好評連載中!
(毎月第4水曜日更新)
よくできました
まずはケガを治しましょう?
イケメン建築士に翻弄される激甘ラブストーリーが待望のコミカライズ!
次は負けません!
ETERNITY WEBMANGA
エタニティWEB漫画!
無料で読み放題!
他にも人気漫画が多数連載中!!
今すぐアクセス!
エタニティ Web漫画
検索

EB エタニティ文庫

装丁イラスト／倉本こっか

エタニティ文庫・赤

溺愛デイズ

槇原まき

恋愛とは無縁の日々を送る、建設会社勤務の穂乃香。そんな彼女はある日、イケメン建築士の隼人と階段でぶつかりそうになり、足を骨折してしまう。すると隼人が“ケガの責任をとる”と言って、無理矢理同居を決めてきた！色々とよくない噂もある隼人に疑いの眼差しを向ける穂乃香だったが、いざ一緒に暮らしてみると、なんと彼は甘やかし大王で……!?

装丁イラスト／猫野まりこ

エタニティ文庫・赤

ピックアップ・ラヴァー！

槇原まき

彼氏の浮気現場を目撃してしまったこずえ。即お別れをし、その勢いのまま彼の物を処分しようとしたところ、マンションのゴミ捨て場で血を流し倒れているイケメンを発見!?ボロボロのその人をどうしても放っておくことができず、こずえは彼を部屋に連れて帰り手当てをしてあげることに。すると後日、助けた彼が高価なプレゼントを持って来て……!?

※エタニティブックスは大人の女性のための恋愛小説レーベルです。ロゴマークの色で性描写の有無を判断することができます（赤・一定以上の性描写あり、ロゼ・性描写あり、白・性描写なし）。

詳しくは公式サイトにてご確認ください。
http://www.eternity-books.com/

携帯サイトはこちらから！

槇原 まき（まきはら まき）
ファンタジー小説や恋愛小説をwebにて発表。2012年「橘社長の個人秘書」にて、出版デビューに至る。

イラスト：倉本こっか

ラブ・アゲイン！

槇原まき（まきはらまき）

2015年11月30日初版発行

編集ー城間順子・羽藤瞳
編集長ー塙綾子
発行者ー梶本雄介
発行所ー株式会社アルファポリス
〒150-6005 東京都渋谷区恵比寿4-20-3 恵比寿ｶﾞｰﾃﾞﾝﾌﾟﾚｲｽﾀﾜｰ5F
TEL 03-6277-1601（営業） 03-6277-1602（編集）
URL http://www.alphapolis.co.jp/
発売元ー株式会社星雲社
〒112-0012東京都文京区大塚3-21-10
TEL 03-3947-1021
装丁イラストー倉本こっか
装丁デザインーansyyqdesign
印刷ー図書印刷株式会社

価格はカバーに表示されてあります。
落丁乱丁の場合はアルファポリスまでご連絡ください。
送料は小社負担でお取り替えします。

ISBN978-4-434-21348-9 C0093